TI ODIO... PERCHÉ TI AMO!

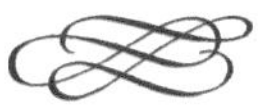

JENNIFER SUCEVIC

CAPITOLO UNO

BRODY

"Ehi! Pensavo tornassi prima!" Cooper, uno dei miei coinquilini, mi fa un sorrisetto mentre entro nell'appartamento. A cavalcioni sulle sue ginocchia c'è una ragazza mezza nuda. "Abbiamo dovuto iniziare senza di te." Alza le spalle come se per lui fosse stato un sacrificio. "Era inevitabile."

Sbuffo guardando il salotto della casa che abbiamo preso in affitto a pochi isolati dal campus. Anche se siamo in quattro sul contratto, metà della squadra resta spesso a dormire da noi e a giudicare dalle bottiglie di birra sparse in giro, è da un po' che succede. Sto seriamente pensando di far pagare l'affitto ad alcuni di questi scrocconi.

Pensandoci, però, se fossi costretto a vivere in un buco di dormitorio sarei anch'io alla ricerca disperata di un'alternativa. Dopo il liceo, ho giocato per due anni nelle squadre giovanili prima di iniziare a gareggiare, compiuti i vent'anni, come matricola. Invece di vivere in un dormitorio sono passato direttamente all'appartamento in affitto. Mai e poi mai avrei condiviso la stanza con dei diciottenni a caso che non avevano mai vissuto lontano da casa. E poi, non volevo assolutamente avere un supervisore che mi stesse col fiato sul collo dicendomi cosa potessi e cosa non potessi fare.

Sarebbe divertente come staccarsi del nastro adesivo dalle palle.

Che non è per niente divertente, anzi. Il nonnismo fa schifo. Per vostra informazione, non si stacca il nastro adesivo dalle palle: si taglia via attentamente e con mano ferma, maledicendo il resto della squadra.

Gli altri due inquilini, Luke Anderson e Sawyer Stevens, sono ingobbiti sul bordo del divano, impegnati in una partita intensa di Hockey League. I loro movimenti sul joystick sono velocissimi, e il loro sguardo è incollato sullo schermo HD da settanta pollici attaccato al muro.

Scuoto la testa. Ogni volta che giocano è come se in palio ci fosse il campionato nazionale.

Alzo un sopracciglio mentre la ragazza sulle ginocchia di Cooper si gira, toglie il reggiseno e lo lancia sul pavimento. Non pare le importi avere degli spettatori. Il sorriso pigro di Cooper si allarga mentre le tocca i capezzoli.

Mi piacerebbe dire che questa scena non si ripete tutte le domeniche sere, ma mentirei. Di solito è anche peggio di così.

Sawyer mette in difficoltà Luke con le sue impressionanti abilità da giocatore e mi dice: "Prenditi una birra. Puoi prendere il posto di Luke dopo che l'avrò fatto piangere un'altra volta."

"Vai a farti fottere," borbotta Luke.

Guardo il punteggio. Sawyer gli sta facendo il culo, e Luke lo sa.

"Certo," sogghigna. "Forse. Ti avverto però: non sei proprio il mio tipo. Mi piacciono i corpi un po' meno scheletrici."

Serro le labbra in una smorfia facendo cadere il borsone a terra.

"Ehi, hai visto che cavolata ha scritto il coach?" mi chiede Cooper con il viso affondato nel seno della ragazza.

Brontolo. Spero di non essermi perso nulla di importante mentre ero fuori città per il weekend. Sono già sotto contratto con i Milwaukee Mavericks e io e mio padre siamo volati fin lì apposta per incontrare lo staff tecnico. Ho potuto persino uscire con alcuni dei difensori. Sabato ho passato una serata assurda e la prossima stagione sportiva sarà una figata.

"No, non l'ho visto" dico. "Che succede?"

"Sono cambiati gli orari degli allenamenti," risponde Cooper continuando a toccare la ragazza. "Ora sono alle sei in punto del mattino e alle sette di sera."

Cosa?! Inizia già con due allenamenti al giorno?

"Pensi che ci stia prendendo in giro?" Me lo aspetterei dal coach Lang. Secondo me non ha nient'altro di meglio da fare che sognare nuovi modi per torturarci. Quel tizio è proprio un rompiscatole.

Certo, dopotutto siamo al college proprio per questo.

Però, le sei del mattino è un orario schifoso... Già non dormo abbastanza tra studio e allenamenti di hockey, e siamo solo a settembre. Con questo nuovo orario dovrò uscire di casa alle cinque per arrivare al palazzetto, prepararmi e presentarmi in pista entro le sei. Mi coricherò esausto alle undici di sera.

Sawyer alza le spalle e non sembra particolarmente turbato dai nuovi orari.

Cooper smette di succhiare il capezzolo della ragazza e mi fissa con lo sguardo perso. "Non puoi chiedere a tuo padre di farlo ragionare?"

Luke borbotta: "È già tanto se riesco ad arrivare in tempo all'allenamento delle sette."

"No." Scuoto la testa. Farei di tutto per loro, eccetto correre da mio padre per cose che riguardano l'hockey. Lui e il coach si conoscono da tempo, da quanto giocavano entrambi per i Detroit Redwings. E così io conosco quell'uomo da sempre. Mi ha aiutato ad allacciare il mio primo paio di Bauers. Pensate che abbia un occhio di riguardo per me?

Magari.

In realtà, è ancor più severo con me *proprio* a causa del nostro rapporto personale. Sono convinto che Lang si comporti in questo modo per prevenire sospetti di favoritismo.

Missione compiuta.

Nessuno lo accuserebbe mai di fare favoritismi.

"Quindi preparati ad alzarti con le galline, bro!" Cooper torna a concentrarsi sulla bocca della ragazza.

Luke li guarda per un istante e poi urla: "Ehi, avete intenzione di andarvene in camera o ci state regalando uno spettacolo gratuito?"

Cooper ignora la domanda senza nemmeno riprendere fiato.

Luke scuote la testa, deciso a concentrarsi sulla rivincita, o quanto meno a tentare di calciare l'avatar di Sawyer. "Immagino dunque sia il caso di fare dei popcorn."

Prendo il borsone e me lo carico sulla spalla. Voglio andare di sopra per un po'. Mi piace stare con questi ragazzi, ma non ora.

"Ciao, Brody." Una ragazza bionda mi abbraccia e preme il seno contro il mio petto. "Speravo arrivassi."

Beh, è casa mia, quindi è altamente probabile che mi vedesse.

Fisso i suoi grandi occhi verdi.

"Ehi." Ha un viso familiare. Cerco di associare il volto a un nome, ma non mi viene in mente niente.

Non dovrei essere andato a letto con lei, per lo meno non ultimamente.

Ho inventato un metodo per interagire con le ragazze, e l'ho perfezionato nel corso degli ultimi tre anni. È semplice ma infallibile. Non mi faccio mai la stessa ragazza più di tre volte in sei mesi, così evito di entrare nella categoria confusa dell'uscita senza impegno o degli scopamici. Al momento, non sono alla ricerca di una relazione, nemmeno occasionale.

Sono alla Whitmore per laurearmi e prepararmi a giocare come professionista. Mi impegno a diventare più robusto, più veloce e più forte. La Hockey League non è fatta per le femminucce, se non ce la fai, ti ritrovi fuori in un batter d'occhio. E non permetterò che mi succeda, ho lavorato troppo duramente per mandare tutto all'aria.

E non voglio nemmeno distrarmi.

La bionda fa scivolare audacemente la mano dal mio petto al pacco e lo stringe per farmi capire che fa sul serio.

So per certo che se le chiedessi di inginocchiarsi e succhiarmelo davanti agli altri obbedirebbe immediatamente. Dopotutto la ragazza sulle ginocchia di Cooper indossa soltanto un perizoma.

Durante il primo anno nelle giovanili, quando una ragazza mi offriva una cosa senza impegno, pensavo di aver vinto tutto. Venivo in cinque minuti ed ero subito pronto per il secondo round. Cinque anni dopo, non le guardo nemmeno queste ragazze pronte ad andare a letto con me subito dopo avermi conosciuto: è successo fin troppe volte perché lo consideri una novità.

Che tristezza.

Al liceo avrei fatto di tutto per un'opportunità del genere.

Adesso non più.

È come mangiare abitualmente bistecca e aragoste. I primi due giorni le trovi deliziose, forse anche la prima settimana. Non riesci a fare a meno di divorarle e di leccarti le dita, ma prima o poi, non sanno più di niente.

Molti ragazzi, di qualsiasi età, darebbero la loro palla sinistra per essere al mio posto.

Per avere l'imbarazzo della scelta. Per avere delle ragazze.

Io, invece, ce l'ho floscio..

Anzi, è floscio nella *sua* mano.

Il sesso è diventato un modo per rilassarmi quando sono stressato. Altro che yoga. E poi ho ventitré anni, sono nel pieno della mia vita sessuale. Quando le ragazze vogliono aprire le gambe per me dovrei essere al settimo cielo, non annoiato. E soprattutto, non dovrei pensare a ciò che mi aspetta negli allenamenti.

Allontano le sue dita e scuoto la testa. "Scusa, ho da fare."

Devo studiare. Devo leggere quaranta pagine entro domani mattina.

La bionda assume un'espressione imbronciata e sbatte le ciglia cariche di mascara.

"Allora dopo?" mormora con voce infantile.

Cavolo. Questo sì che mi fa spegnere...

Perché le ragazze lo fanno?

Sul serio, è una domanda legittima. Perché lo fanno? È paragonabile a delle unghie che stridono sulla lavagna. Sono tentato di ribattere con una voce ridicola e sdolcinata.

Ma non lo faccio.

Non sono così stronzo.

E poi potrebbe piacerle.

Allora sarei fregato. Ci immagino mentre ci sussurriamo smancerie con voci infantili tutta la notte e per poco non mi vengono i brividi.

"Forse," rispondo con aria vaga. A dire la verità, quella vocetta da bambina ha distrutto qualsiasi possibilità di un secondo incontro. Ma sono abbastanza intelligente da non dirglielo. Molto probabilmente troverà un altro giocatore di hockey a cui attaccarsi e mi dimenticherà. Siamo sinceri, è per quello che è qui.

Andare a letto con un giocatore di hockey.

Giusto per essere sicuro di quello che faccio, la guardo dalla testa ai piedi.

A parte la voce infantile ha un corpo da urlo.

Un corpo da urlo che non mi eccita affatto.

Il che è un problema.

Ho una mezza voglia di portarla di sopra soltanto per provare a me stesso che sta funzionando tutto come si deve. Ma non lo farò.

Non faccio in tempo a salire il primo gradino che Cooper si stacca dalla ragazza. "Ehi! Dove diavolo stai andando, McKinnon?" Agita una mano indicando la stanza. "Non vedi che abbiamo ospiti?"

"Pensaci tu," dico salendo le scale.

"Beh, se insisti…" farfuglia tutto contento.

La mia stanza è alla fine del corridoio, lontana dal rumore del primo piano. Come regola generale, a nessuno che non sia uno degli inquilini è permesso salire al secondo piano. Tiro fuori la mia chiave, apro la porta ed entro.

Lancio il borsone nell'angolo, poi apro il libro di finanza manageriale. Pensavo di riuscire a leggere qualche pagina durante il weekend, ma io e mio padre siamo stati impegnati tutto il tempo. Abbiamo incontrato gente della società di Milwaukee, siamo andati a una festa della squadra, abbiamo visitato alcuni appartamenti vicino al lago, giusto per farci un'idea del posto. Avevo intenzione di studiare sul volo di ritorno, ma una volta raggiunta l'altitudine di crociera mi sono addormentato.

Tre ore dopo, qualcuno bussa alla porta della mia stanza. Normalmente la cosa mi farebbe incavolare, ma dopo trenta pagine la mia vista si era già appannata e stavo cercando di non addormentarmi. Il libro, poi, è di una noia assoluta, il che proprio non aiuta.

"È aperto!" grido, aspettandomi di sentire Cooper che cerca di convincermi a tornare giù.

Quando è ubriaco, vuole che anche gli altri lo siano. Non ho mai visto nessun altro bere così tanto alcool, il che è impressionante e allo stesso tempo terrificante. Eppure, in qualche modo, riesce sempre a presentarsi agli allenamenti mattutini lucido e attento come se non si fosse ubriacato sei ore prima. Dovrebbero studiarlo alla facoltà di biologia, perché non è normale.

Quando bevo come lui, la mattina dopo in pista mi sento come un puledro appena nato che non riesce a stare in piedi.

Non è un bello spettacolo. Ecco perché non lo faccio. Ci sono già passato. Ma andiamo avanti.

La porta si spalanca e ricompare la bionda con la voce da bambina. E non è sola. Ha portato un'amica.

Interessato, alzo le sopracciglia guardandole entrare nella stanza.

Nel corso delle tre ore in cui non l'ho vista, la bionda è rimasta mezza nuda. La moretta che è con lei, anche. Indossano dei reggiseni di pizzo, perizomi striminziti e si tengono per mano.

Il mio sguardo si posa su di loro, sono eccitato.

Come potrebbe essere altrimenti?

Hanno la pancia piatta e tonica. I fianchi larghi. I loro seni ciondolano invitanti mentre le due si dirigono verso il letto dove sono sdraiato.

Dovrei avercelo di marmo. Sono tre settimane che non vado a letto con qualcuna. Una cosa quasi inaudita. Non sono mai stato in astinenza per così tanto tempo.

Niente.

Nemmeno una reazione.

La domanda allora mi sorge spontanea: che diavolo mi succede?

Forse è colpa dello stress e degli allenamenti. Anche se sono già sotto contratto con quelli di Milwaukee e non devo preoccuparmi delle chiamate di fine anno della Hockey League, sono ancora sotto pressione per le partite di questa stagione.

I campionati nazionali non si vincono da soli.

Mi preoccuperei di avere la disfunzione erettile se non esistesse una ragazza che me lo fa venire duro ogni volta che la vedo. Ironia della sorte, lei non vuole avere niente a che fare con me. Mi caverebbe gli occhi se provassi anche solo a toccarla.

Anzi, mi basta guardare nella sua direzione per ricevere un ringhio di ritorno.

Forse questo genere di ragazze è esattamente quello che mi serve per liberarmi dallo stress. Di certo non mi farebbe male.

Ho deciso: chiudo il libro di finanza e lo lancio sul pavimento dove atterra con un tonfo. Incrocio le braccia dietro la testa e faccio un sorriso allettante alle ragazze.

Il resto, diciamolo, è storia.

CAPITOLO DUE

NATALIE

*S*tringo i denti irritata.

Come al solito, Brody McKinnon e Kimmie Sanders mi distraggono dalla lezione.

Ho passato gli ultimi venticinque minuti a sentire Kimmie ridacchiare durante la lezione ai sussurri di Brody McKinnon. Quei due impediscono di concentrarsi sugli argomenti che faranno sicuramente parte dell'esame della prossima settimana.

Mi chiedo per la centesima volta come faranno a non essere bocciati.

Quasi ridacchio al pensiero e scuoto la testa. Beh, so esattamente come fa Brody a non essere bocciato. È il capitano della squadra di hockey di Whitmore Wildcats. La sua presenza in classe è del tutto simbolica. Non è detto nemmeno che faccia i compiti.

È più che altro una... bella decorazione.

Un bel passatempo per far sbavare le ragazze della Whitmore.

Le lezioni di finanza manageriale iniziano alle dieci del mattino ogni lunedì, mercoledì e venerdì presso la Brighton Hall, l'edificio della facoltà di economia del campus. Mi ci vuole un caffè al caramello extralarge per sopportare questa materia senza esaurirmi. Dal momento che i posti non sono assegnati, ogni volta scelgo strategicamente una posizione diversa, sperando che Brody si sieda altrove. Preferibilmente dall'altra parte dell'aula, dove la sua voce profonda non può distrarmi.

Ma non lo fa mai. In qualche modo capita sempre dietro di me. Giuro che lo fa di proposito. Non ne capisco il perché, se non per il desiderio di provocarmi.

La Whitmore è un'università privata dove l'hockey regna sovrano. Neanche il football ha presa qui. Ogni anno alcuni dei nostri giocatori passano alla National Hockey League. Già solo per questo motivo è l'ambiente perfetto per i talenti in ascesa dell'hockey, sia negli Stati Uniti che in Canada.

Credo che l'università guadagni un sacco di soldi con le vendite dei biglietti e dei gadget. Due anni fa hanno persino costruito una nuova arena super tecnologica. Quindi, è ovvio che qui i giocatori di hockey sono trattati da re.

È fastidioso, ma ci si abitua… dopo un po'.

Oppure lo si ignora e basta, come faccio io.

Personalmente non capisco tutta questa ossessione. È solo un gioco. Certo, l'hockey è uno sport divertente da guardare: i movimenti, le mosse sulla pista, l'adrenalina. Abbandonarsi alla frenesia è facile. Lo ammetto, ho assistito a diverse partite nei miei tre anni alla Whitmore, ma ciò non vuol dire che capisca il culto dell'hockey. E poi, non sono una di quelle oche che vogliono andare a letto con quanti più giocatori possibile.

Ehm… No, grazie. Non mi piace collezionare malattie veneree.

In fondo, quei ragazzi sono solo un mucchio di bestioni superpompati che hanno imparato l'arte (pft!) di lanciare un disco di gomma nero in una rete e di fare a pugni dentro e fuori dalla pista alla minima provocazione.

Cerchiamo di essere obiettivi. Non è che stiano cercando una cura per il cancro o risolvendo il problema della fame nel mondo. Non dovrebbero essere trattati come degli dei.

Ci sono circa quaranta giocatori che frequentano la Whitmore, e Brody McKinnon è forse il più talentuoso e chiacchierato giocatore della squadra. Era stato adocchiato dalla Hockey League quando andava ancora al liceo e si è fatto conoscere giocando nelle squadre giovanili prima di onorarci con la sua gradita presenza. Per quanto mi faccia male ammetterlo, il college l'ha reso ancora più famoso. Si mormora che sia già sotto contratto con una squadra della Hockey League.

Sarà vero?

Chissà.

O meglio, chissenefrega?

Cerco di non prestare attenzione a tutti i pettegolezzi che lo riguardano, ma è praticamente impossibile ignorarli. Studiare alla Whitmore equivale a vivere in una bolla dove l'hockey è una vera e propria ossessione. Che lo desideri o meno, ti ritrovi costantemente immerso in un mare di informazioni su questo sport e, ovviamente, su Brody.

Anche se la conversazione alla mie spalle non è pertinente alla lezione e questo è evidente per tutti, la dottoressa Miller la ignora e continua la sua spiegazione sulle strategie del capitale finanziario. Non oserebbe mai riprendere uno dei nostri campioni. Di solito riesco a non sentire Brody e le sue groupie, ma oggi non funziona.

Mi sono svegliata tardi e non ho fatto in tempo a fermarmi da Java House per la mia enorme dose giornaliera di caffeina.

Quindi sono nervosa e di cattivo umore.

Pessima combinazione. Soprattutto per Brody.

Non riesco più a sopportare il loro chiacchericcio interminabile, quindi mi giro e lancio a Brody uno sguardo assassino ben affilato. Non è difficile. Non riesco a guardarlo senza che sul mio viso appaia quell'espressione. Quel ragazzo mi da fastidio sin dal primo giorno, e da allora è solo peggiorato.

I nostri sguardi si incrociano e le sopracciglia di Brody si allargano sulla fronte, accompagnate da un sorriso compiaciuto sulla faccia.

Poi mormora una sola parola.

Gelosa?

Sbuffo.

Gli piacerebbe...

Deve aver preso troppi colpi in testa. Che pena!

I suoi occhi brillano di una luce maliziosa mentre si lecca le labbra.

Neanche per sogno, rispondo prima di voltarmi. Stringo i denti così forte che sono sul punto di rompersi.

Questo è quello che Brody McKinnon mi fa provare.

Ogni.

Dannata.

Volta.

Il resto della lezione si dilunga e l'argomento non aiuta. Questa parte è di una noia mortale. Mi ritrovo a guardare più volte l'orologio, impaziente di andarmene. Non è un bene. Di solito mi piacciono le lezioni della professoressa Miller. Molti dei professori della facoltà di economia sono anziani e noiosi. La Miller insegna nella nostra facoltà soltanto da pochi anni, ma è una vera boccata d'aria fresca. Mi sono già iscritta a tutti i suoi corsi.

Non appena finisce la lezione, afferro la borsa e mi dirigo verso la porta. Devo allontanarmi il più possibile da…

Non riesco a fare nemmeno cinque passi prima che un braccio muscoloso mi si pari davanti, impedendomi di fuggire.

Pesa in modo assurdo.

Ma questo cosa mangia per colazione?

Piombo?

"Davies, perché sei così arrabbiata stamattina?" Brody continua prima che possa ribattere: "Aspetta, aspetta. Non dirmelo. Vediamo se indovino." Si tocca il mento, pensieroso. Sembra un intellettuale, cosa molto insolita per lui. Sto per rispondergli, ma lui riprende: "Il tuo vibratore preferito si è scaricato proprio nel momento più perverso della tua sessione di masturbazione!"

Un lato della mia bocca si arriccia per il disgusto. Provo a spingere via il braccio che mi tiene ancorata al suo corpo. Non si muove. Non che mi aspettassi fosse così facile. "Esatto! Come hai fatto a capirlo?"

Brody ha la rara capacità di farmi sentire come un cane rabbioso, con un collare a strozzo. Se potessi farlo a pezzi con i denti, lo farei subito. Non ci penserei due volte.

Non sono assolutamente una persona violenta, ma Brody McKinnon tira fuori il peggio di me.

La risatina che esce dalle sue labbra è calda e sensuale. Anche se mi oppongo, riesce comunque a far tremare qualcosa di profondo dentro di me.

"Beh, sei più incavolata del solito. Il che è tutto dire." Mi strattona più vicino a sé e vengo inondata dal profumo della sua colonia. Qualcosa che sa insopportabilmente di 'sole della spiaggia' travolge i miei sensi. Perché deve avere un odore così meraviglioso? Perché non può puzzare di sudore? Sarebbe tutto molto più semplice.

Come posso odiare qualcuno così tanto e allo stesso tempo avere voglia di mangiarlo? Non è la prima volta che me lo chiedo, ma spero sempre sia l'ultima.

La sua voce si abbassa fino a diventare roca. "Sai cosa ti dico? Sei hai tempo da perdere, posso aiutarti..." Alza le sopracciglia e sussurra: "A rilassarti, intendo." Anche se sono schiacciata contro il suo corpo duro e resistente, riesce in qualche modo a guardarmi intensamente dall'alto in basso. Mi sento come se mi avesse accarezzata. Mi bagno, e lo maledico per avermi fatto sentire così. "Scommetto che riuscirei a farti venire in dieci minuti." Stringe gli occhi con un'espressione pensierosa. "Forse anche meno. Sembri piuttosto rigida, Davies. Hai mai avuto un orgasmo multiplo? Penso che farebbe miracoli al tuo carattere."

Se qualunque altro ragazzo del campus mi avesse parlato così, probabilmente l'avrei colpito. Anche se va contro il mio buon senso, mi trattengo dal rispondergli. Non è la prima volta che litighiamo e non sarà l'ultima. Questo, purtroppo, è il tipo di folle rapporto che abbiamo sviluppato negli anni. Lui adora deridermi e io faccio del mio meglio per ignorare la sua esistenza.

Anche se odio ammetterlo, non è facile. È alto. Muscoloso. Atletico. Spalle larghe. Vita stretta. Capelli lunghi di un biondo cenere con ciocche dorate che sfiorano il colletto della sua camicia. Occhi color whisky sempre strizzati per le risate, solitamente a spese mie. E quelle dannate fossette che riescono a trasformare donne adulte in oche blateranti.

Io, però, sono l'eccezione.

È come se avessi un superpotere per quanto riguarda Brody. Sarà pure attraente... anzi, senza *sarà*. Lo è! E la prova concreta sono tutte queste ragazze che lo seguono a frotte ovunque, sbavando, ridacchiando, cercando di attirare la sua attenzione.

Con me non funziona. Sono immune al suo fascino.

Okay.

Non *esattamente* immune.

Dovrei essere morta per non sentire *qualcosa* quando è nei paraggi. Ma mai e poi mai mi farei guidare dal calore indesiderato che si è generato tra noi.

Non sono mica masochista!

La reputazione di Brody come playboy lo precedeva prima ancora che mettesse piede alla Whitmore. Schiere di donne si sono già fatte un giro e, se volessero, potrebbero formare un gruppo di sostegno.

Non ho nessun interesse ad unirmi a questo club così prestigioso.

Se sei così ingenua da cadere vittima del suo fascino e finire a letto con lui, meriti di pagarne le conseguenze, come farti controllare spesso per le malattie veneree.

Mi basta ricordare la sua nomea per scacciare il calore formatosi nella mia pancia. E va bene, dannazione. Più in basso... *molto più in basso*. Gli rivolgo il mio miglior sguardo da pesce lesso. "Grazie per la tua offerta generosa. Passo."

Alza le spalle come se non gli importi. E probabilmente è vero. Se volesse farsi qualcuna, troverebbe una volontaria in pochi minuti. "Come vuoi, Davies. Peggio per te. Sto solo cercando di aiutare un'amica."

Rido. "Ah! È qui che ti sbagli, McKinnon." Scuoto la testa e lo guardo fingendo di compatirlo. "Non siamo amici. Non saremo mai amici. Non mi sorprende che ti sia fatto un'idea sbagliata fin dall'inizio."

Si tocca il petto con un'espressione ferita. "Ah! Fa male!"

"Ne dubito."

Torno finalmente a respirare quando Brody mi tiene aperta la porta che conduce alla luce del sole. Non so quanto ancora possa sopportare la sua vicinanza. Mormoro un grazie, il vento caldo mi colpisce le guance mentre scendiamo dalle grandi scale di pietra. Gli ultimi scampoli dell'estate resistono ancora. Presto tutti gli alberi del campus cambieranno aspetto e arriverà l'autunno. Il che significa una sola cosa...

La stagione dell'hockey.

Ugh.

Ai piedi della scalinata, un gruppo di sei o sette ragazze attira la mia attenzione. Non appena i loro sguardi affamati si posano su Brody, iniziano a urlare all'unisono. È come se fosse arrivata una rockstar.

La loro ridicolaggine mi fa alzare gli occhi al cielo. Non sembrano rendersi conto che donne in tutto il mondo hanno lottato per l'uguaglianza di genere, mentre qui si limitano a rincorrere l'uomo più sexy? Davvero non hanno un modo più produttivo di passare il tempo, come rendersi emancipate studiando? Del resto siamo all'università.

In risposta ai miei pensieri, alcune delle ragazze squittiscono e si sbracciano. Sì, ho a che fare con queste persone.

Invece di sentirmi irritata, dovrei ringraziarle perché mi hanno dato l'occasione perfetta per scappare.

"Il tuo pubblico adorante ti stia aspettando," commento.

Scivolo da sotto il suo braccio e mi affretto a scendere i gradini. Più si allunga la distanza tra noi, più facilmente riesco a respirare. Con un po' di fortuna, non vedrò Brody prima di lunedì.

Alle dieci, precisamente.

E non un secondo prima.

Userò tutto quel tempo per rilassarmi.

"Ah, Davies, andiamo. Non scappare" dice scherzando mentre mi allontano. "Giuro, ce n'è per tutte!"

Non devo girarmi per immaginare il suo sorriso a trentadue denti, con tanto di fossette. Continuo a camminare alzandogli il dito medio.

La sua risata mi segue mentre mi mimetizzo tra la folla.

CAPITOLO TRE

NATALIE

"Ehi bella, come è andata oggi?" mi sorride Zara.

Sospiro e lancio la borsa sulla panchina davanti alla mia coinquilina, poi mi siedo dall'altro lato del tavolo con il mio vassoio.

Zara somiglia a un folletto dei boschi. È alta poco più di un metro e mezzo e magra come un giunco, con capelli castani cortissimi che stanno bene a poche donne. Sembra piccola e delicata, ma sa farsi rispettare quando serve.

E lo dico per esperienza. Non è una bella cosa.

Ci siamo conosciute nell'estate precedente alla quarta elementare, quando la sua famiglia si trasferì nel mio quartiere. Diventammo subito amiche per la pelle, ancor prima di iniziare la scuola. Sono davvero fortunata ad avere Zara nella mia vita: è un'amica fedele, sempre presente nei momenti felici e in quelli difficili. Nove mesi fa, con il matrimonio dei miei genitori in frantumi, è stata lei a rimettermi in sesto. Solo un mese più tardi, alla scoperta del tradimento del mio ragazzo Reed Collins, lei ha addirittura minacciato di evirarlo. Ho rifiutato l'offerta, ma ho apprezzato il pensiero. Gli amici come lei, pronti a tutto, sono da tenere stretti.

I ragazzi vanno e vengono, le amiche sono per sempre.

"Irritante," sbuffo. Di solito riesco a scrollarmi di dosso i battibecchi con Brody, ma oggi mi ribolle ancora il sangue. "È stata una mattinata irritante."

Lei ride e infilza un pezzo di lattuga e un pomodorino con la forchetta. "Oh oh, vuoi parlarne?"

"Meglio di no." Non voglio perdere tempo a parlare di Brody. Prendo una patatina e l'affondo nel ketchup prima di mangiarla. Le patatine fritte sono la mia unica debolezza, seguite a ruota dal caffé. "Sto facendo del mio meglio per dimenticarmi quello spiacevole episodio." Il che non è semplice. Brody persiste come un cattivo odore che resta nelle narici.

Luke, il nuovo ragazzo di Zara, si siede accanto a lei.

Questa è la loro prima apparizione in pubblico, o almeno la loro prima apparizione davanti a me. Non dirò che mi stavano nascondendo la loro relazione…

E va bene. Mi stavano nascondendo la loro relazione.

Zara sa come la penso sui giocatori di hockey della nostra università. *Soprattutto* dopo il disastro con Reed. In realtà, credevo che la pensassimo allo stesso modo.

E invece no… Perché ora sta uscendo con uno di loro.

Luke incrocia il mio sguardo. Alza il mento per salutarmi, come se fossi parte della sua combriccola e pranzassimo tutti i giorni insieme. "Come butta, Natalie?"

Ah! Pensa che gliela farò passare liscia…

Assolutamente no.

"Beh, la mia migliore amica sta uscendo di nascosto con un ragazzo…" sbatto le ciglia e lo guardo con aria innocente. "A te come butta?"

Zara soffoca una risata e Luke sorride.

"Abbiamo la tua benedizione? Dopotutto non ti sei arrampicata sul tavolo per strangolarmi," mi chiede.

Stringo gli occhi e punto una patatina contro di lui. "La giuria deve ancora deliberare, amico." Lo guardo storto mentre bevo un sorso di Coca Cola. "Sappi che se la farai soffrire ti spezzerò le gambe. L'hockey finirà per essere solo un ricordo lontano."

Luke guarda Zara con la coda dell'occhio, e lei alza le spalle come per dire *che ci vuoi fare?*

"Uomo avvisato, mezzo salvato," aggiungo in tono malvagio.

Scuote la testa prendendo un hamburger. "Fai un po' paura, Davies."

"Bene," annuisco. "Era quella la mia intenzione."

Anche se prendo in giro Luke, devo ammettere che mi sta simpatico. Tra tutti i giocatori di hockey di cui Zara avrebbe potuto innamorarsi, lui è il più simpatico, e a differenza dei suoi compagni, non fa a gara con gli altri per andare a letto con le ragazze del campus.

Tuttavia, ha un terribile difetto che è difficile ignorare.

Un corpo duro mi urta di lato proprio mentre mangio un'altra patatina. Borbotto quando la forza dell'impatto mi fa scivolare il sedere sulla panca di legno. Per fortuna non mi sono fatta male.

"Fatti più in là, Clyde," dice una voce profonda.

Per un istante sono stordita e inorridita.

No. No. No. Non può succedere davvero.

Non può sedersi al mio tavolo mentre cerco di godermi il pranzo con la mia amica. E poi non dovrei vederlo prima di lunedì alle dieci. Non prima. È un tacito accordo tra di noi. Un trattato di pace. E lui non lo sta rispettando.

"Che diavolo ci fai qui?" Prima ancora che possa rispondermi, sibilo: "Mi stai seguendo? È per questo che sei qui?"

"Dipende. Vuoi che ti segua?" sorride divertito. "Ho del tempo libero. Potrei inserirti in agenda."

Raccogliendo tutte le mie energie, lo guardo e aspetto che prenda fuoco. Purtroppo non succede nulla.

"Chi tace acconsente, quindi?" dice, completamente a suo agio.

Le mie sopracciglia si abbassano e le mie spalle si irrigidiscono. *Vedete?* È qui da soli trenta secondi e già comincio a schiumare dalla bocca. Questa giornata è iniziata male a lezione di finanza e sta solo peggiorando.

"Perché sei qui?" chiedo di nuovo.

Brody indica l'altro ragazzo con il mento. "Per stare col mio amico."

Lancio uno sguardo torvo a Luke.

Forse dovrei strangolarlo davvero.

Il sorrisetto di Luke si allarga, come se capisse cosa mi passa per la testa. "Allora...che bello stare tutti insieme," dice infine.

"Oh sì, come tirarsi le ciglia una alla volta," borbotto.

Senza neanche chiedermi il permesso, Brody allunga la mano e prende alcune delle mie patatine.

"Ehi, quello è il mio pranzo!"

Sorride e ne prende un'altra.

Scuoto la testa per la sua faccia tosta e indico il mio vassoio. "Prego, serviti pure."

"Grazie. Pensavo non me l'avresti mai detto."

Se c'è una cosa che ho imparato in questi tre anni, è che devo smettere di rispondergli, altrimenti il botta e risposta andrà avanti all'infinito. Ha sempre bisogno di attenzioni, positive o negative, proprio come un bambino.

Borbotto mentre mi ruba un'altra patatina. Il sorriso a trentadue denti che mi rivolge fa risaltare le sue fossette. Se si trattasse di un altro ragazzo le troverei adorabili. Ma stiamo parlando di Brody McKinnon, e non c'è niente di lui che possa intenerirmi. Il mio odio nei suoi confronti è eterno.

E poi si diverte a provocarmi.

Che cosa perversa!

"Dimmi un po', come fai a mangiare queste schifezze senza ingrassare?" Anche se sono seduta accanto a lui, mi scruta dalla testa ai piedi. La cosa mi fa arrossire violentemente. "Devi avere un metabolismo assurdo, Davies."

"Il mio metabolismo non ti riguarda," borbotto. "Sicuramente hai questioni più importanti a cui pensare, come al numero di feste di questa sera, moltiplicato per il numero delle ragazze ubriache che si pentiranno di essere andate a letto con te mentre vanno in farmacia a comprare la pillola del giorno dopo." Sbatto le ciglia guardandolo. "Sono questioni importanti."

Invece di rispondere ai miei insulti, li ignora. Punta una patatina contro di me con un'espressione seria. "Dovresti aver cura del tuo corpo, è l'unico che hai. Forse dovrei insegnarti quanto sia importante un'alimentazione sana."

Ridacchio. "Certo, McKinnon. Quindi dovrei venire a casa tua e giocare a fare l'infermiera?"

Un sorriso enorme gli illumina il volto e riesce a malapena a trattenere una risata. "Certo, possiamo giocarci mentre ti spiego i gruppi alimentari di base. Mi piace prendere due piccioni con una fava."

"L'unica cosa che prenderai…"

"Basta!" esclama Zara. "Ne ho abbastanza!" Ci fissa. "Se non smettete di litigare, me ne vado!"

Lancio uno sguardo imbronciato a Zara e indico Brody. "Ha iniziato lui."

"Non m'interessa chi ha iniziato," dice. "Chiudetela qui. Sono stata chiara?"

"Sì, mamma," borbotto.

"Bene," risponde agitando un dito tra noi due. "Dovete imparare a essere gentili l'uno con l'altra."

Brody alza le mani. "Ehi, io ci sto provando. Vorrei essere gentile con lei, sempre."

Mi lancia un'occhiata, io lo guardo di traverso.

Per quanto mi piaccia Luke, preferirei non avere a che fare con il suo amico. Quando Zara mi ha detto che usciva con lui, non ho affatto pensato che avrei potuto incontrare Brody.

Quindi, a meno che non smetta di vedere Zara, dovrò trovare un modo per sopportarlo.

La mia amica si schiarisce la gola: "Questo weekend…"

La osservo trepidante. Non continua la frase, quindi guardo prima Luke e poi lei. Per qualche motivo, le tre persone sedute al tavolo mi fissano. Mi si chiude lo stomaco.

"Cosa?" mi irrigidisco e guardo gli altri con aria imbronciata. Nessuno parla. "Cosa succede questo weekend?" Io ho intenzione di passarlo su Netflix, in tuta, mangiando una pizza enorme con tanta mozzarella. E basta.

"Beh…" Zara si interrompe e lancia uno sguardo a Luke.

"Sputa il rospo," dico. Si da il caso che il mio incubo peggiore sia seduto accanto a me. Non può andare peggio di così.

"I ragazzi daranno una festa a casa loro sabato, e voglio che tu venga con me."

"Nooooooo" gemo accasciandomi sulla panchina.

Avrei dovuto capire dove stesse andando a parare. Sui social parlano tutti di quella festa.

"Sìììììììììì," risponde lei.

"Ti prego, Zar," piagnucolo in modo patetico. "Ti prego, non mi costringere. Sai quanto odio queste cose." Non sono del tutto retrograda. Negli ultimi anni sono stata a un bel po' di feste, ma quelle dei giocatori di hockey sono in una categoria a parte. Sono il paradiso della depravazione e dell'ubriachezza. Sembra di essere a un party nella villa di Playboy. Basta indossare un cappello da capitano e una vestaglia di velluto bordeaux per sentirsi come Hugh Hefner nei tempi d'oro.

La voce di Zara si addolcisce, come se cercasse di far ragionare un bambino stanco e capriccioso. "Lo so, tesoro. Ti capisco, davvero, ma…"

"E allora non mi costringere," la interrompo. Non ha bisogno della mia presenza. Ha Luke, starà lui con lei.

"Ma ho bisogno di te," dice.

"Non esagerare."

"Sei la mia migliore amica, e ho bisogno che tu venga con me. Sai come sono quelle ragazze."

Non ha bisogno di precisare di chi sta parlando. Alle groupie di questa università non piace la concorrenza.

Zara fa tremolare il labbro e mi fa gli occhi dolci. È una tattica che ha perfezionato in tantissimi anni di manipolazione. Abbasso le spalle. Sto per arrendermi. Come potrei dire di no a quel faccino? Quanto odio quando passa alle maniere forti.

"Non è giusto," borbotto.

Lei fa un sorrisetto e ribatte: "Chi ha detto che la vita è giusta?"

"Sembra di sentire mia madre."

"Beh, secondo me è una donna intelligente. Ho bisogno della mia combriccola al mio fianco," aggiunge dopo aver ingoiato un'altra forchettata di insalata.

"Nessuno usa più quel termine. Ora si dice 'squadra.'"

"E va bene," risponde. "Ho bisogno della mia *squadra* al mio fianco. Dimmi che verrai." Unisce le mani implorando. "Ti prego!"

Non voglio arrendermi.

Non voglio arrendermi *affatto*.

"Okay," cedo. "Ma non usare più il labbro tremolante. Non riesco a resistere."

"È sempre stato il tuo punto debole."

Prendo una patatina dalle mani di Brody e la lancio a Zara. "Sei una mocciosetta manipolatrice e ti odio."

Lei sorride schivandola. "Non è vero. Mi vuoi bene."

Ha ragione, ma non ho intenzione di dirglielo.

"Ehi," si lamenta Brody. "Stavo per mangiarla!"

Prendo un'altra patatina e gliela lancio addosso. Sono tentata di fare la stessa cosa con il piatto.

CAPITOLO QUATTRO

BRODY

Mi alzo per lasciar passare Natalie. Luke e Zara limonano per un po' prima di allontanarsi. Lancio uno sguardo a Natalie. So che la cosa le darà fastidio, quindi le rivolgo un sorriso sfacciato. "Ehi, Davies, grazie per avermi offerto il pranzo. La prossima volta pago io."

Lei risponde brontolando. È alquanto sexy. "Non ci sarà una prossima volta!"

Il mio sorriso si allarga. Provocarla è fin troppo facile. Non devo fare nulla di particolare per farla arrabbiare. Per qualche motivo la sua reazione è davvero appagante. Non riesco a pensare a un'altra ragazza che mi piace infastidire quanto lei.

Io e Luke torniamo a sederci, e fisso con attenzione il fondoschiena rotondo di Natalie. È davvero un'opera d'arte. Potrei guardarlo ondeggiare tutto il giorno senza annoiarmi.

Luke, che ha già finito il suo hamburger, prende una patatina dal piatto abbandonato di Natalie e se lo infila in bocca. Osserva le ragazze e mi chiede: "Ma che avete voi due? Bisticciate come una vecchia coppia sposata."

Alzo le spalle. Natalie Davies è forse l'unica ragazza del campus che non mi può vedere. Non per vantarmi, ma di solito ho l'effetto opposto sulle ragazze.

"Non andate mica a letto insieme?"

"No."

Stringe gli occhi. "Ne sei sicuro?"

Alzo le mani. "Non l'ho mai nemmeno toccata." Giuro, se fossi andato a letto con Natalie, persino al primo anno, lo ricorderei. Non dimenticherei mai una cosa del genere.

Scuote la testa, come se neanche lui capisse la situazione. "Di solito le ragazze fanno di tutto per averti. Lei invece ti sbranerebbe."

Natalie scompare in mezzo alla folla e distolgo lo sguardo dal suo sedere. Non ci credo davvero, ma ribatto: "Non lasciarti ingannare dal suo comportamento scontroso. Sotto sotto, è innamorata di me. Ha solo uno strano modo di dimostrarlo."

Luke ridacchia. "Beh, amico, non credo proprio. Non ho mai incontrato qualcuno che ti odi così."

Forse ha ragione. Conosco Natalie da tre anni e non ha mai cambiato opinione su di me. La prima volta che ha attirato la mia attenzione eravamo a una lezione di economia del primo anno.

È una bella ragazza con i capelli lunghi e folti del colore dell'ebano che le arrivano a metà schiena. Non vi nascondo che ho avuto la tentazione di accarezzare quelle ciocche scure e setose una ventina di volte. Forse di più. Vi starete chiedendo se ci ho mai provato.

Certo che no.

Mi piace avere le dita attaccate alla mano. È più facile giocare a hockey così.

E poi ha degli occhi grandi dello stesso colore dei capelli. Pur essendo alta e snella, ha dei bei seni che sembrano abbastanza grandi da stare in una mano e si abbinano perfettamente alla sua figura slanciata.

Lo so perché, tutte le volte che abbiamo lezione insieme, passo molto tempo a fissarla con la coda dell'occhio. I suoi seni sodi mi fanno venire l'acquolina in bocca. Un'ottima visione periferica non serve solo per giocare a hockey, ma anche per sbirciare le ragazze senza farsi scoprire. Ad alcune piace essere ammirate di nascosto, altre invece, se lo scoprissero, mi caverebbero gli occhi.

Natalie rientra decisamente nell'ultima categoria. L'anno scorso l'ho vista mettere a terra un ragazzo solo per averle dato un'occhiata d'apprezzamento. Lei sì che sa fare a pugni.

Probabilmente non dovrei trovarlo così attraente, ma lo è. Una volta ho avuto un'erezione semplicemente guardandola gestire la situazione.

E questo non è nulla di nuovo quando si tratta di lei. Ogni volta che è nelle vicinanze, mi eccito un po'.

"Lo sai che l'anno scorso stava con Reed Collins, vero?"

Faccio spallucce come se non ne fossi al corrente.

"È per questo che io e Zara ci siamo dovuti nascondere per un po'," dice. "Mi sa tanto che Collins le ha lasciato l'amaro in bocca."

Ridacchiamo da idioti immaturi quali siamo.

"Non mi ci far pensare," rispondo. Non ho voglia di immaginare quel tizio vicino alla bocca di Natalie, per non dire altro.

Luke ridacchia. "Non ho resistito."

Naturalmente so che l'anno scorso stava con Collins. Mi irritava vederla con quell'imbecille. Grazie al cielo non è durata più di un paio di mesi perché lui la tradiva.

Il che mi ha fatto arrabbiare ancora di più.

Mi diverto a provocare Natalie, ma non mi piace quando lo fanno gli altri. E Reed Collins l'ha davvero ferita.

La penso così: se desideri andare a letto con tutte le ragazze che vuoi, fallo. Ma non se hai già una ragazza fissa.

È semplice, no?

Evidentemente Reed non la pensava così, il che non mi sorprende. Ho sempre pensato che fosse un vero idiota. Siamo arrivati alla Whitmore nello stesso periodo e abbiamo giocato in squadre diverse nelle giovanili. Come tutti quelli che giocano al centro, è un borioso che cerca soltanto di segnare. Non è per niente capace di fare gioco di squadra, e per me è un problema.

Ma questa è soltanto la mia opinione.

Sono abbastanza tranquillo e rilassato e vado d'accordo con i miei compagni di squadra, ma lui è l'eccezione. Non ci sopportiamo. Non mi piace. Reed si crede un giocatore migliore di quello che è, e sono pronto a scommettere che gli dia un fastidio tremendo il fatto che io sia stato selezionato da una squadra della Hockey League subito dopo il liceo, mentre lui dovrà aspettare fino alla fine dell'anno.

Luke finisce di bere e dice: "Ti diverti un po' troppo a farla arrabbiare."

Sorrido perché ha ragione. Continuo a dirmi che dovrei smetterla perché non mi faccio benvolere da lei, ma poi arriva e non riesco a fare a meno di attirare la sua attenzione. È fin troppo facile. Ogni volta che ho l'opportunità di irritarla, la colgo al volo. E ora che Luke sta uscendo con la sua coinquilina la vedrò più spesso, il che mi va benissimo.

Mi appoggio allo schienale della panchina e sorrido. "La vita è breve, amico. Bisogna cogliere l'attimo."

Luke scuote la testa ma continua a sorridere. "Che relazione incasinata."

Alzo le spalle.

Ha ragione.

CAPITOLO CINQUE

NATALIE

"Non posso credere di essermi lasciata convincere!" esclamo a Zara mentre Megan, un'amica che vive nell'appartamento accanto, apre la porta. Sono solo le dieci, ma l'appartamento della squadra di hockey è già affollatissimo. La musica rimbomba dalle casse facendo vibrare le pareti, e il rumore non mi permette di pensare.

C'è da dire che sono tutti vestiti. Sono stata qui un paio di volte mentre facevano una partita di beer pong versione spogliarello. Diciamoci la verità, alla maggior parte di queste ragazze non serve una scusa per denudarsi.

Zara mi prende sotto braccio non appena intuisce la mia titubanza. Immagino che si stia assicurando che non scappi, cosa che avevo decisamente in mente di fare. La mia voglia di stare qui è pari a quella di subire un'estrazione dentale.

Se potessi scegliere, opterei per la seconda. Sarebbe un modo più piacevole di trascorrere le prossime due ore.

"Sei venuta perché sei una delle mie migliori amiche e ci sei sempre quando ho bisogno di te."

Odio quando gioca sporco. Ci sono pochissime cose che non farei per Zara, e lei lo sa.

"Due ore, poi me ne vado." Le lancio uno sguardo severo per far intendere che faccio sul serio. "Capito?"

Sorride e mi dà un bacio sulla guancia. "Sì."

"Bene." Mi guardo intorno osservando il caos che si scatena.

I giocatori della Whitmore sembrano avere un'unica regola: giocare al massimo in pista e divertirsi ancora di più fuori. Non è raro che la polizia intervenga per sedare le loro feste esagerate, ma di solito si limitano a rimproverarli. Sembra che l'intera città sia ai loro piedi: un arresto metterebbe un giocatore in panchina, minando le prestazioni dell'intera squadra.

Senza le stagioni vittoriose e i campionati nazionali, la Whitmore non sarebbe l'agognato paradiso dell'hockey che è attualmente. Nessuna persona sana di mente rovinerebbe la squadra: né il rettore dell'università, né i cittadini, che si arricchiscono grazie ai fan dell'hockey venuti a spendere in città.

"Ehi, piccola."

Pochi minuti dopo il nostro arrivo, Luke cinge le spalle di Zara dandole un tenero abbraccio prima di limonare con lei.

Megan mi guarda e alzo gli occhi al cielo. Quei due sono incorreggibili. Ora che la loro relazione è ufficiale si scambiano effusioni ovunque.

Cercando di distogliere lo sguardo, osservo la stanza finché non incrocio un paio di occhi color ambra.

Dannazione.

Sono venuta qui con l'intenzione di evitare due ragazzi, e ho appena incrociato lo sguardo di uno di loro. A prescindere da dove vada ultimamente, non riesco a non imbattermi in Brody McKinnon. È come se l'universo ce l'avesse con me. Quel ragazzo è l'ultima persona che voglio vedere e la prima in cui mi imbatto.

Gli lancio il mio solito sguardo torvo e un ampio sorriso illumina il suo bel viso facendo risaltare le fossette. Non mi sorprenderebbe se lo facesse apposta.

Due ragazze sono aggrappate alle sue braccia muscolose, e in mano ha un bicchiere rosso. Sembra essere nel suo habitat, circondato dal proprio pubblico adorante. Bene. Spero che rimarrà lontano da me. L'ultima cosa di cui ho bisogno è battibeccare di nuovo con lui.

Mi chiama a sé facendo un gesto col dito.

Fa sul serio?

Lo guardo incredula, poi scuoto la testa per fargli capire che non sono una groupie arrapata a sua completa disposizione. Lui sorride di nuovo e si stacca dalle due ragazze.

Sono appena arrivata e la serata sta già precipitando. Guardo il mio telefono, devo stare qui ancora un'ora e cinquanta minuti. Non sono sicura di riuscire a resistere, specialmente se i primi dieci minuti sono stati un'anticipazione di ciò che mi aspetta.

Lancio un'occhiata disperata alle mie spalle, sperando di riuscire a sgattaiolare via prima che si avvicini. Non mi sorprende che Zara e Luke siano ancora avvinghiati l'uno all'altra. Accidenti. Riusciranno a respirare? Cerco Megan con lo sguardo, ma è stata inghiottita dalla folla.

Sono sola. Ecco perché non volevo venire. Maledetta Zara e il suo labbro tremolante. Mi deve un favore enorme. Mi giro cercando una soluzione, ma è troppo tardi. È qui, in piedi davanti a me in tutta la sua gloria. Il mio sguardo si posa sui bicipiti messi in mostra dalla camicia aderente. Odio apprezzare qualcosa di lui.

"Davies!" esclama come se fosse felice di vedermi. "Sei qui!"

"Sì," biascico, sperando che basti una sola parola per esprimere la mia insoddisfazione.

Lancia un'occhiata a Luke e Zara e scuote la testa. "Sembrano due gatti in calore. Dovrebbero fare una doccia fredda."

Ridacchio. Brody ha ragione. Mi accorgo che per la prima volta sono d'accordo con lui e mi copro la bocca, cercando di rimangiarmi tutto.

I suoi occhi si spalancano per lo stupore. "Santo cielo, sei d'accordo con me? L'inferno si è congelato? Vado a prendere i pattini?"

Scuoto la testa tentando di negare. "No, non..."

"Sì, invece," mi interrompe con aria compiaciuta. I suoi occhi brillano per la felicità.

Si sta davvero divertendo.

"L'ho sentito con le mie orecchie." Incrocia le braccia muscolose sul suo petto scolpito. Il cotone della camicia è così tirato che è un miracolo che non si sia già strappata. La maggior parte delle ragazze presenti alla festa sverrebbero.

Okay, basta così. Devo allontanarmi da lui. Ovviamente sto perdendo la testa, perché riesco a pensare soltanto ai suoi muscoli duri e forti nascosti sotto la camicia. E a quello che proverei se li toccassi.

Che caldo! Sono io o fa proprio caldo qui?

Ho bisogno di bere.

In cerca di una via di fuga, indico la cucina, dove metteranno il barilotto di birra. "Beh, McKinnon, è stato un piacere vederti, ma ho bisogno di un drink." Mi allontano frettolosamente.

Non mi piace come Brody mi fa sentire. Tra noi c'è un costante, indesiderato senso di attrazione che non riesco sempre a decifrare. È molto più semplice evitarlo e sperare che quella sensazione svanisca. Il problema persiste nonostante siano passati tre anni, emergendo inaspettatamente nei momenti meno opportuni, che io lo voglia o meno.

"Ma certo. Come sono scortese! Ti prendo qualcosa da bere." Mi porge la mano. "Vieni."

Fisso il suo palmo largo come un serpente sibilante e scuoto la testa con forza. "No, tranquillo. Il tuo entourage sta aspettando pazientemente il tuo ritorno." Indico il gruppo di ragazze da cui si era allontanato e che lo stanno fissando con desiderio. "Non vorrai mica deluderle?"

"Davies." Ridacchia. "Mi fai morire."

Con un movimento rapido, colma la scarsa distanza che sono riuscita a mettere tra noi e mi afferra le dita prima che possa allontanarle. La consapevolezza del suo tocco mi attraversa il corpo. Mi rivolge uno sguardo acuto, interrogativo quando i nostri occhi si incrociano, e le sue dita si stringono possessivamente intorno alle mie.

Come il Mar Rosso separato da Mosé, un sentiero si forma magicamente davanti a lui.

Anche se Brody non fosse famoso, la gente si farebbe comunque da parte per farlo passare. È alto almeno un metro e novanta e pesa cento chili. Ha il petto e le spalle larghi. Posso solo immaginare come si sentono gli avversari quando, a spalla bassa, sbatte contro di loro.

Un minuto dopo ci ritroviamo in cucina. Se ci fossi andata da sola, mi ci sarebbe voluto il triplo del tempo a causa della calca. Per poco non lo ringrazio.

Sarò pure maleducata, ma non ci riesco.

Invece di guardare Brody, osservo il bancone all'estremità della cucina, pieno di ogni genere di alcolici. Se uno volesse qualcosa di meno alcolico della tequila o dei cocktail, c'è sempre un barilotto d'argento vicino al lavandino.

"Cosa vuoi, Davies?" Sorride, e i suoi occhi si illuminano. "Perché non partiamo dalla tequila? Inizio io."

"Assolutamente no," ribatto.

Ride. "Come sei noiosa. Dovresti essere più rilassata."

"Lo sono abbastanza," rispondo con aria severa. Questo non è un buon posto per abbassare la guardia. Potrebbe succedere di tutto, e preferisco non perdere il controllo.

Brody mi guarda interessato. "Non mi pare."

Guardo le bottiglie con aria dubbiosa. Non mi piacciono i superalcolici: mi fanno ubriacare troppo velocemente, e non mi piace né perdere il controllo, né essere sbronza.

"Va bene una birra."

"Arriva subito." Senza allontanarsi, Brody alza un dito e il ragazzo accanto al barilotto di birra gli risponde con un cenno, riempie un bicchiere di plastica malgrado la fila chilometrica e glielo dà.

Me lo porge con un inchino. "La sua bevanda, mia signora."

Ora che si è comportato da bravo padrone di casa e mi ha dato da bere, spero si allontani. Non avrà mica intenzione di passare la serata con me?

Il solo pensiero mi fa venire i brividi.

"Grazie." Proprio mentre sto per bere il primo sorso, qualcuno entra nel mio campo visivo. Prima ancora che riesca a distogliere lo sguardo, i nostri occhi si incrociano. E, invece di bere poco, finisco per inghiottire metà del bicchiere. Ho bisogno di tutto il coraggio liquido possibile.

Mi dimentico di Brody, che non si è mosso dal mio fianco, e gemo: "Oh, fantastico."

"Davies?" mi guarda confuso. "Che succede?"

"Niente." Sposto il peso da un piede all'altro in preda all'agitazione, cercando un nascondiglio, ma è troppo tardi. Reed mi ha già visto. Se girassi i tacchi e me ne andassi, ci godrebbe troppo e non lo posso accettare. Preferisco restare e sopportare una conversazione con quell'imbecille piuttosto che fargli credere di avere un qualche potere su di me.

Brody si guarda intorno, e dopo un attimo nota Reed. "Quel dannato Collins," borbotta sottovoce col mio stesso tono. Ma basta per farmi sorridere leggermente.

Anche se guardo ovunque tranne che in direzione di Reed, sento costantemente il suo sguardo pesante su di me. Con lui a bloccare l'uscita, non c'è modo di evitare il confronto. Mi raddrizzo, preparandomi mentalmente all'incontro imminente.

È troppo chiedere che mi ignori?

A quanto pare sì.

Reed si avvicina con un sorrisetto sulle labbra. Le persone si voltano quando le urta con le spalle. Alcuni sembrano pronti a reagire, ma rendendosi conto di chi si tratta, cambiano idea e tornano a chiacchierare.

"Ma guarda un po' chi c'è. Natalie Davies." Mi guarda dall'alto in basso e si sofferma senza ritegno sul mio petto. Non mi vergogno del mio corpo o delle mie qualità, ma il modo in cui mi guarda è umiliante. Invece di sentirmi a disagio, mantengo la mia posizione. Non lo lascerò vincere.

Quando il suo sguardo torna a posarsi sul mio, dice: "Sono sorpreso di vederti. Non pensavo di trovarti qui."

Affondo le unghie nei palmi delle mani e faccio spallucce. "Potrei dire la stessa cosa di te."

Reed si avvicina ignorando Brody. "Ti sono mancato, piccola?" La sua risatina mi fa venire voglia di dargli un pugno. Sarebbe *molto* appagante.

"Più o meno quanto mi mancherebbe avere le piattole," dico dolcemente. "O i pidocchi."

Sorride con aria maliziosa.

Sono passati circa otto mesi da quando gli ho detto di andare all'inferno e da allora ci siamo parlati a malapena. Non ci siamo lasciati in buoni rapporti, come persone mature e sofisticate che restano amiche. Dopo aver scoperto che mi stava tradendo mi sono infuriata, come qualunque ragazza che abbia un minimo di autostima, e l'ho scaricato.

Brody cinge le mie spalle con un braccio e mi stringe a sé. Gli occhi azzurri di Reed si posano prima su di lui e poi su di me, è palesemente sorpreso.

Tra Reed e Brody c'è una sorta di rivalità infantile. Quando stavamo insieme Reed frignava e si lamentava sempre di Brody. All'epoca eravamo d'accordo perché la pensavamo allo stesso modo.

A posteriori, credo che Reed fosse più che altro geloso. Prima di entrare alla Whitmore era il miglior giocatore di hockey della zona. Brody gli ha fatto abbassare la cresta e a Reed non piace la cosa.

Prima che il mio ex possa fare domande, Brody interviene. "Davies è qui con me."

Aspetta... Che?

Reed alza le sopracciglia. "Davvero?" Non ci crede.

"Davvero." Brody mi guarda con la coda dell'occhio.

Vado nel panico. "Emmm." Non so cosa dire. Il mio cervello e la mia bocca sono andati in tilt. Resto immobile con la bocca aperta come un pesce fuor d'acqua.

Reed punta un dito contro di noi. "State insieme, è questo che mi state dicendo?"

Devo mettere fine a questa follia, ma Brody mi batte sul tempo.

"Esatto."

Reed inclina la testa e mi lancia uno sguardo compassionevole. "È davvero cambiato tutto, eh?" Ride. "Non ti prendevo per una groupie, Natalie. Peccato che non lo fossi l'anno scorso. Sarebbe stata una storia da una botta e via." Alza le spalle. "Ma del resto eri vergine, quindi mi sono dovuto impegnare per averti."

Il suo commento orribile mi toglie il respiro e arrossisco.

Ho capito quanto Reed fosse un egoista imbecille solo dopo aver rotto con lui. A essere sincera lo sospettavo, ma in mia difesa ero innamorata e vedevo solo quello che volevo vedere.

Ma questo è davvero un colpo basso, anche per lui.

Brody stringe i pugni e fa un passo avanti. Mi riprendo dallo shock e lo fermo per evitare che si avvicini a Reed, pur sapendo di non poter fare molto contro uno della sua stazza.

"Che hai detto, stronzo?" ringhia Brody.

L'intensità del suo tono mi fa venire i brividi. Ho visto Brody perdere le staffe molto raramente. Di solito è tranquillo e rilassato, scherza spesso o mi prende in giro.

In questo momento è completamente diverso. I suoi muscoli sono ancora più duri ed è all'erta, in attesa del segnale di attacco.

"Mi hai sentito." Reed ridacchia per la reazione di Brody. "Hai qualcosa da dire, McKinnon?"

Mi viene la nausea. L'ultima cosa che voglio è una rissa, soprattutto per causa mia. Io e Brody non stiamo insieme. Non mi deve difendere, tanto meno fare a botte per me. La gente si avvicina, attirata dalle voci. Tutti adorano le risse, ubriachi o sobri che siano.

"Parla ancora così di Natalie e ti prendo a calci in culo."

"Fottiti," sghignazza Reed. "Credi di essere chissà chi perché papino ti ha fatto entrare in squadra. Sei solo un ciarlatano. Lo sei sempre stato."

Stranamente Brody non esplode e riesce a trattenersi. Fa un lieve sorriso a denti stretti.

"Non m'importa, Collins." Brody si avvicina a Reed e dice: "Natalie sta con me adesso. Se vuoi dire stronzate su di lei, dovrai vedertela con me."

Reed da una pacca sulla spalla di Brody e scuote la testa. "Buona fortuna, amico. È pessima a letto." Mi guarda e alza le spalle. "Non m'interessavi più, piccola. Una botta e via, come ho detto prima. Ma del resto mi sono sempre piaciuti i bei faccini come il tuo." Abbassa lo sguardo e lo posa sul mio seno. "E altre cose."

CAPITOLO SEI

NATALIE

In un batter d'occhio si scatena l'inferno: Brody tira per il braccio il mio ex e gli sferra un pugno in faccia. Reed urla e si lancia su di lui. Grido e qualcuno si avvicina provando a separarli.

Le risse alle feste dei giocatori di hockey non sono una novità, anzi, una cosa gradita. Evito questi festini come la peste, ma i postumi sono documentati ovunque sui social il mattino dopo. Di solito, però, i membri della squadra non fanno a botte tra di loro.

Grido il nome di Brody diverse volte per attirare la sua attenzione, ma è occupato a schivare i colpi di Reed e a colpirlo a sua volta prima che riescano a separarli. Due ragazzi trattengono Reed e altri due Brody. Entrambi si guardano in cagnesco, con il respiro affannato. Reed perde sangue dal naso, mentre Brody domani mattina avrà un occhio nero.

Com'è potuto succedere tutto in pochi istanti?

Sapevo che venire alla festa sarebbe stato uno sbaglio. Avrei dovuto dar retta al mio intuito e restare a casa a guardare qualcosa su Netflix mangiando una pizza.

Brody si scrolla di dosso i ragazzi che lo tengono fermo. Lancia un'occhiataccia a Reed e urla: "Se ti avvicini a lei o ti sento parlare male di lei, dovrai vedertela con me. Capito?"

Resto immobile e non riesco a credere a quello che sento.

"Fottiti, McKinnon!" Reed si libera dei ragazzi che lo trattengono e lancia uno sguardo verso il gruppo di gente intorno a noi, poi mi guarda. "Sappi che è più stupido di una capra. Ti annoierai subito con lui."

L'ho pensato anch'io un paio di volte, o forse di più, ma sentirlo dire da Reed mi fa arrabbiare. Stringo i pugni facendo un passo in avanti. Brody mi afferra per le spalle per fermarmi. "Vai all'inferno, Reed! Sei un coglione!"

Lui sghignazza. "Se sei migliorata a letto fammi un fischio. Sarei disposto a darti un'altra chance."

Brody si lancia in avanti, ma Reed è già sparito tra la folla. Fisso Brody, incredula e sconvolta.

La festa si è fatta improvvisamente silenziosa, si sentono solo i sussurri dei presenti che ci fissano. Ricambio i loro sguardi, arrossendo per l'umiliazione.

Tutti hanno sentito quello che ha detto Reed.

Che ero vergine.

Che sono pessima a letto.

Vorrei farmi inghiottire dal pavimento appiccicoso sotto i miei piedi. Vorrei fuggire via, ma resto immobile, paralizzata dagli sguardi puntati su di me.

Brody afferra la mia mano e mi trascina in salotto. Sono troppo stordita per fargli domande. La folla si separa e faccio fatica a stare al passo. Il mormorio dei presenti ci segue, e continuo a fissarli mentre Brody mi spinge su per le scale.

Ho un tuffo al cuore.

Questo è proprio il genere di attenzioni che non voglio avere. Non voglio essere associata alla rissa tra Brody e Reed, che inevitabilmente sarà sulla bocca di tutti domani mattina, ma so che non sarà possibile.

Parleranno tutti di me.

Arriviamo al secondo piano e Brody mi porta in fondo al corridoio semibuio mentre i festeggiamenti al piano di sotto stanno terminando. Cerco di elaborare quello che è successo negli ultimi dieci minuti. Non provo nemmeno a liberarmi dalla sua presa.

Brody tira fuori una chiave e spalanca la porta facendomi entrare. Una volta che l'ha chiusa, i nostri sguardi si incrociano e ci fissiamo. Sono ancora confusa.

"Cos'è successo?" sussurro.

"Ho dato un pugno a Collins," dice lui con calma. "Prego."

Oh no. È proprio come pensavo.

"Perché?" Torno in me e mi libero dalla sua presa. Non si rende conto di quello che ha fatto? "Perché l'hai fatto?"

Brody mi guarda come se fossi pazza. Forse lo sono. Forse sto avendo un esaurimento nervoso. Lo stress dell'università, della laurea e del divorzio dei miei genitori alla fine ha avuto la meglio su di me. È ufficiale: sono impazzita.

"Stava parlando male di te, Davies." Abbassa lo sguardo. "Cosa avrei dovuto fare? Rimanere lì come un idiota e lasciarlo continuare?" Si incupisce. "Assolutamente no!"

Mi porto le mani alla testa e mi massaggio le tempie, come se servisse a calmare l'emicrania imminente. "Non saprei, ma non puoi mentire e dirgli che stiamo insieme!" Mi passo le dita tra i capelli e scuoto la testa. "Che ti interessa?" Alzo la voce e sono sempre più isterica. "*Tu* parli sempre male di me," gli ricordo, nel caso in cui abbia dimenticato che le nostre conversazioni consistono in frecciatine e insulti reciproci.

Lui incrocia le braccia e ribatte con aria offesa: "È diverso. *Io* non direi mai una cosa del genere a te o a qualsiasi altra ragazza."

Mi sento in colpa. Ha ragione. Dite quello che volete di Brody, ma non l'ho mai sentito umiliare qualcuno. Non sarebbe mai così cattivo.

È irritante? Senza dubbio.

È esasperante? Certo.

Ma non è cattivo.

Gli piace provocarmi, ma niente di più.

Mi sento in colpa per averlo attaccato e mormoro: "Scusami. Non sei affatto come Reed." Mi allontano da lui e mi dirigo verso la finestra che dà sulla strada illuminata. Il cortile è pieno di persone che camminano tranquille, ridendo, bevendo e lasciandosi andare in questo sabato sera.

Mentre io sono quassù... e mi sento come se la mia vita fosse appena implosa.

"Non so come rimediare," sussurro. "Tutti hanno sentito quello che ha detto Reed."

Anche solo pensarci mi fa rabbrividire per l'imbarazzo.

Non mi accorgo che Brody è dietro di me finché le sue mani non si posano sulle mie spalle.

"Mi dispiace, Natalie. Reed è un deficiente. Non avrebbe dovuto dirti una cosa del genere."

Il fatto che Brody mi chiami per nome dimostra quanto sia terribile questa situazione. Mi chiama sempre per cognome. Mi copro il viso con le mani. "Ma l'ha fatto."

Come potrò farmi vedere in giro per il campus lunedì mattina? Siamo all'università, ma in realtà non è tanto diversa dal liceo. Alla gente piace spettegolare, e quello che è successo stasera è uno scoop di cui parleranno per giorni, perché riguarda non solo Brody McKinnon ma anche Reed Collins.

"Dovrò cambiare università proprio all'ultimo anno."

"Guarda, so che adesso ti sembra un problema enorme, ma non lo è. Non abbastanza da farti lasciare la Whitmore. Andiamo, Davies. Non pensavo fossi così melodrammatica."

Sussulto e mi giro, senza rendermi conto di quanto sia vicino. I miei seni sfiorano il suo petto. Me ne rendo conto, ma mi concentro sull'insulto. "Melodrammatica?! Non sono melodrammatica." Indico la porta. "Hai sentito cos'ha detto Reed. Lunedì mattina tutti nel campus sapranno che a letto faccio schifo."

"Non mi sei mai sembrata una preoccupata dell'opinione altrui..."

È vero, ma... "Non ho certo bisogno che la gente ne parli," brontolo.

"E se iniziassi a spargere la voce che sei la ragazza migliore con cui sia mai stato a letto?" dice. "Che fai cose che non pensavo neanche esistessero? Servirebbe a qualcosa?"

Lo guardo esasperata. "Non ho bisogno nemmeno di quel tipo di attenzioni."

Restiamo in silenzio, poi lui chiede: "E se conoscessi un modo per risolvere questo problema?"

"A meno che tu non sia in grado di tornare indietro nel tempo, non so come potresti porvi rimedio. D'ora in poi mi ricorderanno come la tipa terribile a letto che è uscita con Brody McKinnon per un secondo."

"Il mio piano è un po' più semplice. Fingiamo di uscire insieme finché la situazione non si sarà calmata… Sono certo che non ci vorrà più di qualche settimana."

Corrugo la fronte riflettendo sulle sue parole. "Fai sul serio?"

"Certo. Se stiamo insieme, nessuno ti darà fastidio." Fa una smorfia. "Nel caso non te ne sia accorta, ho una certa influenza nel campus."

Per la prima volta da quando ho visto Reed al piano di sotto, mi rilasso e alzo gli occhi al cielo. "Solo tu potevi dire una cosa del genere."

Mi sorride malizioso. "Ah, eccola qui. La Natalie Davies che conosco e amo."

"Ma per piacere." 'Amo'… la cosa mi fa quasi ridere.

"Quindi, che ne pensi?" chiede.

"Penso che tu sia impazzito," ribatto.

Brody ridacchia continuando a guardarmi. "Questo è certo."

Non credo di averlo mai visto così serio. Fa paura e sono un po' preoccupata. Mi sento a disagio e distolgo lo sguardo mormorando: "Non saprei. Mi sembra ridicolo ed esagerato." Ignoro il groppo alla gola. "Non ci piacciamo nemmeno," aggiungo, cercando di sviare la conversazione.

Siamo come cane e gatto. Lui fa un commento deridendomi e io ribatto a tono. Proprio com'è successo stamattina a pranzo. Lo scopo della vita di Brody sembra essere quello di irritarmi, e devo riconoscere che è davvero bravo.

E ora vuole che fingiamo di piacerci? Per qualche settimana? Finirò per ucciderlo a mani nude in meno di ventiquattr'ore.

Le mie parole sembrano farlo desistere, e cambia espressione.

"Certo che mi piaci, Davies, altrimenti non ti farei arrabbiare."

Inclino la testa ascoltando la sua motivazione ridicola. "Sei sicuro di non essere un bambino di dieci anni che finge di essere uno studente universitario?"

Mi rivolge un mezzo sorriso e fa l'occhiolino. Il mio cuore inizia a battere più forte e distolgo lo sguardo, cercando di controllare le mie emozioni. Non è possibile che io prenda seriamente in considerazione questa idea. Sarebbe un disastro.

"Non puoi andare a letto con nessuno durante il periodo in cui stiamo insieme," sbotto, chiedendomi se questo possa essere un ostacolo al suo piano. Brody non è esattamente famoso nel campus per i suoi modi monacali. L'hockey è al primo posto per lui. Le ragazze al secondo. Gli studi al terzo. "Non ho intenzione di interpretare due volte la parte della fidanzata stupida e tradita," dico.

Oddio! L'ho detto davvero?

"Va bene. Non guarderò nemmeno le altre ragazze," promette.

"Non è il guardare il problema."

"Giuro che non toccherò nessun'altra finché staremo insieme. Puoi fidarti di me, Davies."

Fidarmi di Brody McKinnon...

Ah!

Che idea ridicola.

Mi mordo il labbro riflettendo sulle alternative. Sono due. Potremmo tornare al piano di sotto e far finta che non sia successo nulla.

Rissa?

Quale rissa?

Non so di cosa stiate parlando.

Spero che i testimoni della rissa non abbiano sentito Brody dire a Reed che stiamo insieme, o Reed dire che sono terribile a letto.

Ho un tuffo al cuore.

Oppure io e Brody potremmo fingere di uscire insieme per un paio di settimane, o forse per un mese, ma non di più. Non ci vorrà molto prima che nasca un nuovo gossip. Il prossimo weekend la vita di qualcun altro sarà rovinata e ci potremo lasciare tranquillamente.

Sarebbe così terribile?

"Allora, Davies? Ci stai o no?"

"Io..." Non è una decisione da prendere a cuor leggero. Legarmi a Brody sembra una cosa pericolosa, ma non ho altra scelta. Mi raddrizzo e dico: "Ci sto."

Sorride lentamente, e le sue fossette sono in bella mostra. Il mio cuore sussulta contro ogni ragione.

Allunga la mano davanti a sé e finge di guardare in lontananza. "Riesci a immaginarlo? McKinnon e Davies, la nuova coppia d'oro della Whitmore." Mi guarda aggrottando le sopracciglia. "Sarà sicuramente un'esperienza interessante."

"Oddio," mormoro coprendomi il viso con le mani. "In che guaio mi sono cacciata?"

Lui ridacchia. "Sto scherzando. Andrà tutto bene."

"Niente andrà più bene," gemo.

Ora voglio soltanto tornare a casa, nascondermi sotto le coperte e fingere che non sia successo niente. Con un po' di fortuna, domattina scoprirò che è stato solo un incubo.

"Penso di averne avuto abbastanza per una sera." Avrò pure promesso a Zara di restare per un paio d'ore, ma non me la sento. "Vado a casa."

Annuisce. "Okay. Reggimi il gioco."

Prima ancora che possa chiedergli cosa gli passi per la mente, afferra la mia mano e mi trascina fuori dalla stanza, nel corridoio e al piano di sotto. Brody si ferma ai piedi delle scale e fischia emettendo un suono acuto. Non so cosa avrei dovuto aspettarmi, forse, che saremmo riusciti a sgattaiolare fuori senza farci notare, ma di certo non questo.

Se prima non avevamo catturato l'attenzione di tutti i presenti, ora ci siamo sicuramente riusciti.

La musica si interrompe bruscamente e cala il silenzio. Osservo la folla e mi viene un crampo allo stomaco.

Cerco di liberare la mano, ma lui la tiene stretta. Solleva l'altra mano e, in risposta, altre persone emergono dalla cucina per scoprire cosa sta accadendo.

"Ehi!" Brody mi attira al suo fianco e mi cinge le spalle con un braccio. "Voglio che tutti lo sappiate: io e Davies stiamo insieme!"

Trasalisco quando un forte boato attraversa la folla. Il sorriso di Brody si allarga. E io che avevo creduto che l'incidente con Reed fosse l'evento più imbarazzante che potesse capitare stasera.

Questo è peggio.

Appena siamo da soli voglio strangolarlo. Questa sarà la relazione più breve a cui gli studenti della Whitmore abbiano mai assistito. Proprio mentre sto per mormorare una battuta sarcastica, lui mi stringe tra le sue braccia e mi bacia.

Sussulto per la sorpresa. La sua lingua si infila nella mia bocca, intrecciandosi con la mia.

Mi sembra di essere entrata in una realtà parallela. Se ieri mi aveste detto che sarei diventata la finta fidanzata di Brody McKinnon, sarei scoppiata a ridere dicendovi di farvi curare.

Immediatamente.

Eppure eccomi qui. Sono la sua finta fidanzata.

Si stacca un po' da me e sussurra: "Beh, questo è decisamente un vantaggio."

Non so bene come reagire e lo fisso. Questa serata sembra fin troppo simile a un film dell'orrore. Com'è successo?

"Andiamo, Davies. Ti accompagno a casa." Sorride. "Sembri sul punto di avere un infarto."

Devo allontanarmi da tutta questa gente e riflettere sul piano a cui ho appena accettato di prendere parte. Poi dovrò decidere come rimangiarmi il tutto, perché, di sicuro, non riuscirò ad andare fino in fondo.

Forse, lasciare che tutti credano che sono terribile a letto non è la cosa peggiore del mondo.

CAPITOLO SETTE

NATALIE

*L*a porta del nostro appartamento si spalanca e Zara torna dalla sua notte brava con Luke.

I suoi capelli scuri sono spettinati. I vestiti, che ieri sera erano in perfetto ordine, sembrano stropicciati. Ha le labbra gonfie e l'eyeliner è sbavato sotto gli occhi, il che la fa sembrare un procione.

Si ferma quando mi vede appollaiata sul bancone della cucina, intenta a mangiare una ciotola colma di cereali, e mi punta un dito contro. "Tu, mia cara amica, mi devi spiegare un bel po' di cose." Getta la borsa sul tavolino, mette le mani sui fianchi e mi guarda trepidante.

La guardo con espressione vuota e mangio un'altra cucchiaiata di cereali.

Non dico niente e lei alza le sopracciglia. "Allora?"

"Cosa?" chiedo.

"Come 'cosa'?!" Urla così tanto che è un miracolo che i cani del vicinato non inizino ad abbaiare. "Non hai niente da dire?!"

"Ehmmm…" Sono perplessa. "Riguardo cosa?"

"Su te e Brody!" Allarga le braccia e mi tempesta di domande. "Oh mio Dio, state insieme? Uscite insieme? Quand'è successo? Come ho fatto a non accorgermene? Pensavo vi odiaste!" Poi rettifica. "Anzi, tu lo odiavi. Ho sempre avuto il sospetto che lui provasse qualcosa per te."

"Cosa?" Scuoto la testa. "No. È così, ci odiamo."

Zara sembra confusa: si massaggia le tempie e fa qualche passo verso di me. "Forse sono ancora ubriaca, perché quello che dici non ha senso."

"Io e Brody non stiamo insieme," dico con forza.

Mi guarda con un'espressione strana, come se non credesse a quello che dico. "Eppure ieri sera l'ha detto a tutti."

"Ah." Agito una mano. "Era una battuta. Stava solo scherzando." Ho deciso di minimizzare quello che è successo alla festa. Se non ci faccio caso io, non lo farà nessuno… vero? Tra pochi giorni non sarà più nemmeno un ricordo sbiadito.

Anzi, forse se ne sono già dimenticati.

"Stava scherzando?" Mi fissa come se fossi impazzita. Ammetto che inizio a pensare di esserlo davvero. Sto per esaurirmi. "Perché mai dovrebbe fare una cosa del genere?"

Sospiro e inizio a raccontarle tutto. "Dopo che mi hai abbandonata… grazie mille, comunque…" dico lanciandole uno sguardo tagliente. Non ho dimenticato il ruolo che ha avuto in questa storia. È davvero nei guai. "Mi sono imbattuta in Reed, che ha iniziato a dire delle stronzate. Brody era lì e gli ha detto di smetterla." Non ho intenzione di ripetere quello che ha detto Reed. Ancora non capisco perché abbia cercato deliberatamente di ferirmi mettendomi così in imbarazzo.

È stata una mossa meschina.

Mi prenderei a calci da sola per aver perso così tanto tempo con un tipo come lui. E per avergli dato la mia verginità. Avevo aspettato perché non avevo ancora trovato la persona giusta e volevo che fosse speciale. All'epoca pensavo che Reed fosse un bravo ragazzo. In realtà era l'esatto contrario.

"Quel deficiente non mi è mai piaciuto," dice Zara in tono schietto. "Ma questo non spiega perché Brody ha detto a tutti che state insieme."

Alzo le spalle. "L'ha detto a Reed per zittirlo, tutto qui. Io e Brody non stiamo insieme. Il nostro rapporto è sempre lo stesso: non esiste. E poi dubito che qualcuno abbia fatto attenzione a quello che ha detto. Sai come sono queste feste, erano tutti ubriachi. Metà di loro non ricorderà con chi è andato a letto ieri sera." Scelgo intenzionalmente di dimenticare il silenzio di tomba che è seguito all'annuncio di Brody, o le urla che si sono levate quando mi ha baciata. "Per quanto mi riguarda, non è niente di grave."

Alza le sopracciglia e ride. "Stai scherzando, vero?"

Infilo un'altra cucchiaiata di cereali in bocca e mastico un bel po' prima di ingoiare. "No. Per niente."

Scuote la testa. "Natalie, ne parlano tutti da quando ve ne siete andati. Insieme."

Mi sposto un po' lungo il bancone, sentendomi a disagio. "Secondo me stai esagerando." Contrariamente a quello che Brody ha detto ieri sera, non sono melodrammatica. Negli ultimi tre anni ho tenuto la testa bassa e ho studiato sodo. Non mi interessa essere popolare o rispettata. "Nessuno sa chi sono. E nessuno importa chi io sia." Così mi piace.

La voce di Zara si addolcisce. "Ne parlano tutti su Facebook." Tira fuori il cellulare dalla tasca e me lo piazza davanti agli occhi. Lo prendo in mano e fisso la home. Sibilo guardando una foto di me e Brody che ci baciamo ai piedi delle scale.

Dannazione.

Va bene.

Mi devo calmare.

Una sola foto non è una tragedia. Voglio dire, ho già visto delle foto in cui Brody limonava con altre ragazze. Molte foto. Non vuol dire nulla.

Scorro la home e ho un tuffo al cuore. La maggior parte dei post include foto di me e Brody.

Una ci ritrae ai piedi delle scale.

Un'altra mentre ci teniamo per mano e lui mi trascina al piano di sopra.

Un'altra ancora mentre ci baciamo.

Ma guarda un po'… Ci sono un sacco di foto di noi in cucina in cui Brody sta per dare un pugno a Reed.

Perfetto.

C'è anche un video di Brody e Reed mentre fanno a botte, per chi non ha potuto vederlo con i propri occhi.

Serro la mascella vedendo un meme.

È peggio di quanto credessi.

Zara si riprende il cellulare e smanetta un po' prima di ridarmelo. "Ora guarda su Instagram."

Scuoto la testa e lo spingo via. Non voglio vedere altro.

Al risveglio, mi ero convinta che quello che era successo con Brody non fosse niente di importante. Una cosa facile da dimenticare. Ovviamente non è così. L'operazione 'Dimentica-Ieri-Sera' è fallita. Ora devo capire come risolvere questo problema.

Zara mi consola massaggiandomi la schiena dolcemente. "Dovresti leggere quello che dice la gente."

Mi faccio coraggio e mi costringo a guardare lo schermo.

È peggio.

Molto peggio.

Cos'ho combinato quando ho accettato il piano di Brody?!

"Sono certa che passerà," dico debolmente, perché in fondo ho bisogno di crederci.

Zara strilla e si porta una mano alla bocca.

Gemo. Voglio sapere il motivo. No, forse no. Ciononostante, la domanda sorge spontanea: "Che è successo?"

Non può essere peggio di tutti i post virali su Facebook e Instagram.

"Beh, è ufficiale, Nat. Tu e Brody fate coppia fissa."

"Che stai dicendo?" borbotto.

Gira il cellulare e intravedo il profilo Facebook di Brody. La guardo confusa e lei sospira esasperata indicando la parte inferiore dello schermo.

"È ufficiale. Brody McKinnon è impegnato con Natalie Davies."

Dannazione.

CAPITOLO OTTO

BRODY

Mentre i miei coinquilini dormono ancora per riprendersi dai bagordi della scorsa notte, io mi sveglio presto ed esco di casa alle cinque. Il sole non è ancora sorto quando salgo in macchina e mi dirigo verso la pista di pattinaggio della zona. Da quando ho iniziato a studiare alla Whitmore, mio padre ha prenotato delle ore in più sul ghiaccio la domenica mattina, in modo da allenarci e riscaldarci insieme. Verso le otto andiamo a casa sua, dove mi alleno nella palestra che ha attrezzato nel suo seminterrato, completa di pesi, pedane e persino di una sauna in cui mi rilasso per una ventina di minuti prima di farmi la doccia.

Questo è l'unico momento della settimana in cui riesco a passare a trovarli, e Amber, la moglie di mio padre, per celebrare prepara un bel brunch ricco. Quando finalmente mi siedo a tavola con loro sono fisicamente esausto, ma rigenerato. Le endorfine mi danno una bella carica e mi sento pronto per la nuova settimana. Di solito, parliamo dei nuovi sviluppi della squadra di Milwaukee o di altri potenziali contratti in cantiere. Verso mezzogiorno torno al campus e dedico il resto della giornata allo studio.

Non ho neanche un momento di tregua.

Mio padre, John McKinnon, ha giocato per i Detroit Redwings per una decina d'anni. Dopo essersi ritirato dalla Hockey League ha fondato una società di gestione sportiva per rappresentare atleti professionisti. Ha iniziato con un paio di giocatori di hockey e da allora ha assunto venticinque agenti. Rappresenta atleti della Hockey League, della Basketball Association, della Football League e della Major League Baseball. Ho intenzione di giocare da professionista per quanto più tempo possibile per poi entrare nella società di mio padre: è per questo che ho scelto di laurearmi in economia con una specializzazione in finanza.

Avendo giocato da professionista, mio padre sa esattamente cosa mi aspetta quando, l'anno prossimo, sarà il mio turno. Il gioco cambia completamente: diventa più veloce, richiede abilità superiori e necessita di maggiore forza e disciplina. Non tutti ci riescono. Non sarò più il pesce grosso in uno stagno piccolo. Tutti quelli che giocano nella Hockey League sono i migliori in assoluto. Per questo mi torchia più di qualsiasi altro allenatore, e lo apprezzo perché mi rende un giocatore migliore. Quindi, nonostante abbia dormito poco la scorsa notte, non protesto e non mi lamento di essermi svegliato all'alba.

Ci sediamo a mangiare in veranda. Sul tavolo ci sono uova, pancetta, pancake, salsicce, patate e una ciotola di frutta. Mi ci fiondo affamato dopo l'allenamento e mi riempio il piatto.

Papà e Amber hanno da poco celebrato il loro terzo anniversario di matrimonio. Lei è quindici anni più giovane di mio padre, e lui era il suo capo. Non ho mai calcolato i mesi, ma ho il sospetto che si siano sposati in fretta perché lei era incinta della mia sorellina di due anni, Hailey.

Non mi dà fastidio il fatto che mio padre si sia risposato dopo così tanti anni. Forse la penserei diversamente se vivessi ancora con loro, ma non è questo il caso. Inoltre, Amber fa di tutto per farmi sentire incluso, e Hailey è una brava bambina. Sorride sempre ed è felice quando passo a salutarli la domenica mattina.

"Cosa ti è successo al viso?" mi chiede Amber mentre mi servo da mangiare.

Alzo le spalle. "Sawyer mi ha dato una gomitata mentre cazzeggiavamo. Niente di grave."

Mi ero quasi dimenticato dell'occhio nero che Reed mi ha fatto ieri sera. Sarei dovuto essere più veloce, avrei dovuto bloccarlo. Almeno sono riuscito a fargli anch'io un occhio nero e a colpirgli il naso.

Prego, stronzo.

"Sembra doloroso." Aggrotta le sopracciglia. "Forse dovresti metterci del ghiaccio sopra. Credo che nel freezer ci sia una confezione di piselli."

"Nah, non ce n'è bisogno, ma grazie lo stesso," rispondo. Amber mi piace davvero. Avrei potuto avere una matrigna peggiore.

Per fortuna la nostra conversazione viene interrotta dallo squillo del cellulare di mio padre. Io e Amber non scambiamo una parola mentre lui parla al telefono. Terminata la chiamata, lei mi chiede: "Come vanno le lezioni?"

"Abbastanza bene." I corsi sono cominciati a metà agosto, e sono passate alcune settimane. Gli allenamenti per la prossima stagione sportiva sono già iniziati, ma diventeranno ancora più duri quando inizieranno le partite in trasferta. Sto cercando di stare al passo con le lezioni, perché dopo avrò molto meno tempo libero.

Lo ammetto, ho sempre avuto difficoltà a trovare un equilibrio tra l'hockey e lo studio. A volte sembra che non ci siano abbastanza ore nella giornata per fare tutto. Ho deciso di laurearmi in economia perché sapevo che mi sarebbe stata utile per il futuro, dopo aver smesso di giocare a hockey. Avrei potuto scegliere una facoltà meno impegnativa e più semplice, come alcuni dei miei compagni di squadra, ma volevo qualcosa che fosse davvero valido a lungo termine.

"Uno dei corsi di finanza è un po' difficile, ma ci sto lavorando," dico dopo aver mangiato le uova. Non so con cosa le prepara, ma sono deliziose. "Grazie per il brunch, è tutto delizioso."

"Prego. Mi piace quando stiamo tutti insieme." Il sorriso di Amber ha una nota di tristezza. "Saremmo soli se non venissi a trovarci la domenica o se non venissimo a vederti giocare." Lancia un'occhiata a mio padre. "Non so cosa farà quando te ne andrai a Milwaukee."

"Lavorerò di più," risponde lui dopo aver mangiato un po' di pancetta. Lavora almeno settanta ore alla settimana ed è sempre in viaggio per incontrare i suoi clienti. Non riesco a immaginare come possa lavorare ancora di più, a meno che non cominci a vivere direttamente in ufficio.

Amber è stata impiegata nell'azienda di mio padre per cinque anni prima del loro matrimonio, quindi era pienamente consapevole di ciò a cui andava incontro. Sembra accettare che la sua priorità è il lavoro. "Forse porteremo Hailey a lezione di pattinaggio."

Mio padre alza le spalle, poi torna a parlare dell'università. "Ho parlato con la tua consulente."

"La dottoressa Miller?"

Annuisce. "Mi ha detto che non sei andato benissimo all'ultimo esame e i tuoi voti sono calati." Mi lancia uno sguardo carico di significato. "Farti mettere in panchina prima della nuova stagione è l'ultima cosa di cui abbiamo bisogno."

"Lo so." In realtà ho la sufficienza in due materie, ma lui non lo sa e non glielo dirò. Devo solo continuare a impegnarmi e sperare che ne valga la pena. Quando ho dei dubbi vado ai ricevimenti, quindi non sto certo oziando.

"Brody, so che l'università è dura, ma ti manca solo un anno. Sei già un passo avanti agli altri grazie al contratto con la squadra di Milwaukee. Ci sono altri sponsor. A maggio potrai concentrarti interamente sull'hockey. Devi soltanto impegnarti un po' di più."

Impegnarmi un po' di più.

Mi chiedo fino a che punto posso ancora spingermi. Trascorro ogni attimo delle mie giornate all'università o sulla pista da hockey. Mi chiedo davvero come facciano gli altri a organizzare festini.

Dove trovano il tempo?

So che secondo alcuni studenti sto soltanto perdendo tempo al campus prima di entrare nella Hockey League, ma non è affatto così. Sì, forse avrei dovuto scegliere una facoltà un po' più semplice, dato che mio padre mi assumerebbe anche senza la laurea in economia, però...

Mia madre voleva che mi laureassi, e voglio farle questo regalo.

"Mi sto impegnando al massimo," dico.

"Non puoi permetterti di farti mettere in panchina," ripete lui.

Pensa davvero che sia così stupido? Lo so benissimo! Il pensiero di dover stare in panchina anche solo per poche partite mi fa venire la nausea.

"John," dice dolcemente Amber posando una mano sul suo braccio.

Io e mio padre non litighiamo spesso, ma ad Amber non piacciono la tensione e le urla. È una persona molto zen. Non so se sia per l'eccesso di Xanax o dello yoga, ma un po' la invidio per aver raggiunto la pace interiore.

Vorrei dire lo stesso di me.

Non appena capisce che papà si sta arrabbiando, interviene per calmare le cose. A volte sento di doverla prendere da parte per dirle che non c'è bisogno che si metta in mezzo. Sono grande e so gestire mio padre. Lo faccio da ventitré anni.

Proprio mentre lui si gira verso la moglie, sentiamo l'urlo di Hailey provenire dal baby monitor appoggiato sul tavolo.

Amber posa il tovagliolo e si alza. "Vado a controllare. Stanotte non ha dormito per colpa di un'infezione all'orecchio. Il dottore mi ha appena mandato la ricetta." Guarda mio padre speranzosa. "Dopo il brunch dovrai correre alla farmacia."

Papà annuisce. "Va bene. Dovevo comunque passare dall'ufficio per un paio d'ore."

Non appena Amber si allontana, papà borbotta: "Ne vuole un altro."

Alzo le sopracciglia e chiedo: "Un altro cosa?" Non so a cosa si riferisca, ma sono contento che non si parli più dei miei voti.

Mi guarda esasperato. "Un altro bambino. Amber vuole un altro bambino."

L'espressione sul suo viso non ha prezzo. Ridacchio e alzo le spalle. "Cosa c'è di male? Hailey è una bella bambina. Le farebbe bene avere un fratellino o una sorellina."

"Ha già te," ribatte impassibile.

"Non è la stessa cosa. Penso che Amber voglia che Hailey abbia un compagno di giochi più vicino alla sua età. E poi io non ci sono quasi mai." Mi piacerebbe venire più spesso, ma non ho tempo. Appena arrivo a casa Hailey mi prende la mano e mi trascina nella sua cameretta. Non è una abitudine che confesserei a molte persone, ma sono davvero bravo a cambiare i pannolini dei suoi bambolotti, a dar loro il biberon e a rimboccare le coperte. "E l'anno prossimo non potrò venire per niente. Ha bisogno di un altro bambino con cui giocare."

"Vedremo," borbotta insoddisfatto. "Ho molto da fare con la società. Stiamo pensando di espanderci e di aprire una filiale a New York entro i prossimi sei mesi." Si massaggia la fronte e aggiunge: "Ho cinquant'anni. Non credo di volere un altro bambino a questo punto della mia vita."

Non riesco a fare a meno di sorridere. "Cosa pensavi che sarebbe successo sposando una donna senza figli, quindici anni più giovane di te?" Mi sembra una cosa ovvia.

Beve un sorso di caffè. "Quando sei diventato così intelligente? Tienilo in mente per il futuro."

È impazzito? "Avere dei figli non fa parte del mio piano decennale."

"Bene. Lasciamo le cose come stanno." Mi punta la forchetta contro. "Dimmi la verità: come ti sei procurato quell'occhio nero?"

Faccio spallucce continuando a mangiare. "Te l'ho detto: stavo cazzeggiando a casa."

Alza un sopracciglio. "Ah sì?" Si appoggia allo schienale della sedia e mi fissa per un lungo, interminabile momento.

Sostengo il suo sguardo restando in silenzio. Non ammetterò mai la verità. Conosco mio padre, e avrebbe una reazione esagerata.

"È così che ora si chiamano le risse con i compagni di squadra?"

"Non è niente di grave," borbotto.

Fa un respiro profondo, come se cercasse di non esplodere. "Lo è, invece. Il fatto che tu lo dica mi fa capire che non ti rendi conto della gravità della situazione. Vuoi davvero che quelli di Milwaukee pensino che non fai gioco di squadra? O che sei un attaccabrighe? Una mina vagante? O peggio, che non vai d'accordo con i tuoi compagni?"

Secondo me sta esagerando un po', ma sono abbastanza intelligente da tenerlo per me. Ecco perché non gli ho detto la verità.

Alza le mani, frustrato. "Una cosa è scontrarsi con gli avversari in pista, presi dalla foga del momento. Un'altra è farlo con i propri compagni. Se non l'avessi ancora capito, è una cosa inaccettabile." Si allunga e inchioda le mani sul tavolo. "Pensi che ti vorranno in squadra dopo aver visto un video in cui prendi a pugni qualcuno? Pensi che ti vorranno come loro rappresentante?"

E va bene… Forse ha ragione, ma non stavo certo pensando al mio futuro quando Reed ha detto quelle cose. Volevo soltanto farlo stare zitto.

E ci sono riuscito.

Me ne sono pentito?

Assolutamente no.

Ma non lo ammetterò mai a mio padre. Lo farebbe infuriare ancora di più.

"Mi dispiace." Mi passo una mano tra i capelli umidi e dico in tono adeguatamente contrito: "Non succederà più."

Si calma, ma sembra ancora esasperato. "Ne abbiamo già parlato, Brody. Devi stare lontano dai guai. Non devi fare a botte. Non devi ubriacarti. Non devi mettere incinte ragazze che vogliono soltanto farsi mantenere. Non devi fare nulla che possa intaccare la tua reputazione. Ai miei tempi non esistevano queste stupidaggini dei social. Nessuno ti filmava o ti fotografava quando uscivi di casa. Era molto più facile nascondere qualcosa." Scuote la testa. Ha dovuto riabilitare più di un cliente per colpa dei social e di scelte sbagliate. "Non appena fai qualcosa diventa virale. Sei un atleta professionista: possono accusarti di qualsiasi cosa e rovinarti la carriera, anche se sei innocente. L'ho visto succedere. Devi fare attenzione."

Mormoro un'altra scusa, ma questa volta ci credo davvero. Spesso dimentico che mio padre ha a cuore i miei interessi. È dalla mia parte e cerca di portarmi sulla retta via. "Hai ragione. Scusami." Ieri sera ho perso il controllo e ho lasciato che le mie emozioni prendessero il sopravvento. Di solito sono più attento.

"Stai per avere tutto quello che hai sempre sognato e non puoi rovinare tutto adesso. Ricorda che le tue azioni hanno delle conseguenze. Non sei più un bambino, quindi agisci di conseguenza."

"È stato un momentaneo errore di giudizio", aggiungo per precauzione, cercando di calmare la situazione prima di tornare al campus.

Sembra che dovrò prendere esempio da Amber sulla gestione emotiva di mio padre. Forse c'è qualcosa di vero in quelle stronzate zen.

"Momentaneo errore di giudizio, un cavolo! Chi è la ragazza che ha causato questo casino?"

Cavolo.

Avrei dovuto immaginare che l'avrebbe scoperto. È sempre attento a tutto ciò che riguarda la mia carriera. E di solito lo apprezzo. Non sarei dove sono ora, con un contratto già firmato e offerte di sponsorizzazione a palate, se non fosse stato per lui. A volte, però, è un po' troppo pesante e invadente. Vorrei che mi desse un po' di spazio per riordinarmi le idee da solo. L'ha detto lui stesso: non sono più un bambino, quindi dovrebbe lasciarmi risolvere i miei problemi da solo, come un adulto, come fanno molti dei miei coetanei.

Resto in silenzio, quindi lui alza un sopracciglio e tira fuori il cellulare. Dopo alcuni secondi dice: "Suppongo che questa," si blocca e stringe gli occhi per leggere meglio, "Natalie Davies sia stata la causa della rissa tra te e il tuo compagno di squadra."

Sbuffo. "Sì."

Si incupisce e sbatte il telefono sul tavolo. "Perché mai dovresti fare a botte con un altro giocatore per una bella gnocca? Sono stato all'università. Ho visto le ragazze alle tue partite. Ce ne sono abbastanza. Non c'è bisogno di contendersele nelle risse."

Lo fisso, irritato dalla piega che ha preso la conversazione. "Natalie non è 'una bella gnocca.'" Persino usare quell'espressione mi fa sentire a disagio.

Indica il cellulare e la home di Facebook. "Ti ho detto mille volte che uscire con una ragazza è un errore. L'ultima cosa di cui hai bisogno è perdere la concentrazione. Stai finalmente per ottenere quello per cui hai lavorato finora. Non rovinare tutto adesso. Non per questo motivo."

Mi passo di nuovo le mani tra i capelli, agitato. "Non è così grave. Stai ingigantendo le cose." Sapevo che sarebbe successo.

"Davvero?" Alza un sopracciglio. "Quindi tu e Reed andate d'accordo adesso?"

Io e Reed Collins non siamo mai andati d'accordo. Non andremo mai d'accordo.

"No," borbotto.

Lui scuote la testa e mi guarda deluso. "Ti ho sempre detto di uscire a divertirti, di andare a letto con quante ragazze vuoi."

Alzo gli occhi al cielo e borbotto: "Diamine, papà. Non voglio parlare di queste cose con te davanti al brunch domenicale." Mi viene da vomitare.

"Cosa?" Fa una smorfia. "Secondo te alla tua età non facevo le stesse cose? Andavo a letto con chiunque lo volesse." Mi lancia uno sguardo d'intesa. "Non siamo tanto diversi. Ti impegni nello sport e hai tutto il diritto di rilassarti fuori dalla pista." Torna serio e mi punta un dito contro. "Ma devi stare attento, non devi fare sul serio con nessuna di queste tipe, soprattutto a questo punto della tua vita."

Ho mangiato solo metà delle uova e dei pancake che ho nel piatto, ma non ho più fame e lo spingo via. Resto in silenzio e mio padre continua a parlare.

"Rompi con questa ragazza prima che il tutto ti sfugga di mano. Non ti puoi distrarre. Non ora. Devi concentrarti sullo studio e sull'hockey." Agita una mano. "Vuoi un pezzo di gnocca, prenditelo. Non ti ferma nessuno. Ma non andare oltre. Ce ne sarà di più quando giocherai da professionista."

Mi strofino la fronte e voglio solo mettere fine a questa conversazione. "Natalie è un'amica, nient'altro. Non devi preoccuparti, capito? Rilassati."

E per favore, smetti di dire 'gnocca.'

Prima che iniziassi a giocare nelle giovanili, mio padre mi fece una ramanzina simile dicendomi di non impegnarmi in relazioni serie e di concentrarmi sull'hockey e sul mio futuro nell'Hockey League, che all'epoca era ancora un sogno.

Ci sono state delle ragazze che avrei voluto conoscere meglio?

Sì, alcune.

Ma non è successo. Ho obbedito a mio padre e ho tenuto le donne lontane. Ha ragione, ho visto come sono molte di queste ragazze.

Vogliono andare a letto con te solo per quello che sei e per quello che sarai in futuro. Non ho bisogno di persone del genere.

"Lascia le cose come sono," dice mio padre con un tono severo.

Le gambe della sedia grattano contro il pavimento piastrellato mentre mi allontano dal tavolo. "Beh, è stato bello, ma devo tornare al campus e studiare."

"Bene."

Mentre mi allontano, aggiunge: "E fai pace con il tuo compagno di squadra. Non mischiare la tua vita privata all'hockey proprio quando sta per iniziare la stagione."

Agito una mano sopra la spalla mentre mi dirigo verso la porta d'ingresso.

Non succederà mai.

Per quanto mi riguarda, Reed può andare al diavolo.

CAPITOLO NOVE

NATALIE

"Ho bisogno di caffè," mormoro con gli occhi assonnati a Zara mentre entriamo nel campus. "Ti prego, dimmi che abbiamo del tempo per fermarci." Non ho dormito bene stanotte. Riuscivo soltanto a pensare al ridicolo impasse con Brody, una situazione che mi è sfuggita di mano e che ora devo stroncare sul nascere.

Zara da un'occhiata al cellulare. "Se non c'è una fila chilometrica, sì."

Ci fermiamo a Java House, una caffetteria al centro del campus. Non mi sorprende ritrovarmi di fronte a una coda più lunga del solito. Immagino che siano ancora tutti sbronzi dopo il weekend e abbiano bisogno di una dose extra di caffeina per affrontare il lunedì mattina.

Non sono sbronza, ma mi sento come loro.

Alcuni clienti ci guardano e iniziano a sussurrare. In preda al disagio, mi blocco sulla soglia e Zara, seguendomi, si scontra con me.

"Che diavolo, Nat!" borbotta irritata.

"Scusa." Ignorando gli sguardi e i mormorii, entro nella caffetteria e mi metto in fila. Faccio un calcolo veloce: dovrebbero esserci sette persone prima di noi.

"Non so se abbiamo abbastanza tempo," mormora Zara guardando di nuovo il cellulare. "È quasi ora e non possiamo arrivare tardi."

Mi dondolo sui talloni. Sono in astinenza da caffè al caramello. "Non credo di poter sopravvivere un'ora senza caffeina." Ne ho bisogno per affrontare Brody e questa situazione che mi sta sfuggendo di mano.

Guardo in avanti cercando di ignorare gli sguardi puntati su di noi. Mi ero detta che l'accaduto con Brody non avrebbe avuto conseguenze. Certo, ci sono problemi ben più gravi nel mondo, come la fame e le guerre, ma in meno di quarantotto ore la notizia che io e Brody siamo la nuova coppia d'oro della Whitmore si è diffusa a macchia d'olio.

Zara mi sussurra all'orecchio: "È solo una mia impressione o ti stanno fissando?"

È così. Sento i loro sguardi sulla mia pelle. Mi piace l'anonimato, e questa è una sensazione bizzarra. "Lo stai immaginando."

"Non credo." Sembra perplessa. "Come fai a non accorgertene? Persino io mi sento a disagio."

"Nessuno ci sta fissando," ripeto. "È un normalissimo lunedì mattina. Non sta succedendo nulla di strano." Mi sembra di leggere un copione che voglio seguire alla perfezione.

Lei ridacchia. "Oh, tesoro, pensi che si avvererà se continui a ripeterlo?"

"È quello il piano," ammetto a denti stretti. "Per ora sta funzionando." Non è vero. Mi sono accorta di tutti questi sguardi non appena ho messo piede nel campus. Alcune persone mi hanno persino salutata come se ci conoscessimo. Tanto che, la prima volta, mi sono guardata attorno per capire a chi si rivolgessero.

Che ansia.

"Beh, la cosa si fa interessante," dice Zara tra sé e sé.

Mancano ancora quattro persone quando una barista urla: "Un caffè al caramello extralarge con doppia panna per Natalie."

Lancio uno sguardo accigliato a Zara, poi mi guardo intorno, aspettando che una mia omonima ritiri la bevanda che avevo intenzione di ordinare. Passano trenta secondi e non succede niente.

La barista ripete l'ordine più lentamente guardandomi negli occhi.

Zara mi da una leggera gomitata. "Okay, ti sembrerà strano, ma penso che stia parlando con te."

Non è possibile. Non tocca ancora a me. "Non può essere mio."

"Lo so, ma…"

"Natalie?" La ragazza mi guarda di nuovo. "Ti chiami Natalie, giusto?"

Annuisco.

Parla di nuovo lentamente. "Stai uscendo con Brody McKinnon?"

Porca miseria.

Sul serio?

"Ehm…" Cosa dovrei rispondere? *Non* sto uscendo con Brody. È tutto un enorme sbaglio, e devo chiarirlo al più presto.

"Sì, è lei!" Zara afferra la mia mano e mi trascina davanti al bancone. Altre persone iniziano a fissarci.

La barista mi porge il caffè tutta contenta. "Ordini questo di solito, no?"

"Ehm…" Sono confusa. Che sta succedendo?

"Sì," risponde Zara al posto mio. "Extralarge con la panna. Le piace così."

"Immaginavo. Sei una habitué." Si sporge verso di me e sussurra: "Te lo farò trovare pronto tutti i giorni alle dieci meno un quarto."

Continuo a guardarla sconcertata, Zara mi dà una gomitata nelle costole per poi sussurrarmi sorridendo: "Ringraziala."

"Grazie," mormoro come un'idiota.

"Non c'è di che. Dì a McKinnon che noi della Java House lo adoriamo." Lo adoooooooooorano.

"Senz'altro. Apprezziamo il tuo supporto." Zara alza un pugno al cielo. "Forza Wildcats!" Poi si sporge sul bancone e chiede: "Potrei avere un frappuccino senza panna?"

"Certo, arriva subito!"

Zara si gira verso di me sorridendo estasiata. Io, invece, non sto capendo più niente e scuoto la testa.

"Ma è meraviglioso!" sussurra tutta contenta.

Finalmente riesco a spiccicare parola e borbotto: "È strano! Non mi piace. Per niente."

La barista torna in meno di due minuti. "Ecco qui! Frappuccino senza panna."

Confusa, prendo delle banconote dalla tasca. "Quanto ti dobbiamo?"

Si allontana leggermente dal bancone, alza le mani e scuote la testa. "Non ti preoccupare, offriamo noi."

"Cosa? No!" Guardo Zara, implorandola di appoggiarmi. "Non possiamo accettarlo."

"Stai scherzando? Certo che possiamo!" mi interrompe Zara. Mi dà un'altra gomitata e la guardo male. Ha un sorriso enorme stampato sulla faccia che la fa sembrare una maniaca.

"Ringraziala di nuovo e sbrighiamoci, o faremo tardi per la lezione."

Non ho nemmeno il tempo di ribattere che Zara mi trascina via. Riesco, però, a mettere le banconote nel barattolo delle mance. Non posso non pagare. Sarebbe sbagliato. Mi sento già in colpa per aver saltato la fila.

Esco dalla caffetteria e mi fermo. "Che diavolo è successo?"

Zara sorride e sorseggia il suo frappuccino. Chiude gli occhi e fa un sospiro esagerato. "Quello, tesoro mio, è uno dei vantaggi dell'uscire con Brody McKinnon. E sai che c'è? Lo adoro. Oserei dire che questo caffè ha persino un sapore migliore." I suoi occhi brillano. "Ti avevo avvisata che nessuno si sarebbe dimenticato di te e Brody in breve tempo."

Odio ammetterlo, ma forse Zara ha ragione. Il che significa che devo parlare subito con Brody. Questa farsa deve finire prima che mi sfugga ancora di più di mano.

CAPITOLO DIECI

NATALIE

*A*rrivo alla lezione della dottoressa Miller leggermente in anticipo. Lungo la strada altre persone mi hanno chiamata e salutata, e dopo un po' ho iniziato a ricambiare. Alcuni si sono persino fermati per dirmi quanto amino il mio ragazzo.

Il mio ragazzo...

Cosa dovrei rispondere?

Ehm, grazie?

Questa situazione mi ha già rovinato la mattinata. Aspetto irrequieta l'entrata trionfale di Brody, stuzzicando nervosamente un'unghia già rosicchiata, quando Kimmie Sanders fa la sua comparsa.

La guardo bene per assicurarmi di non essermi sbagliata.

Beh... Sembra Kimmie.

Anche se la lezione inizia alle dieci e la maggior parte degli studenti sembra appena uscita dal letto, reduce da una maratona, Kimmie è sempre perfettamente truccata e acconciata, con abiti spesso un po' troppo succinti.

Ma non stamattina.

Non riesco a fare a meno di fissarla. Non credo che sia truccata, e i suoi capelli sono raccolti in uno chignon disordinato. Indossa dei leggings e una felpa squadrata al posto del solito top che le lascia l'ombelico scoperto.

Ma quella sulla felpa è una macchia?

Conosco Kimmie da tre anni, e non l'ho mai vista vestita così.

Studia finanza come me, quindi abbiamo almeno una materia in comune al semestre. Detto ciò, siamo conoscenti piuttosto che amiche. Kimmie è fissata con la Delta Zeta, mentre a me non interessano le confraternite universitarie. In ogni caso, questa sua stranezza mi preoccupa.

Si accascia sulla sedia dietro di me. Mi giro e le dico: "Kimmie? Stai bene?"

Forse sta male, ma in tal caso non capisco perché si è presentata a lezione. Non fa altro che blaterare con Brody. Lo studio non è esattamente la sua priorità.

Nel momento in cui il suo sguardo incontra il mio, la vedo cedere e le lacrime iniziano a riempire i suoi grandi occhi azzurri.

Santo cielo.

Qualunque cosa le stia succedendo è molto peggio di quanto pensassi.

"Cosa c'è che non va?" le chiedo gentilmente. Sono sempre disposta ad aiutare le altre ragazze, per solidarietà femminile. "Sembri turbata."

Lei sbatte le palpebre. Mi lancia un'occhiataccia e il suo viso, solitamente carino, è del tutto stravolto.

"Cosa c'è che non va?" dice alzando sempre di più la voce. Alcuni studenti si girano curiosi. "Come puoi chiedermi una cosa del genere?"

"Cosa?" Sono confusa. Avrei dovuto tacere.

Ho imparato la lezione.

La giornata è già abbastanza strana senza la crisi di nervi di Kimmie Sanders, ma ormai è troppo tardi per rimangiarsi tutto. Sta per arrabbiarsi. Tra qualche momento esploderà.

Sono una testimone innocente.

Una conoscente preoccupata.

Kimmie si sporge verso di me. Stringe i pugni sul banco. Se prova ad arrampicarcisi sopra, sono pronta per scappare.

"Non posso credere che tu l'abbia fatto, Natalie!" sbotta con la voce tremante e carica di emozione.

Sgrano gli occhi e mi porto una mano al petto, sconvolta. "Io? Cosa ho fatto?"

Sembra pazza. Forse ha respirato troppa lacca. Non sono una psicologa, ma questo comportamento non è normale, nemmeno per Kimmie Sanders.

Lei stringe gli occhi. Se potesse fulminarmi, sarei già ridotta a un cumulo di cenere. "Te lo dico io cos'hai fatto! Mi hai rubato l'uomo che amo!" Pronuncia le ultime parole con un gemito, e mi sento affondare mentre altri studenti si voltano a guardarla mettere in atto un inutile melodramma. "Come hai potuto?"

Sono sconvolta.

Le ho rubato l'uomo che ama?

Che cosa sta dicendo?

Prima ancora che riesca a capire qualcosa, Kimmie continua: "Pensavo fossimo amiche, ma adesso non lo siamo più! Le amiche non rubano gli uomini delle altre!"

Oddio, è completamente andata. È l'unica spiegazione per il suo comportamento folle. Ho sentito parlare di giovani universitari che finiscono per avere un esaurimento nervoso, ma non vi ho mai assistito di persona. Povera Kimmie. Spero riesca a trovare l'aiuto necessario per stare meglio.

"Kimmie," esordisco con cautela. "Non siamo mai state amiche." Perché dovrebbe dire una cosa del genere? Non riesco a pensare a una sola volta in cui, fuori dalla classe, mi abbia rivolto la parola.

Incrocia le braccia sul petto. "Beh, ora non lo siamo più!"

Ho paura di come potrebbe reagire se provassi a farla ragionare. Potrei peggiorare le cose, e non deve accadere. Sono già successe troppe cose stamattina. Forse dovrei assecondarla. "Chi è che ti avrei rubato?"

Due lacrime le rigano le guance pallide. "Lo sai benissimo chi! Subdola stronzetta!"

Altre persone entrano nell'aula e la fissano mentre continua la sua inutile scenata. Vorrei fondermi col pavimento. È troppo tardi per cambiare sezione in questo semestre? Sono sicura che la dottoressa Miller capirà.

Sussurro: "Invece non lo so. Perché non me lo dici e basta?"

"Brody!" frigna. "È l'amore della mia vita."

Dannazione!

Avrei dovuto immaginarlo.

La dottoressa Miller entra e sfoglia alcuni appunti posati sulla cattedra. L'aula si riempie finché tutti i posti intorno a me vengono occupati.

Per fortuna la lezione sta per iniziare e dico: "Kimmie, c'è stato un malinteso. Possiamo parlarne dopo la lezione?" Mi guardo intorno, gli occhi di tutti gli studenti sono puntati su di me. "Da sole?"

Nei suoi occhi pieni di lacrime brilla finalmente la speranza, ma il suo labbro inferiore trema in modo patetico. "Un malinteso?" ripete.

"Sì." Sorrido sollevata, e miracolosamente la sua rabbia svanisce. "Un enorme malinteso. Ti spiegherò tutto dopo la lezione, va bene? Non devi preoccuparti per quanto riguarda Brody, fidati di me."

Annuisce sorridendo leggermente. "Va bene."

Mi giro verso la cattedra strofinandomi le tempie, irritata. Mi sta venendo un gran mal di testa. Sono solo le dieci di mattina e voglio già strangolare Brody.

Che vada al diavolo. È tutta colpa sua.

Tutto questo non sarebbe successo se avesse tenuto la bocca chiusa sabato sera.

Brody arriva mentre la dottoressa Miller inizia a parlare delle imprese no-profit. Si ferma e osserva l'aula. Sprofondo nella sedia, perché in qualche modo so che sta cercando me. Ho bisogno di calmarmi prima di poter parlare con lui. Guardo nella sua direzione, sperando che abbia trovato un posto dove sedersi. No. Non appena i nostri sguardi si incrociano, si dirige verso di me. Purtroppo per lui, tutti i posti sono occupati.

Tuttavia, non demorde. Alzo le sopracciglia mentre entra nella mia fila.

Cos'ha intenzione di fare?

Sedersi in braccio a me?

Si avvicina al banco accanto al mio senza dire una parola, sollevando soltanto un sopracciglio. Il ragazzo seduto lì impallidisce e, in fretta, raccoglie le sue cose prima di allontanarsi.

Per l'ennesima volta da questa mattina, sono sconvolta. Brody si siede tranquillamente accanto a me. Tira fuori il computer dalla tracolla e incrocia il mio sguardo sorridendo.

"Ehi, piccola," dice. "Grazie per avermi tenuto il posto."

C'è solo una cosa che posso fare.

Brontolo frustrata.

CAPITOLO UNDICI

BRODY

Di tanto in tanto guardo Natalie con la coda dell'occhio. Riesco quasi a vedere il fumo che le esce dalle orecchie. Credo che stia per esplodere. Non so perché, ma ho la sensazione che lo scoprirò presto.

Devo ammettere che è un libro aperto, soprattutto per quanto riguarda quello che prova per me. Mi piace. Dopo aver frequentato diverse ragazze, so che non sempre esprimono ciò che pensano, ed è un problema. Preferirei stare con qualcuno che, nel bene o nel male, sia sempre sincero.

"Ci vediamo mercoledì," conclude la dottoressa Miller. "Ricordatevi di consegnare l'esercizio a pagina 240 entro domani a mezzanotte. Se avete domande sulle dispense, mandatemi una mail o un messaggio. No Snapchat."

Alcuni studenti ridono mentre altri raccolgono le loro cose e fuggono dall'aula come ratti che abbandonano una nave che affonda.

Sto pensando al modo migliore per avvicinarmi a Natalie, ma la dottoressa Miller mi fa ritornare al presente: "Signor McKinnon, potremmo parlare?"

"Certo." Guardo Natalie. "Mi aspetterai?"

Annuisce. Il suo volto sembra scolpito nella pietra. Non ha

pronunciato neanche una parola per cinquanta interi minuti, il che mi preoccupa.

"Non ci metterò molto," aggiungo.

Di regola, le ragazze non mi hanno mai reso nervoso. Forse quando avevo quindici anni, ma da allora non più. Sono sempre state troppo desiderose di attirare la mia attenzione e, forse proprio per questo, non mi sono mai affezionato a nessuna di loro. Non ho mai dovuto impegnarmi più di tanto per avere la loro attenzione.

Natalie è l'eccezione.

Se non le rivolgo la parola mi ignora completamente, e credo sia per questo motivo che con lei mi comporto come un bambino di dieci anni, punzecchiandola senza pietà. Quello che le ho detto è vero: non le darei fastidio se non mi piacesse.

Forse è giunto il momento di cambiare strategia.

Natalie raccoglie le sue cose ed esce dall'aula senza voltarsi.

Mi metto lo zaino in spalla e mi dirigo verso la cattedra. La dottoressa Miller è la mia consulente da quando ho iniziato a studiare alla Whitmore. È una persona rilassata e gli studenti la amano.

"Cosa c'è, dottoressa M?"

Sorride. "Ciao, Brody. Volevo parlarti per sapere se va tutto bene." Ha gli occhiali calati sulla punta del naso e riordina i fogli sparsi sulla cattedra.

"Va tutto bene." Potrebbe andare meglio? Certo che sì, ma non importa. I suoi occhi verdi si incrociano con i miei mentre si infila una ciocca di capelli biondi dietro l'orecchio. "Tuo padre ti ha detto che la settimana scorsa abbiamo parlato?"

"Sì." Certo che l'ha fatto.

Annuisce, sollevata. "Bene. Non voglio che pensi stia comunicando di nascosto i voti a tuo padre."

Alzo le spalle e le dico la verità. "Da quando sono qui è molto invadente. Non vedo perché dovrebbe smettere ora."

Sorride divertita. "È vero. Capisco come si sente, ma voglio che tu sappia di cosa abbiamo parlato."

"Lo apprezzo."

Mio padre intimidisce molte persone, ma stranamente non sembra avere lo stesso effetto sulla dottoressa Miller.

"Ho esaminato attentamente il tuo test della settimana scorsa per studiare i tuoi errori e ho notato che hai dei problemi con alcuni concetti chiave. Penso sia dovuto all'astrazione, perché padroneggi senza problemi le nozioni più concrete. Hai preso la sufficienza, ma d'ora in poi gli argomenti saranno sempre più difficili. Temo che i tuoi voti potrebbero abbassarsi di molto, e non puoi compensare nelle altre materie."

Si blocca e mi guarda negli occhi per vedere se ho capito. Le ultime due settimane di lezione sono state più dure. Sono al passo con le letture e i compiti per casa, ma a volte non riesco a comprendere abbastanza velocemente i concetti. Non sono ancora con l'acqua alla gola, ma è questione di tempo, soprattutto se le lezioni diventeranno sempre più difficili.

"Conosciamo entrambi gli standard della Whitmore per quanto riguarda gli studenti atleti. Se prenderai anche una sola insufficienza, sarai costretto a stare in panchina finché non recupererai."

"Non succederà," ribatto immediatamente. Non riesco a pensarci. È il mio ultimo anno alla Whitmore, la mia ultima stagione con i miei compagni di squadra. Dobbiamo vincere il campionato nazionale. E poi sono il capitano. Sarebbe imbarazzante se finissi in panchina. Solo pensarci mi fa star male.

La dottoressa Miller allunga la mano e mi stringe la spalla. "So che ti stai impegnando, Brody. Non posso dire lo stesso di tutti gli studenti atleti di questa università. Ti sto aiutando il più possibile, ma penso che sia giunto il momento di trovarti un tutor. Mi sono presa la libertà di parlare con gli altri professori. I tuoi voti di statistica sono gli stessi. A questo punto, è la cosa più saggia da fare." Apre una busta, estrae un foglio e me lo porge. "Questa è una lista di tutor che penso farebbero al caso tuo. Dovrai contattarli per sapere se sono disponibili e per controllare se i loro orari si incastrano con i tuoi."

Fisso il foglio e mi si chiude lo stomaco. "Sono studenti?"

"Sì, laureati. Penso che sia meglio che ti incontri con uno di loro due volte a settimana. Io e te, ovviamente, continueremo a vederci ai ricevimenti, ma rivolgerti a un tutor ti sarebbe d'aiuto."

Non sono restio all'idea, ma so che qui alla gente piace spettegolare. Di solito non posso farci niente, ma ho sempre cercato di non far circolare la voce dei miei problemi accademici.

Finora ci sono riuscito, ma questi corsi di livello superiore mi stanno uccidendo. Se non avessi promesso a mia madre di laurearmi prima di entrare nella Hockey League, sarei andato direttamente a Milwaukee dopo le giovanili. Questo, però, è il mio ultimo anno. Sono in dirittura d'arrivo. Devo soltanto impegnarmi un po' di più e quando inizierò a giocare con i Mavericks avrò una laurea in mano.

La dottoressa Miller ha ragione: ho bisogno di aiuto. Non posso finire in panchina. Mi è venuta un'idea. Infilo la lista in tasca, sperando di non essere costretto a contattare i tutor.

"Grazie, dottoressa M. Lo farò."

"Non devi vergognarti di chiedere aiuto, Brody," mi ricorda. "Molti studenti lo fanno."

Annuisco. Non me ne vergogno, ma voglio avere il controllo su chi è a conoscenza dei miei problemi.

La dottoressa Miller sembra soddisfatta della mia risposta. "Ho intenzione di tenere settimanalmente aggiornati gli altri professori. Poi, al ricevimento del mercoledì, io e te parleremo dei tuoi voti. Insieme ce la faremo… vero, Brody?"

Mi sento più rilassato. La dottoressa Miller continuerà a lavorare con me, e se riuscirò a convincere Natalie sarò a posto. Ma non so come fare. Di solito quella ragazza riesce a malapena a stare nella stessa stanza con me.

Saluto la dottoressa Miller e attraverso di corsa il corridoio, poi esco in fretta dall'edificio. Spero che Natalie non se ne sia andata. Non mi sorprenderebbe. In un attimo mi abituo alla luce del sole. Fuori ci sono moltissimi studenti che perdono tempo e si rilassano.

Finalmente trovo Natalie e mi sento più tranquillo. Mi concentro su quella bella brunetta dalle gambe lunghe, ma dopo un istante mi accorgo che non è sola.

È con Kimmie.

Dannazione...

Non ci voleva.

Soprattutto perché Kimmie sta agitando le braccia come una pazza. Sono lontano dieci metri da loro, ma mi accorgo che Kimmie sta alzando la voce avvicinandosi sempre di più al viso di Natalie. Mi precipito giù per le scale. Nel frattempo, si è formato un bel gruppo di curiosi intorno alle ragazze.

Non appena le raggiungo, cingo la vita di Natalie con un braccio e la stringo a me. Kimmie, ferita, spalanca gli occhi. Non capisco quale sia il suo problema. Non c'è niente tra di noi. Siamo solo amici, tutto qui.

Non siamo mai andati a letto insieme.

Non posso negare che non ci abbia mai provato con me, ma tra noi non è mai successo nulla.

Basta poco per capire che è quel tipo di ragazza in grado di trasformarsi in una stalker. È evidente. Mi tengo alla larga da quelle che dicono di accontentarsi di una botta e via, per poi inondarti di messaggi e sparlare alle tue spalle.

Contrariamente a quello che pensano gli altri, non sono del tutto cattivo. Sono sempre stato chiaro riguardo alle mie intenzioni. Se a qualcuna non va bene, pazienza. Ci sono tante altre ragazze disposte ad avere una relazione senza impegno.

Cercando di apparire disinvolto, chiedo: "Ehi, Kimmie. Che succede?"

Trattengo un borbottio quando i suoi occhi si riempiono di lacrime. Odio quando le ragazze piangono. Mi fa sentire impotente.

E spesso in colpa.

"Quindi è vero?" sussurra. "Voi due state insieme?"

Natalie apre la bocca ma la blocco, perché sento che sta per mandare tutto all'aria. Non glielo posso permettere. Non mi sorprende il fatto che Natalie stia avendo dei ripensamenti sulla natura della nostra relazione.

Lo capisco.

Me l'aspettavo.

Il problema è questo: Natalie è nei miei pensieri da tre anni. Ora che l'ho coinvolta in questo piano, non ho alcuna intenzione di lasciarmela scappare.

E poi ho bisogno di un tutor, e lei è perfetta.

Devo solo convincerla che ha bisogno di me quanto io ho bisogno di lei.

Non dovrebbe essere difficile, no?

Sono un bel ragazzo. Ho un carattere più o meno decente. Molte ragazze si caverebbero gli occhi per uscire con me, anche solo per finta. Detto ciò, Natalie non è come la maggior parte delle ragazze. È l'unica che probabilmente si caverebbe gli occhi per allontanarsi da me.

Figuriamoci.

Prima però devo mettere fine alla scenata di Kimmie.

"Sì, io e Davies stiamo insieme." Natalie cerca di interrompermi di nuovo e la stringo più forte, poi la bacio velocemente zittendola. Mi allontano subito perché potrebbe mordermi.

Lei mi lancia un'occhiataccia. "Abbiamo deciso di renderlo ufficiale. Vero, piccola?"

La mia è una domanda retorica, e non mi aspetto una risposta. Anzi, preferirei non riceverla. Natalie deve soltanto stare ferma e zitta mentre mi sbarazzo di Kimmie.

"Ma, ma…" balbetta Kimmie, come se non sapesse cosa dire. È la prima volta che succede. "Non ti piace nemmeno!"

Natalie alza le sopracciglia, compiaciuta.

Scuoto la testa. "Non è vero."

Kimmie, imbronciata, si succhia il labbro inferiore mentre ci guarda confusa. I suoi occhi sono di nuovo pieni di lacrime. "Pensavo che io e te…" La sua voce si spezza. "Pensavo che tra noi ci fosse qualcosa di speciale."

Perché dovrebbe pensarlo?

Certo, la vedo alle feste, ma l'unico momento in cui parliamo è durante le lezioni. Mi urla nelle orecchie e non mi fa concentrare. Ho provato a cambiare posto, ma mi segue come un cucciolo smarrito.

Guardo la folla che cresce.

Ma non hanno un posto dove andare?

L'ultima cosa che voglio fare è mettere in imbarazzo Kimmie. Qualsiasi cosa succeda, ne parleranno tutti in un batter d'occhio.

"Mi dispiace, Kimmie," dico gentilmente. "Non pensavo ti sentissi così."

"Non capisco... Non sei mai uscito con nessuna." Guarda Natalie. "Cosa la rende speciale?"

Natalie si irrigidisce ma resta in silenzio. Penso che stia aspettando di sentire la mia risposta.

Alzo le spalle e la tengo stretta a me per evitare che scappi. "È bella e intelligente, e poi ha un carattere meraviglioso. Perché non dovrei volerla conoscere meglio? Ho messo gli occhi su di lei sin dal primo anno. E ora che ha accettato di darmi una possibilità, ne sto approfittando."

Kimmie alza le sopracciglia. "Sul serio?"

Il suo tono sorpreso e schifato mi irrita. È come se le avessi appena detto che mi piace mangiare i miei escrementi. "Sì, sul serio. Mi piace Natalie. È una ragazza in gamba."

"Uhm." Sembra che la mia spiegazione l'abbia sconcertata.

Basta così. Non c'è bisogno di dire altro.

Kimmie torna a guardare prima me e poi Natalie. Credo che voglia continuare la scenata, come se potesse riuscire a convincermi a non uscire più con lei. Non succederà mai. Dopo alcuni attimi carichi di imbarazzo, Kimmie fa spallucce. "Okay. Ci vediamo più tardi, Brody."

"Ciao." Mi sento sollevato per essere riuscito a detonare la bomba senza farci esplodere tutti.

Kimmie mi lancia un ultimo sguardo triste e si allontana. Anche la folla si dissolve, delusa per la mancata zuffa, e finalmente io e Natalie restiamo soli.

"Puoi lasciarmi andare adesso," borbotta.

Ridacchio. "Forse non voglio lasciarti andare." È vero. Mi piace sentirla così stretta a me. Ci sta perfettamente. Purtroppo, non credo che il piacere sia reciproco.

Mi fa tornare alla realtà dandomi una gomitata alla pancia. Borbotto e mollo la presa.

"Sei una tipa violenta, Davies." Odio ammetterlo, ma è una cosa che trovo sexy. *Lei* è sexy. Chissà se c'è qualcosa di lei che non sia sexy.

Natalie sembra sollevata e si allontana un po'. "Non sai quanto possa essere violenta, McKinnon. Ma sento che presto lo scoprirai."

Sorrido e mi strofino la pancia. "Vedi? Sono passati due giorni e mi conosci già bene. Ecco perché siamo la coppia perfetta."

Sospira. "A proposito, speravo che potessimo parlare di questa... situazione."

"Certo." Non andrà a finire bene. Si vede dalla sua espressione.

"Vuoi andare a bere un caffè a Java House?" chiedo.

Lei spalanca gli occhi e scuote la testa. "Assolutamente no!"

La guardo dubbioso, ma lei resta in silenzio. "Okay, dove vuoi andare? Ho qualche ora di buco. Andiamo a casa mia?"

Mi lancia un'occhiataccia.

"Non intendevo quello." Ridacchio e la provoco: "Se ti interessa..."

"Non andiamo a casa tua," dice con fermezza.

"Va bene. Dimmi dove vuoi andare."

Afferra la mia mano e mi trascina via. "Fuori dal campus. Devo andarmene. Adesso. Prima che succeda qualcos'altro di strano."

Non so cosa intenda.

"Perfetto. Prendiamo la mia macchina. Perché non pranziamo da Maples on Main?" La gente ci guarda mentre camminiamo. Io sono abituato a questo genere di attenzioni, ma sento che Natalie è a disagio.

"Va bene."

Venti minuti dopo siamo seduti a un tavolo, l'uno davanti all'altra. Bev, una delle cameriere che di solito prende le mie ordinazioni, ci porta i menù e due bicchieri d'acqua.

"Ehi, dolcezza," mi saluta sorridendo. "Il solito?"

Natalie alza un sopracciglio guardandomi.

Maples on Main è la mia seconda casa. Faccio l'occhiolino a Bev. "Qui si prendono davvero cura di me."

Bev ridacchia. È come una nonna che ho imparato a conoscere negli anni. "Hai ragione. Lui e alcuni dei suoi compagni vengono sempre qui dopo gli allenamenti. Non ho mai visto un gruppo più affamato!"

"Perché hai il polpettone più buono della città."

"Lou lo prepara ogni giorno solo per te."

Le porgo il menù. "Mi hai convinta. Prendo il polpettone."

Bev ride. "Perfetto." Si gira verso Natalie. "E per te, tesoro?"

Natalie guarda il menù e dice: "Solo un piatto di patatine, per favore."

"Bene." Si appunta le nostre ordinazioni e infila la matita dietro l'orecchio. "Arrivano tra dieci minuti."

"Potremmo avere due bottiglie di Coca Cola, per favore?" Guardo Natalie e le chiedo: "O volevi quella dietetica?"

"No, no." Scuote la testa. "Va bene quella originale."

Ha proprio i miei stessi gusti.

"Arrivano subito," dice Bev prima di allontanarsi.

Mi appoggio allo schienale e il mio sguardo è attratto da Natalie, ma non è niente di nuovo. Succede da anni. Ora che siamo soli non so cosa dire, non so come rompere il ghiaccio. In qualche modo devo provare a convincerla che questa finta relazione è un bene per entrambi. Beh, dal mio lato so cosa ne ricavo. Devo soltanto pensare a cosa posso offrirle in cambio.

"Ti chiedo scusa per quello che è successo con Kimmie. Non so perché abbia reagito in quel modo." In realtà, immaginavo potesse succedere.

"Non c'è problema." Natalie scuote la testa e si corregge. "Anche se è stato molto strano." Guarda velocemente il ristorante mezzo vuoto, poi il suo sguardo incrocia di nuovo il mio.

"Ascolta, Brody," attacca.

"Oh, oh. È una cosa seria, altrimenti non mi avresti chiamato per nome."

Apre leggermente la bocca e la guardo per un momento mentre ripenso alla sensazione delle sue labbra contro le mie. Sento il bisogno di baciarla di nuovo.

Ma non credo succederà presto. Se dipendesse da Natalie, non capiterebbe mai.

"Apprezzo quello che hai detto a Reed per difendermi," riprende. "Davvero. Non c'era bisogno che ti intromettessi." Guarda il mio occhio nero. "Ma non penso che sia necessario fingere di stare insieme. Secondo me non farebbe altro che peggiorare le cose. Prima o poi smetteranno di parlare di noi." Alza le spalle. "Sai come sono qui alla Whitmore."

Certo che lo so, però...

Non sono affatto pronto a chiuderla qui.

Cerco di prendere tempo e bevo un po' d'acqua continuando a guardarla. Natalie giocherella con le dita con aria nervosa. Non è da lei. Non si è mai comportata così, nemmeno con me. Poso il bicchiere e mi sporgo in avanti appoggiando i gomiti sul tavolo di formica.

"Secondo me dovremmo resistere per qualche settimana," dico.

Lei scuote la testa, inflessibile. "Perché mai?"

"Perché ha dei vantaggi per entrambi."

Alza un sopracciglio. "Quali? Ti ho già detto che non mi interessa essere al centro dell'attenzione."

"Beh..." prendo tempo cercando di pensare a un motivo. A posteriori, avrei dovuto ragionarci su, ma non mi aspettavo che volesse abbandonarmi così velocemente. "Innanzitutto," improvviso, "tutti nel campus pensano già che stiamo uscendo insieme."

"Passerà," ripete lei. "Deve passare."

Alzo un sopracciglio, dubbioso. "Dici?" Prima ancora che possa rispondermi, aggiungo: "Perché non sono esattamente famoso per le mie relazioni serie. E credo che ti sarai accorta che nessuno parla d'altro."

La sua espressione si fa più acida. "L'ho notato, ed è un problema. Mi è bastato attraversare il campus per essere fermata da sconosciuti desiderosi di parlarmi o di offrirmi il caffè."

Inarco un sopracciglio. "E questo sarebbe un problema?" Non lo sarebbe per molte ragazze.

Fa spallucce. "Avere delle persone totalmente estranee che mi fermano, parlano o mi salutano non mi piace, è strano. Detesto essere al centro dell'attenzione."

Mi appoggio allo schienale e ridacchio: "Benvenuta nel mio mondo, piccola. Faresti meglio ad abituarti."

"Beh... non ti ho chiesto di trascinarmi nel tuo mondo."

"Sai che se ci lasciamo adesso, dopo soli due giorni, ne parleranno ancora di più?" Sento di essere sul punto di perderla, quindi dico: "Aggiungici quello che Reed ha detto alla festa..." Lascio che tragga da sola le sue conclusioni.

Forse sono stato perfido a sollevare quell'argomento, ma non avevo altra scelta. A mali estremi, estremi rimedi.

Abbassa lo sguardo. Sono proprio un bastardo. Ma so per certo, anche se lei non vuole ammetterlo, che ho ragione.

"L'unico motivo per cui non ne parlano è la nostra relazione." Indico il mio occhio nero. "Nessuno parlerà male di te finché staremo insieme. Se ci dovessimo lasciare, sarebbe caccia aperta. Parlerebbero solo di te."

Impallidisce. Sarà pure difficile da sentire, ma Natalie deve ragionare. Certo, ora sono tutti concentrati sulla nostra relazione, che è una grande novità per uno come me mai impegnato seriamente. Se ci dovessimo lasciare così presto, tutti speculerebbero sul motivo e le parole di Reed tornerebbero a essere sulla bocca di tutti.

"Ehi," dico con cautela. "Non dev'essere così difficile. Facciamo delle apparizioni in pubblico, passiamo un po' di tempo insieme." All'improvviso mi passa per la mente un pensiero doloroso. "C'è qualcun altro? È questo il problema?"

Diciamocelo, Natalie è una bellissima ragazza. Permalosa, ma sexy da morire. Bisogna essere ciechi o stupidi per non volerla. Il mio cuore scalpita in attesa della sua risposta. Per qualche motivo non avevo ancora pensato che potesse uscire con qualcun altro. Forse avrei dovuto prenderlo in considerazione.

Dopo un lasso di tempo imprecisabile, scuote la testa. "No. Sono troppo impegnata con lo studio per pensare a qualcuno." Giocherella con l'incarto della sua cannuccia e corruga la fronte. "Perché lo fai?"

Resto zitto e lei alza gli occhi, incrociando il mio sguardo, poi dice in tono diffidente: "Cosa ci guadagni, McKinnon?"

Faccio spallucce, cercando di sdrammatizzare. "Non devi necessariamente darmi qualcosa in cambio. Sto solo cercando di aiutare un'amica."

Natalie socchiude gli occhi e inclina la testa. "Quando mai siamo stati amici?"

Rido. "Andiamo, Davies. Siamo amici. Da anni."

Sembra scettica.

"E va bene. C'è qualcosa che potresti fare per me," ammetto. "Mi servirebbe un po' della tua conoscenza sulla finanza."

Aggrotta le sopracciglia come se l'avessi messa in difficoltà. "Vuoi che ti aiuti?"

"Sì."

"Cioè, vuoi che ti faccia da tutor?" precisa come se le avessi chiesto qualcosa di molto più scellerato.

Mi irrigidisco. Di solito non parlo dei miei voti. Le parole di Reed riecheggiano indesiderate nella mia mente. *È più stupido di una capra. Ti annoierai subito con lui.* Non è nulla di nuovo, che non abbia già sentito, ma fa male lo stesso. Odio quando pensano che io sia stupido solo perché sono in difficoltà. Faccio fatica a rilassarmi abbastanza da fare spallucce con nonchalance. "Più o meno. Ho una sufficienza, e se dovesse peggiorare finirei in panchina. Non posso permettere che succeda, soprattutto in questa stagione. Sto soltanto cercando di giocare d'anticipo."

Mi guarda in silenzio. "Fammi capire bene. Dovremo fingere di stare insieme, così al campus non si parlerà di me, e in cambio ti dovrei aiutare con una materia."

"Due," ammetto con riluttanza. "Riesco a farcela da solo nelle altre tre," aggiungo per evitare di passare per un completo idiota. Ho sette. Non mi preoccupo.

Il suo sguardo mi penetra a tal punto da farmi sentire nudo, come se vedesse più di quello che voglio mostrarle, ben oltre la mia zona di comfort. Mi agito sulla sedia, cercando di non soccombere alle sue occhiate. "Perché non ti rivolgi al centro di sostegno del campus?"

Distolgo lo sguardo. "Preferirei di no. Sai come sono lì. Non ho bisogno di altre scocciature."

"Potresti assumere un tutor privato," suggerisce, come se stesse cercando di liberarsi del nostro patto.

"Lo sto facendo." Sorrido. "Ti pagherò con il mio fascino magnetico. Non ti senti fortunata?"

Beve un sorso d'acqua e riflette sulla mia proposta. "Non saprei..."

"C'è qualcos'altro che posso aggiungere per rendere più succoso quest'affare," dico senza riflettere.

Stringe gli occhi. Non penso che una ragazza mi abbia mai guardato con così tanta diffidenza e disprezzo. Sono abituato a ben altro, all'adorazione e al desiderio.

"Ho quasi paura a sentire la tua proposta," borbotta.

Mi schiarisco la voce pur sapendo di essere sul filo del rasoio. Non ci vorrà molto per farla scappare via, e allora sì che sarò fregato. In tutti i sensi. "Stammi a sentire..."

Il suo sguardo diffidente incrocia il mio.

CAPITOLO DODICI

BRODY

"*P*osso aiutarti... con la tua inesperienza."

Natalie si irrigidisce. Spalanca la bocca e sento che sta per esplodere, per fortuna Bev porta i nostri piatti.

"Attenti, sono caldi." Guarda prima me e poi Natalie, come se percepisse la tensione. Le sorrido nervoso, sperando che Natalie non dia di matto. Mi piace questo posto, e mi dispiacerebbe non poterci più venire. Continuo a fissare la ragazza seduta di fronte a me. "Grazie. Sembra tutto delizioso."

"Non c'è problema, tesoro. Posso portarvi qualcos'altro?"

Natalie resta in silenzio.

"No, grazie." Voglio che si allontani prima che Natalie esploda.

Non appena succede, lei si sporge sul piatto di patatine e ringhia: "Non ho intenzione di parlare della mia inesperienza a letto con te!"

"Ehi," mi arrendo alzando le mani. "Calmati. Non sto cercando di metterti in imbarazzo. Sto solo dicendo che posso aiutarti." Cerco di fingere indifferenza, come se non mi importasse. In realtà mi importa, più di quanto desideri ammettere. "Se ti interessa."

L'inesperienza di Natalie non dovrebbe eccitarmi, ma purtroppo lo fa. Ho imparato subito a tenere alla larga le ragazze senza esperienza.

Per loro andare a letto insieme vuol dire stare insieme, e spesso sono disperate e appicccicose.

Natalie corruga la fronte in modo quasi comico.

"Aiutarmi come?" chiede con aria scettica.

Sono tentato di sporgermi e distendere la sua fronte corrugata, ma non lo faccio. Mi taglierebbe le dita.

"Beh," mi raddrizzo. Avere tatto è fondamentale in questo momento. Sto camminando in un campo minato. Potrebbe esplodere quando meno me lo aspetto. "Potrei, ehm, valutare la situazione e darti dei suggerimenti utili."

Se spalancasse ancora di più gli occhi, le cadrebbero dalle orbite. "Stai suggerendo quello che penso?"

Alzo un sopracciglio. "Se credi che ti stia suggerendo di rendere fisica la nostra relazione, allora sì." Non si muove, ma continua a fissarmi come se fossi pazzo. "Ti ho detto che questo piano sarebbe stato a vantaggio di entrambi. Io ho le competenze necessarie che ti servono e tu hai la conoscenza necessaria di cui ho bisogno. Correggimi se sbaglio, ma mi sembra una relazione simbiotica."

Batto il dito contro la tempia.

Grazie mille, corso di biologia. Credo sia l'unica cosa che ricordo del programma.

"Oddio, sei serio," borbotta. "Pensavo stessi solo cercando di fare lo scemo. Siamo sinceri, chi direbbe una cosa del genere?" Scuote la testa, mangia una patatina e mormora: "Dici davvero sul serio."

"Riflettici bene, poi capirai. Ovviamente hai dei complessi per quanto riguarda il sesso..."

Afferra i bordi del tavolo e li stringe finché le sue nocche non diventano bianche. "Non ho nessun complesso!"

"Ne sei sicura, Davies? Perché la tua reazione indica il contrario."

Cercando di sembrare indifferente, taglio un pezzo enorme di polpettone e me lo infilo in bocca.

Lei abbassa lo sguardo sul suo piatto e risponde con un tono più calmo: "Non ho nessun complesso."

Sento che sta per dire qualcos'altro. Resta zitta, ma io la incalzo: "Ma?"

Abbassa ancora di più lo sguardo e i capelli le ricadono sul viso. Poi alza gli occhi e mi fissa. "Non sono una bacchettona, né una bigotta. È solo che non ho molta esperienza. Sono uscita con dei ragazzi, ma più che altro sono stata troppo impegnata con lo studio per pensare a queste cose. E non m'interessa fare la groupie." Un lampo di rabbia le attraversa il viso e aggiunge: "È questo che volevi sentire?"

"Certo che no."

Forse.

Lascio del tempo per assimilare la sua spiegazione, infilzo della purea di patate e la porto lentamente alla bocca. Ingoio e dico: "Non sto cercando di metterti in imbarazzo."

"Ne sei sicuro?" Invece di reggere il mio sguardo, si concentra su una patatina che sta facendo sguazzare nel ketchup. "Perché sento chiaramente che ti stai divertendo."

Si sbaglia: non ho mai avuto l'intenzione di farla sentire uno schifo. "Non devi vergognarti di essere inesperta."

"Non me ne vergogno," ribatte. "Potrei fare sesso ogni weekend se volessi. È una mia scelta, e ho deciso di non farlo."

"Mi sembra giusto. Sto solo dicendo che posso aiutarti a rimediare. Reed, con la sua accusa, ti ha chiaramente turbata."

Alza le spalle e prende un'altra patatina. "Mi ha ferita perché non pensavo potesse rinfacciarmelo così pubblicamente."

Mi sento disgustato. "Reed è uno stronzo." E il mio è un eufemismo. "Quel tipo ha dei problemi a tenerlo nei pantaloni." La gente pensa che io vada a letto con chiunque, ma Reed Collins è dieci volte peggio. È come se si fosse ripromesso di farlo con quante più ragazze possibile. Quando l'anno scorso ho saputo che stava uscendo con Natalie, pensavo che si fosse stancato, che fosse pronto a sistemarsi e fare sul serio con qualcuna, ma non è stato così.

"Sì," risponde seccamente. "Lo so. Era parte del problema."

"Già." Sono di nuovo serio e mi sporgo verso di lei. "Pensa a quello che ti ho detto, okay? Non mi devi rispondere adesso."

Scuote la testa. "Non posso andare a letto con te, Brody. Sarebbe… strano."

Non è la prima parola che mi viene in mente quando immagino di fare sesso con Natalie.

Eccitante.

Sexy.

Fantastico.

Solo per citarne alcune.

"Perché sarebbe strano?"

"Perché..." Natalie mangia un'altra patatina, forse per guadagnare tempo e pensare a una risposta.

Il mio sguardo si posa sulle sue labbra. Formano un perfetto arco di Cupido. Sento il bisogno impellente di colmare la distanza tra di noi e baciarla. Penso alle sue labbra da sabato sera. La loro morbidezza mi ha preso alla sprovvista. Eravamo di fronte a tante persone, quindi non sono riuscito a dedicarci tutto il tempo che volevo. Chissà se ne avrò mai l'occasione.

Non è il momento giusto per avere un'erezione, quindi mi concentro sul presente. "Perché?" le suggerisco. È assurdo quanto mi ecciti guardarla mangiare una patatina fritta. Ecco quello che mi fa questa ragazza. Non riesco a spiegarlo perché non lo capisco nemmeno io. Non ho mai provato questo tipo di attrazione, e cresce sempre più forte da quando la conosco.

Sembra a disagio e si muove sulla sedia. "So che sembrerò all'antica, ma non ho mai fatto sesso occasionale. Sono andata a letto solo con ragazzi con cui avevo una relazione."

"Noi abbiamo una relazione," le ricordo. "Chiunque ti direbbe che stiamo uscendo insieme."

In tutta risposta, Natalie mi lancia una patatina. Sorrido, sollevato dal fatto che l'atmosfera si sia alleggerita.

"Non stiamo davvero uscendo insieme, Brody." Sospira. "Non so cosa ci sia tra di noi."

Restiamo in silenzio entrambi, poi lei si schiarisce la gola e mi guarda. "Solo una curiosità: con quante ragazze sei andato a letto?"

"Vuoi saperlo davvero?"

"Sai così tante cose sulla mia vita sessuale che mi sembra giusto che tu condivida alcuni dettagli della tua con me." Un luccichio attraversa i suoi occhi scuri. "Qual è il problema, hai perso il conto?"

Faccio un calcolo approssimativo. Ho iniziato a fare sesso a sedici anni e sono passati sette anni, quindi…

E va bene, mi ha beccato. Non ne ho idea. Non tengo mica il conto sul cellulare. Cavolo, esiste un'applicazione per queste cose? Dovrò chiederlo a Cooper. Se qualcuno lo sa, quel qualcuno è lui.

"Non ne sono sicuro," ribatto, e le chiedo: "Tu con quanti ragazzi sei andata a letto?"

"Tre." Alza le sopracciglia. "Ora tocca a te. Azzarda un numero, se proprio devi."

Dannazione… Il mio numero è *molto* più alto del suo.

"Non lo so." Respiro a fondo e ammetto: "Forse un centinaio o più." Decisamente di più. Posso solo dire che il periodo delle giovanili è stato folle.

"Sei andato a letto con un centinaio di donne!" urla sottovoce guardandomi sconcertata. "Sei serio?"

Il tono incredulo della sua voce mi fa trasalire. "Abbassa la voce." Mi guardo intorno per vedere se qualcuno ci sta fissando. Per fortuna ci ignorano tutti. "Mi hai detto tu di azzardare un numero."

"Quindi forse più di un centinaio," puntualizza.

Forse.

"Non me l'aspettavo." Alza un sopracciglio. "Ti dai da fare, eh?"

Le punto la forchetta contro. "Mi stai dando del gigolò, Davies? È questo che stai dicendo?"

"Forse." Ridacchia e scuote la testa. "Come fai ad andare a letto con così tante ragazze senza saperlo? Senza fregartene?"

Alzo le spalle. "Sai che le persone fanno sesso perché le fa stare bene, sì? Non necessariamente per via di una relazione?"

"Certo che lo so." Si muove sulla sedia e sembra a disagio.

Mi sporgo verso di lei, colmando la distanza tra i nostri corpi. "Sai, il sesso è un ottimo anti-stress. Dovresti provarlo ogni tanto."

Arrossisce. "Conosco altri metodi contro lo stress." Dannazione, quant'è adorabile.

"Tipo?" chiedo, perché non voglio cambiare argomento così facilmente.

"L'attività fisica."

Faccio una smorfia. "Fatto nel modo giusto, il sesso può essere un'ottima attività fisica."

Mi lancia un'altra patatina e ridacchio. "Non voglio più parlare di sesso," dice.

"Se insisti."

Sospira. "Certo che insisto."

Invece di parlare, riprendiamo a mangiare. In cinque minuti finisco il polpettone e le patate. Lou si è davvero superato oggi.

"Hai mai tradito una ragazza?" chiede Natalie.

La domanda sembra venire dal nulla, ma rispondo tranquillamente: "No."

Sembra allo stesso tempo sorpresa e colpita. Non credo di averla mai vista con questa espressione sul viso. "Quante fidanzate hai avuto?"

"Inclusa te?" chiedo.

Alza gli occhi al cielo. "Certo, perché no?!"

"Una."

Sbatte le palpebre e spalanca la bocca, poi chiede: "Non hai mai avuto una fidanzata?"

"Non ho mai voluto averla. Sono sempre stato troppo occupato per impegnarmi seriamente con una ragazza. Dopo il liceo ho giocato nelle giovanili per due anni. Viaggiavamo spesso. Non avevo tempo." Alzo un sopracciglio. "Lo stesso vale per la Whitmore. Mi sto concentrando sulla Hockey League, e l'ultima cosa di cui ho bisogno è distrarmi." Mi rendo conto di star ripetendo a pappagallo le parole di mio padre.

"Beh, direi che ha senso," dice pensierosa.

Dopo alcuni istanti mi sento vulnerabile sotto il suo sguardo intenso. Il modo con cui mi esamina sembra tangibile. Nessuno si è mai fermato a guardarmi veramente. Non vanno oltre la mia bravura nell'hockey e il mio bell'aspetto. Finora mi sono sempre accontentato. Ma ora, per la prima volta, non riesco a fare a meno di chiedermi cosa veda Natalie quando posa gli occhi su di me.

Rompo il silenzio ripetendo: "Credo che questa relazione potrebbe avere dei vantaggi per entrambi. Pensaci su."

Mi sconvolge quando risponde: "Okay."

Non mi aspettavo che si sarebbe arresa così facilmente. A dire il vero, non mi aspettavo che si sarebbe arresa. Non mi avrebbe sorpreso se mi avesse lanciato la Coca Cola in faccia. "Quindi ci stai?"

Abbassa le spalle e dice controvoglia: "Sì, credo di sì."

Questo era l'esito che speravo, ma non pensavo di ottenerlo davvero. Dire che sono sollevato è un enorme eufemismo. Vorrei agitare i pugni in aria, ma mi trattengo.

Lei dice con aria serissima: "Non me ne far pentire, McKinnon."

Sorrido e mi rilasso sullo schienale della sedia. "Ti sembro il tipo che farebbe una cosa del genere?"

"Oh sì."

Ridacchio. "Sarò il miglior finto fidanzato che tu abbia mai desiderato. Aspetta e vedrai."

Natalie geme e poggia la fronte sul tavolo. "Sei cosciente che non andrà a finire bene?"

"Abbi un po' di fiducia, Davies. Sarà epico."

Le faccio l'occhiolino e rido quando geme di nuovo.

CAPITOLO TREDICI

NATALIE

"Ehi, Natalie. Aspetta!"

Riconoscendo la voce, lascio sfuggire un gemito e accelero il passo, sbrigandomi lungo il sentiero. Se va tutto secondo i piani, dovrei riuscire a smarcarmi tra la folla di studenti che si muovono per il campus come una mandria di vacche. Reed Collins è l'ultima persona con cui voglio parlare. Dopo sabato sera e le cose terribili che mi ha detto, non so dove abbia trovato il coraggio di avvicinarsi a me.

Eppure lo fa.

Che bastardo.

Per quanto sia tentata di etichettare sia Brody che Reed come 'playboy che giocano a hockey', sono completamente diversi. Non me n'ero mai accorta prima. Sì, ovviamente giocano entrambi a hockey, ma Reed è egocentrico, e sfortunatamente l'ho scoperto troppo tardi. Non gli importano i sentimenti altrui, ma solo i suoi. E tanto meno di far soffrire gli altri.

Brody non mi sembra un tipo del genere, ma sto ancora cercando di capirlo. E finché non ci sarò riuscita, lo terrò a debita distanza e farò attenzione.

Reed mi raggiunge, rallenta e mi rivolge quel sorriso affascinante e bastardo che mi faceva battere il cuore.

Ora mi fa venire voglia di sferrargli un pugno alla gola.

"Sono felice che ci siamo incontrati." Tiene il passo mentre continuo a camminare. "Speravo di poterti parlare."

"Beh, vado un po' di fretta." Non sprecherei un minuto della mia vita con lui neanche se avessi tutto il tempo del mondo. Lo guardo di traverso e allungo il passo sperando che capisca l'antifona. "Facciamo un'altra volta?"

Oppure mai più.

Preferirei mai più.

"Dove stai andando?"

"Alla Brighton Hall." Continuo a fissare dritto davanti a me. Anche solo guardarlo mi fa ribollire il sangue.

"Che coincidenza, ci stavo andando anch'io."

"Fantastico," borbotto.

Per fortuna arriva dritto al punto. "Allora, cosa c'è tra te e McKinnon? State davvero insieme?"

Spalanco la bocca e mi fermo. Questo ragazzo è davvero incredibile! "Sul serio? Sabato sera mi hai messo in imbarazzo davanti a un sacco di persone e, invece di scusarti come una persona normale, vuoi sapere se sto uscendo con Brody?"

Sbatte le palpebre confuso e mi guarda come se non fosse affatto un problema. "Esatto."

Rido.

Perché?

Non ne ho idea. È impossibile capire il funzionamento del suo cervello. Non ho nemmeno intenzione di provarci. E il fatto che abbia sprecato quattro mesi della mia vita con questo deficiente mi fa ridere ancora di più.

Il bel viso di Reed assume un'aria irritata mentre continuo a ridere. Mi allontano decisa a ignorarlo.

"Ehi." Mi afferra il braccio e mi trascina sull'erba, lontano dal viavai dagli studenti. "Non ho ancora finito."

Smetto subito di ridere e abbasso le sopracciglia. "Scommettiamo?"

Cerco di divincolarmi dalla sua presa, ma lui mi stringe ancora più forte. "Lasciami andare, Reed. Non abbiamo nient'altro da dirci," borbotto.

Non finge più di essere educato. "Voglio sapere cosa c'è tra voi due."

"Come, scusa?" Ma chi si crede di essere? È assurdo quanto sia stronzo.

"Perché ti abbassi a stare con McKinnon?" esclama stringendo gli occhi. "Se lo stai facendo per farmi arrabbiare, non funzionerà."

Indietreggio come se mi avesse appena schiaffeggiata. "Sei pazzo se credi di influenzare le mie decisioni. Ho smesso di considerarti molto tempo fa."

"Certo, come no." Reed alza gli occhi al cielo. "Smettila con le stronzate, Natalie. So che sei ancora arrabbiata perché ti ho lasciato."

Ribatto senza fiato: "Se ricordi bene, sono stata io a lasciarti, non il contrario."

Lui fa un sorrisetto compiaciuto che sono tentata di far andare via a suon di schiaffi. "Solo perché hai scoperto che andavo a letto con un'altra. Avanti, ammettilo... stavamo bene insieme. Avresti dovuto rilassarti e chiudere un occhio."

Stringo i pugni e cerco di reprimere la rabbia per non esplodere, ma è impossibile. "Mi stai dicendo che la cosa giusta da fare sarebbe stata fingere che non andassi a letto con altre ragazze?"

Si avvicina e mi sfiora la guancia con le nocche dell'altra mano.

Gli lancio uno sguardo torvo e gliela spingo via.

"Per me non significava niente. Eri tu la ragazza che mi piaceva avere al mio fianco. Immaginavo già un futuro per noi due." Alza le spalle. "All'epoca non ero pronto a sistemarmi."

Purtroppo penso che faccia sul serio. Voleva avere la botte piena e la moglie ubriaca. O meglio, *la fidanzata e anche l'amante.*

"Quindi avrei dovuto fare la figura dell'idiota mentre tu ti portavi a letto tutte le groupie che volevi?"

Mi rivolge un sorriso arrogante. "Mamma mia, come la fai pesante... Dopotutto, non è come se ti interessasse il sesso."

Impallidendo, esclamo: "Come, scusa?"

"Ho una grande carica sessuale." Alza le spalle. "Tu non ce l'hai, e poi non sapevi cosa fare. Avresti dovuto guardare un porno e farti ispirare. Se avessi ravvivato un po' le cose, non mi sarei annoiato così tanto con te."

L'unica cosa che riesco a fare in risposta è fissarlo sconvolta.

"Sai cosa?" Mi divincolo dalla sua presa e finalmente mi lascia andare. Se non l'avesse fatto, gli avrei dato un pugno forte sui testicoli. Non ho intenzione di farmi toccare in quel modo. "Non riesco a credere di averti dato la mia verginità," sibilo avvicinandomi a lui. Stringo i pugni e le mie unghie affondano nella carne. "E non riesco nemmeno a credere che tu stia cercando di incolpare me perché non riesci a tenerlo nei pantaloni. Sei proprio un tipo strano, lo sai?"

Alza le mani. "Stai cambiando argomento."

"Cosa?!" urlo. "Stai scherzando?"

Il mio tono di voce non sembra turbarlo affatto.

"Sto solo cercando di dire che, dato che mi rivuoi indietro così disperatamente, sono disposto a darti un'altra possibilità. Non devi abbassarti a uscire con McKinnon per attirare la mia attenzione."

Scuoto la testa. "Sei un povero illuso."

Lui non prende la mia risposta seriamente e ridacchia. "Sono un povero illuso, oppure ho colto nel segno e stai cercando in tutti i modi di farmi ingelosire?"

"Sei un povero illuso, e spero davvero che otterrai l'aiuto di cui hai disperatamente bisogno."

"Per quale altro motivo dovresti stare con McKinnon, eh? Quando stavamo insieme non lo sopportavi."

"Non sono affari tuoi."

"Ascolta, piccola, sappiamo entrambi cosa vuoi."

"*Tu*," sottolineo, "sei l'ultima persona che voglio!"

"Come vuoi." Si allontana verso alcuni studenti. "Chiamami quando sei pronta a smettere di fare giochetti."

"Non ci contare troppo!" grido.

Mi fa l'occhiolino e scompare tra la folla.

CAPITOLO QUATTORDICI

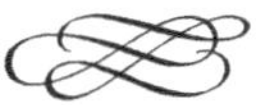

NATALIE

L'anno scorso, due settimane prima di Natale, mio padre ha sganciato la bomba annunciando che aveva intenzione di lasciare mia madre dopo più di vent'anni di matrimonio. Ricordo ancora quando sono tornata a casa dall'università e ho trovato mia madre, con lo sguardo perso, seduta sul divano del soggiorno. Era stata lei a dirmi che mio padre era di sopra a fare le valigie.

Si era innamorato di un'altra donna. Si era giustificato dicendo che la vita era troppo breve per essere infelice, e che se non avesse colto quell'opportunità finché era ancora in tempo, se ne sarebbe pentito per sempre.

Quando mia madre ha proposto di rivolgersi a un terapista, lui ha risposto che aveva già deciso e che non era interessato a risolvere i loro problemi. Voleva soltanto essere libero di vivere la propria vita.

Non credo se ne sia reso conto, ma quando ha lasciato mia madre, è come se avesse abbandonato anche me. Avevo già ventun anni, ma la loro separazione mi ha ferita nel profondo.

Negli ultimi nove mesi ho evitato qualsiasi contatto con mio padre perché ero furiosa, dopotutto lui aveva rovinato tutto. Sono ancora arrabbiata, ma ho deciso che forse è giunto il momento di parlargli.

Non sono sicura che riusciremo a risolvere i nostri problemi, ma ci devo provare.

La caposala del ristorante dove dobbiamo incontrarci mi accompagna al tavolo. Lui non c'è ancora. È la prima volta che ho accettato di vedere mio padre, e speravo arrivasse in orario, ma non è così. Stiamo già iniziando col piede sbagliato.

Mia madre era disperata dopo la separazione. Aveva fatto la mamma a tempo pieno per vent'anni, e all'improvviso si era vista costretta a tornare a lavorare per mantenersi. Le ci sono voluti mesi per rimettersi in sesto, ma ce l'ha fatta. Una sua amica, titolare di un'agenzia immobiliare, l'ha convinta a seguire un corso e a prendersi la licenza. L'ha fatto e, dopo averla fiancheggiata nella vendita di alcune case, ha capito quanto le piacesse fare l'agente immobiliare. Il lavoro le ha persino migliorato l'autostima.

Guardo il cellulare bevendo un sorso d'acqua. Sono irritata dal fatto che mio padre sia in ritardo di più di dieci minuti. Se davvero avesse voluto sistemare le cose, si sarebbe sforzato di arrivare in orario. Ho troppe cose da fare per aspettare che si presenti.

Gli concedo altri dieci minuti, dopo di che me ne vado.

Proprio mentre inizio a prendere la borsa e il telefono, vedo papà entrare nel ristorante. Si guarda intorno e alzo la mano per salutarlo, anche se in modo poco convinto. Sono nervosa, anche se si tratta di mio padre e avevamo un bel rapporto prima che decidesse di lasciarci. Mi rivolge un sorriso e si dirige verso di me.

"Ciao, tesoro," dice. "Scusa per il ritardo. Sono rimasto imbottigliato nel traffico."

Mi alzo e lui mi abbraccia. Non riesco a fare a meno di notare che il suo profumo è diverso. Ci stacchiamo e lo guardo attentamente.

Indossa dei *jeans*.

Aderenti. Strappati.

Non ricordo l'ultima volta che ho visto mio padre con dei jeans. Portava sempre giacca e cravatta oppure dei pantaloni di cotone durante la settimana, mentre nei weekend indossava i pantaloni della tuta con una maglietta. Si toglie la giacca di pelle (un altro capo d'abbigliamento che non riconosco) e mi accorgo che indossa una camicia stampata con le maniche arrotolate.

È come se mi trovassi davanti a uno sconosciuto. Non somiglia affatto all'uomo che ricordavo.

Non so cosa dire e mi lascio sfuggire: "Hai un aspetto diverso."

Sorride invece di offendersi. "Ho un nuovo taglio di capelli."

Ora che l'ha detto... I suoi capelli sono più corti ai lati e pieni di gel sul ciuffo.

Gesticolo indicandolo. "Sei completamente diverso." Cerco di non usare un tono accusatorio, ma è difficile. Mio padre si è vestito allo stesso modo per vent'anni e adesso sembra un vecchio che finge di apparire più giovane.

Posso soltanto immaginare di chi sia stata l'idea.

Alza le spalle come se non fosse niente di grave. "Era giunto il momento di modernizzare il mio guardaroba. Via il vecchio e largo al nuovo."

Mi sento male.

Faccio parte della roba vecchia che doveva buttar via? Sembra di sì, che lui se ne renda conto o no.

"Stai bene, papà," fingo. Non posso dirgli come mi sento realmente, tanto più che lui si sta sforzando di sembrare qualcuno che non è.

"Grazie." Sembra imbarazzato. "Non indosso i jeans dai tempi dell'università. Mi ci devo ancora abituare."

"E allora perché li indossi?"

Alza le spalle e prende il menù. "Sto solo provando qualcosa di nuovo, per uscire dalla mia zona di comfort."

Annuisco ma non aggiungo altro.

Mi chiede come va con l'università e quali sono i miei piani per il futuro. Mi parla del suo nuovo appartamento, dicendomi che gli piacerebbe se andassi a trovarlo.

Lo ascolto ma resto evasiva. Andare a casa sua renderebbe il divorzio più reale, e non credo di essere pronta.

Quando la cameriera si avvicina per prendere le nostre ordinazioni, le chiacchiere di cortesia si esauriscono e tra noi cala il silenzio.

Mio padre si schiarisce la gola. "Sono felice che tu abbia accettato di incontrarmi. Era da un po' che volevo parlare con te." Nel suo sguardo c'è una punta di rimprovero. "Non avremmo dovuto far passare così tanto tempo." Non rispondo, e lui sospira per poi continuare: "So che il divorzio non è stato facile per te, e mi dispiace. Non è mai stata mia intenzione ferirti."

Voglio ridere. O piangere. Il mio cuore batte così forte da farmi male. È davvero così ingenuo da credere che la cosa non avrebbe avuto conseguenze per me? Che sarei andata avanti come se niente fosse successo perché ho ventun'anni e non vivo a casa? A essere sincera, non è stato affatto diverso. La separazione dei propri genitori fa male a qualsiasi età. Stravolge totalmente il tuo mondo.

"Negli ultimi nove mesi ci siamo allontanati e voglio rimediare. Non c'entri nulla con quello che è successo tra me e tua madre." Il suo sguardo cerca il mio. "Entrambi ti amiamo più di ogni altra cosa."

"Lo so, papà."

Allunga la mano sul tavolo e stringe la mia.

"Non voglio perderti, Nat. Sarai sempre la mia bambina."

Le sue parole mi calmano, e ne avevo bisogno.

Mi mordo le labbra, riflettendo se sia il caso di fargli la domanda che mi tormenta. "Ora che siete stati separati per un po', pensi che tu e la mamma potreste risolvere le cose?"

La sua espressione si fa triste. "Non penso." Scuote la testa e sospira. "Mi dispiace. So che non è la risposta che desideravi."

I miei occhi si riempiono di lacrime. Non mi ero accorta di nutrire ancora la speranza di rivederli assieme. Sento sempre storie di questo genere. Delle volte una coppia ha solo bisogno di spazio per poter riflettere prima di riappacificarsi e diventare più forte.

"So che il divorzio sembrava del tutto inaspettato, ma non lo era affatto. Io e tua madre eravamo infelici da anni, e mi ci è voluto del tempo per accettare che non volevo trascorrere il resto della mia vita in quel modo." Alza le spalle. "Pensavo che, vivendo all'università, la mia decisione non ti avrebbe colpito più di tanto. Dopotutto non sono stati necessari accordi di custodia."

"Non importa quanti anni avessi," dico in modo sommesso. "Mi hai ferita."

La sua espressione si incupisce, la sua voce si fa profonda e roca. "Non ti ho mai abbandonata, Nat. Non lo farò mai."

"È così che mi sono sentita."

Distoglie lo sguardo. "Mi dispiace. Sapevo che la mia decisione ti avrebbe ferito, ma speravo fossi abbastanza grande da capire le mie ragioni."

Mi manca il fiato. "Credo che mi ci vorrà del tempo per abituarmi a tutti questi cambiamenti. È difficile."

"Capisco. Non voglio costringerti, ma non voglio nemmeno essere escluso dalla tua vita. Da ora, promettiamoci di vederci regolarmente, va bene? Se c'è qualcosa che ti fa arrabbiare, dimmelo."

Faccio un leggero sorriso e annuisco. "Va bene."

"Perfetto."

La cena arriva e per fortuna torniamo a parlare del più e del meno. La serata è stata un po' pesante, e ho bisogno di tempo per riflettere sulle nostre discussioni.

Ogni tanto mio padre riceve dei messaggi a cui risponde velocemente.

"Scusa," dice dopo il terzo.

"Va tutto bene," dico pensando che si tratti di lavoro.

Dopo che abbiamo finito le portate principali, mio padre mi chiede se voglio il dessert.

Che domande. Certo che lo voglio. Non sono cambiata fino a questo punto in nove mesi. "Ti pare che potrei rifiutare il dessert?"

"No, mai." Ridacchia. "Che domanda stupida. Il dolce è sempre stato la tua portata preferita."

Ha completamente ragione.

Quando arriva un tortino al cioccolato per me, una torta di mele col gelato per lui, mi sento come ai vecchi tempi. Posso *quasi* fingere che non sia cambiato nulla. Che la mia famiglia sia ancora unita.

Sono arrivata al ristorante preoccupata, ma sono felice di aver rivisto mio padre. Vorrei non essere stata così testarda e aver accettato di vederlo mesi fa per sfogarmi. Non sono stata male solo per la separazione dei miei, ma anche per la perdita di mio padre. Tutto è cambiato tra di noi quando se n'è andato.

Forse, adesso che abbiamo deciso di andare avanti, sarà tutto diverso, migliore. Potremo stare di più insieme. Chissà dove sarò l'anno prossimo, e quanto spesso riusciremo a vederci.

È importante riprendere il nostro rapporto finché sono in grado di ripararlo.

Sono ancora arrabbiata e ferita. Non mi sono calmata del tutto, ma non posso fare nulla per rimediare alla fine del matrimonio dei miei genitori. Li adoro entrambi, ed è una cosa che non cambierà mai, succeda quel che succeda.

Forse, per il momento, devo solo aggrapparmi a questo sentimento.

Papà infilza un bel pezzo di torta e lo mangia dicendo: "Significa molto per me che stiamo andando avanti, Nat."

"Anche per me." Sono a metà del tortino, che è una goduria, cioccolatoso e delizioso.

Lui fa un bel respiro e giocherella con la sua torta invece di mangiarla. Sta per succedere qualcosa. Si capisce che vuole dire altro.

Lo anticipo. "Scusa se ti ho ignorato. Non avrei dovuto farlo." Alzo le spalle, impotente. "Ero arrabbiata perché te n'eri andato in quel modo, senza provare a risolvere i problemi."

"Lo so," ammette dolcemente. "Lo capisco. La nostra separazione è stata difficile per tutti, ma soprattutto per te."

Annuisco e respiro a fondo. Abbiamo parlato molto durante la cena, ma non di tutto. Non abbiamo parlato di *lei*. Per quanto possa essere difficile, è essenziale per progredire veramente nel nostro rapporto.

"Papà..."

All'unisono lui dice: "Nat, c'è qualcuno che vorrei presentarti."

Una donna appare accanto al nostro tavolo e corrugo la fronte. "Eh?"

"Lei è Bridgette." Mio padre si alza e le cinge la vita con un braccio. Lei si stringe a lui.

Sono sconvolta da questa interruzione e guardo prima mio padre, che sembra nervosissimo, e poi la donna formosa al suo fianco.

"Ciao, Natalie. Che bello fare finalmente la tua conoscenza." La sua voce è profonda e intensa. Sensuale.

Sbatto le palpebre, confusa. "Ciao." Chi è questa donna? Perché è qui?

Lei sorride a mio padre, che si china su di lei e la bacia sulle labbra.

Ma che diavolo...

Si separano e la donna si siede al nostro tavolo.

"Tesoro," dice mio padre nervosamente. "Spero che per te non sia un problema. Bridgette è venuta qui per conoscerti."

Non...

Oh.

Ohhhhh.

Sento di essere sul punto di vomitare il tortino che ho appena finito di mangiare. Cerco di tenere a bada la nausea.

Quindi è questa la sgualdrina rovina-famiglie. Avrei dovuto immaginarlo. Sembra una ragazzina provocante. Serro gli occhi. Non avrà più di ventotto o ventinove anni, mentre mio padre...

È sulla cinquantina.

È più vicina alla mia età che alla sua. Potrebbe essere sua figlia.

Bleah.

Che schifo.

Ignara di quello che provo, Bridgette mi rivolge un sorriso a trentadue denti. La odio già. La rabbia che ho provato negli ultimi nove mesi ritorna. Guardarla mi fa sentire come un toro davanti a una bandiera rossa.

"Sono felice che siete riusciti a incontrarvi e a spiegarvi." Si sporge verso di me, ho paura possa afferrarmi la mano. "Gli sei mancata così tanto. Non fa altro che parlare di te."

Mi rendo conto che sto stringendo la forchetta tra le dita, quindi la poso attentamente nel piatto e faccio un respiro profondo sperando di calmarmi. Non succede.

"Bridgette, giusto?" So benissimo che si chiama così. Non me lo toglierò più dalla mente.

Non sembra più tanto felice. Annuisce e diventa quasi seria.

Mi volto verso di lei e dico: "Ho accettato di incontrare mio padre e di parlare con lui. Non mi interessa parlare con la donna che ha distrutto il matrimonio dei miei genitori."

Lei sgrana gli occhi prima di girarsi verso mio padre, non sapendo cosa fare o dire, il che è divertente. *Andiamo... Che ti aspettavi? Volevi venire qui e metterti a ballare felice insieme a noi?*

Dovrà prima passare sul mio cadavere.

"Natalie!" dice bruscamente mio padre.

Gli lancio uno sguardo torvo e punto il dito contro Bridgette, che si agita sulla sedia in silenzio. "Perché è qui?"

Mio padre sembra sorpreso dalla domanda ed esita prima di rispondere. "Pensavo fosse importante che incontrassi Bridgette." Fa una pausa e aspetto che riprenda a parlare. "Stiamo per sposarci."

Ecco.

Spalanco la bocca. "Stai scherzando? Ti prego, dimmi che stai scherzando. Non puoi sposarla!" Scuoto la testa cercando di capire. "Oh mio Dio, quanti anni ha?"

Bridgette arrossisce. Sembra che voglia sprofondare nella sedia.

Bene. Spero si senta umiliata. Quella sfascia-famiglie se lo merita.

Mio padre si ricompone e il suo volto si fa severo. Era solito fare quella faccia quando, da piccola, facevo qualcosa di sbagliato. C'è qualcosa di ironico nel vedergliela fare mentre è lui a sbagliare e tenta di rimproverarmi.

Non credo proprio, amico.

"Non importa", dice con calma. "Quello che conta è quello che proviamo l'uno per l'altra".

"Non puoi dire sul serio." Stringo gli occhi voltandomi verso l'intrusa. "Hai almeno trent'anni?"

Arrossisce ancora di più e pare sul punto di scoppiare. Magari lo facesse davvero.

"Natalie, sono sconvolto dal tuo comportamento. Credo che tu debba delle scuse a Bridgette. Forse non avremmo dovuto dirtelo, ma volevo che tutto fosse chiaro, in modo da poter andare avanti."

Per la prima volta, da quando la fidanzata di mio padre si è seduta a tavola con noi, mi sento addolorata. Mi viene da piangere e sbatto furiosamente le palpebre per non far scendere le lacrime. Che io sia dannata se permetto a uno di loro di vedere quanto sono sconvolta.

Bridgette si schiarisce la gola. "Compirò ventotto anni il mese prossimo. So che la differenza di età è un po' uno shock, ma voglio che tu sappia che amo tuo padre." Guarda le mani che continua a torcersi sul grembo. "Ci rendiamo felici a vicenda e vogliamo stare insieme." Alza lo sguardo e incrocia il mio. "Mi dispiace che la cosa ti faccia soffrire."

Mi alzo di scatto dalla sedia. Sto per perdere la testa. "Mi dispiace, non posso... non ora," dico frettolosamente.

Papà e la sua fidanzata si alzano di riflesso.

"Natalie, per favore... Torna qui e discutiamo da persone mature," mi implora mio padre.

Mi tremano le mani mentre raccolgo il telefono dal tavolo e quasi strappo la borsa dallo schienale della sedia. Scuoto la testa. "No, non posso. Devo andare."

Senza preoccuparmi di salutare, mi precipito verso l'uscita. Per fortuna mio padre non cerca di fermarmi. Devo andarmene da qui. Lontano da entrambi.

Non riesco a respirare.

Dopo essere uscita nell'aria calda della sera, mi fermo e faccio un respiro profondo. Poi chiudo gli occhi e cerco di calmarmi.

Il condominio in cui abito dista circa un chilometro dal ristorante. Zara mi aveva accompagnato all'andata. Se la chiamassi, arriverebbe in un attimo. Senza fare domande. Oltre alla mamma, Zara è l'unica persona al mondo su cui posso contare. Ma non voglio farlo. Credo che camminare mi farà bene. Così avrò un po' di tempo per schiarirmi le idee ed elaborare il tutto.

"Davies?"

Sbatto le palpebre e mi concentro sul ragazzo che è appena apparso dal nulla.

Gli chiedo confusa: "Cosa ci fai qui?"

CAPITOLO QUINDICI

BRODY

Indico un paio di miei compagni di squadra dietro di me. "Stiamo per mangiare qualcosa." La guardo più attentamente. Non conosco bene Natalie, ma è evidente che qualcosa la turba. Sembra distratta. E pallida. "Stai bene?"

Lei non risponde, si morde il labbro e guarda il ristorante.

"Natalie?" dico con più forza. Questa non è la Natalie Davies che conosco dal primo anno di università. Quella ragazza è una dura, e a volte anche una rompipalle. La ragazza silenziosa davanti a me altro non è che la sua ombra.

Resta in silenzio mentre un paio di ragazzi ci superano per entrare nel locale.

Non ho alcuna intenzione di lasciarla da sola in questo stato.

Mi basta un attimo per decidere. "Ehi, accompagno Natalie a casa. Mangiate senza di me."

Ovviamente quegli imbecilli non possono dire *okay, ci vediamo a casa*. Devono per forza aggiungere che sono uno zerbino.

Alzo gli occhi al cielo.

Basta. Non è passata neanche una settimana.

Li ignoro e dico a Natalie: "Andiamo." Le indico il parcheggio. "Ho lasciato la macchina lì. Ti riporto a casa."

Lei sembra tornare in sé e mi allontana. "Vai con i tuoi amici. Non è lontano, andrà tutto bene."

Il sole sta iniziando a tramontare. Ci vorrà un po' prima che si faccia buio, ma non ho intenzione di lasciarla camminare fino a casa da sola. Forse non lo sa, ma sono in grado di comportarmi da gentiluomo.

"Certo," dico. "Ma è evidente che c'è qualcosa che non va, e vorrei sapere di cosa si tratta." Prima ancora che provi a ribattere o a litigare, aggiungo: "Non accetterò un no come risposta. Se vuoi possiamo restare qui e parlarne, dolcezza. Sta a te decidere."

Lei fa un respiro profondo. "Non pensi di stare esagerando con questa storia della finta relazione?"

Ridacchio perché sembra che stia per arrendersi, il che onestamente non è da lei. Natalie adora battibeccare con me, dunque ciò che la sta turbando è grave. "Faccio pratica per quando sarà vera." Le faccio l'occhiolino e sembra tranquillizzarsi.

Andiamo verso la mia macchina, e una volta arrivati le apro la portiera con un gesto teatrale esagerato. "La carrozza l'attende, madame."

Lei ride ed entra senza dire una parola. Chiudo la portiera e faccio il giro per salire in macchina.

"Da quando le carrozze costano più di quarantamila dollari?" chiede mentre accendo il motore.

Alzo le spalle. "Non saprei. Forse è colpa dell'inflazione."

Lei sorride leggermente e si accomoda sul sedile di pelle sospirando esausta.

Ci allacciamo le cinture di sicurezza e usciamo dal parcheggio. Natalie continua a restare in silenzio guardando pensierosa fuori dal finestrino, e le chiedo: "Hai intenzione di dirmi cos'è successo o devo provare a indovinarlo?" Non risponde subito, quindi aggiungo: "Sappi che non mi ci vorrà molto."

Natalie si gira verso di me. Sembra un po' insicura e molto stanca. "Vuoi saperlo davvero?"

I nostri sguardi si incrociano, si respira elettricità nell'aria. Smetto di prenderla in giro e le dico: "Non te lo chiederei se non mi importasse."

Lei distoglie lo sguardo e si concentra sulla strada. "I miei genitori si sono separati nove mesi fa. Per la prima volta da quando se n'è andato, mi sono incontrata con mio padre." "Mi dispiace." Non mi meraviglia che sia turbata. "Non è andata come pensavi?" La sua storia mi fa capire quanto poco conosca Natalie sul piano personale, e quanto voglia scavare la superficie per scoprire di più su di lei.

La sua espressione si fa triste. "Per niente."

"Cos'è successo?" Non so se ha voglia di parlarne. So solo che voglio farla stare meglio.

Natalie ridacchia, ma la sua risata è roca e carica di dolore. Mi fa stare male. "Lei è arrivata mentre stavamo mangiando il dessert."

Alzo un sopracciglio, confuso. Non mi sarò mica perso qualcosa? "Chi?"

"La sua fidanzata," ribatte. "I piccioncini mi hanno informato durante il dessert che stanno per sposarsi, il che è interessante perché il divorzio non è stato ancora finalizzato."

Sospiro. "Cavolo, Davies. Che schifo di situazione."

"Già," risponde scoraggiata. "Da quando se n'era andato ci siamo scritti via chat, ma ero troppo arrabbiata. Questa è stata la prima volta che ho accettato di incontrarlo di persona e di parlare del divorzio. Speravo potessimo andare avanti."

Resto in silenzio e la lascio parlare.

"Abbiamo cenato e tutto sembrava tornato alla normalità." Mi guarda. "Era bello. Ma poi mio padre mi ha teso un agguato. Lei è apparsa all'improvviso al nostro tavolo, sorridendomi come una pazza."

Faccio una smorfia. "Cos'hai fatto allora?"

Mi lancia uno sguardo fugace e sussurra: "Sono impazzita."

"'Impazzita' nel senso che ti sei lanciata sul tavolo e l'hai sbattuta a terra?"

Sorride leggermente. "No, ma mi sarebbe piaciuto farlo."

Annuisco. "Immagino. Scoppia il caos e i camerieri devono tenerti lontana da lei."

"Oh, andiamo." Ridacchia e mi dà una spintarella. "Secondo te potrei davvero fare una cosa del genere?"

"Oh sì." La guardo di nuovo mentre ci avviciniamo al suo appartamento. "Non dimenticare che l'anno scorso ti ho vista stendere Nick Jacobs a una festa."

Si copre il viso con le mani. "Oddio, l'avevo rimosso."

"Ci penso ogni volta che ti vedo." Ometto il fatto che le ragazze che si fanno valere mi eccitano. "Quindi cos'hai fatto, invece di sbatterla a terra?"

Lei sospira e scuote la testa. "L'ho dimenticato. Il ricordo è già sfocato. Credo di averla chiamata 'rovina-famiglie' o qualcosa del genere."

"Oh, cavolo."

"Già…" Sospira. "A mio padre non è piaciuto."

"Immagino."

"Ti ho detto che Bridgette, si chiama così, ha solo ventisette anni?"

Voglio consolarla, quindi allungo la mano libera e la appoggio sulla sua, prima di stringerle delicatamente le dita. Non so cos'altro fare. Mi fissa, come se fosse sorpresa dal gesto. Non si libera della presa. Stiamo facendo dei progressi.

"Mi dispiace, Davies. È una situazione davvero terribile."

"Sì, lo è." Resta in silenzio per un attimo. "Questi ultimi nove mesi sono stati difficili. Anche se sono stata arrabbiata con lui, mi è mancato averlo vicino… non so se ha senso."

La capisco. "È tuo padre. Certo che ha senso."

"Forse speravo che potessimo…" alza le spalle, "non so… tornare a come eravamo prima che se ne andasse."

"Siete ancora in tempo per farlo," dico con calma.

Il suo corpo e la sua espressione si irrigidiscono. "Non posso." Scuote la testa, decisa. "Ora sono ancora più arrabbiata di prima. Incontrare quella donna sapendo che è stata lei a rovinare il matrimonio dei miei… Non so cosa gli passasse per la testa quando l'ha invitata a unirsi a noi."

"Non saprei, Davies. Forse sperava soltanto che andaste d'accordo," suggerisco. Mi sto arrampicando sugli specchi.

"Beh, non succederà mai. Ha fatto la sua scelta." La voce di Natalie si spezza. "E non ha scelto me."

Le stringo la mano, desiderando di poter fare di più. "Forse devi solo dargli un po' di tempo."

Lei non dice nulla e continua a guardare fuori dal finestrino.

Mentre entriamo nel parcheggio del suo condominio, mi rendo conto che non voglio lasciarla andare. Le chiedo d'impulso: "Vuoi andare da qualche parte?"

La sua espressione si fa immediatamente sospettosa.

Non riesco a fare a meno di ridacchiare. "Non ti porterò a casa mia, okay? Tranquilla."

Si morde il labbro come se stesse cercando di trattenere un sorriso. "Cos'hai in mente?"

"Vedrai." Considerando quanto è sconvolta, farla sorridere è una vittoria per me. "Prendi una giacca e andiamo."

Lei aggrotta le sopracciglia e capisco che mi vuole fare un sacco di domande, ma l'anticipo: "È una sorpresa, Davies. Prendi una giacca e lo scoprirai presto."

Con uno sconvolgente colpo di scena, fa esattamente come le dico. Immagino che ci sia una prima volta per tutto. Ovviamente sono abbastanza intelligente da *non* dirlo a Natalie.

Quindici minuti dopo entriamo nel parcheggio della pista di pattinaggio della città. Qui ho iniziato a giocare a hockey quando avevo quattro anni. Anche solo per un po', spero si rilassi e dimentichi ciò che la preoccupa.

"Mi hai portato a una pista di pattinaggio?" Mi lancia un'occhiata scettica mentre scendiamo dalla macchina.

"Sì."

Confusa, chiede: "Allora... cosa facciamo qui?"

La prendo per mano arrivando a trascinarla quando si ferma a fissare l'enorme edificio bianco. "Faremo una cosa che si chiama 'pattinare.' Forse ne hai già sentito parlare."

"Ah ah, che divertente."

"Ci provo." Soprattutto con lei. "Ti metterò i pattini ai piedi e ti

porterò sul ghiaccio." Alzo un sopracciglio in segno di sfida. "Sai pattinare, Davies?"

"Ho preso qualche lezione." Fa una pausa e aggiunge: "Quando
avevo sette anni."

"Allora te la caverai. È come andare in bicicletta."

"Mah, penso che sarà po' più difficile. Mi pare di ricordare che
sono caduta un sacco di volte."

La trascino alle porte automatiche tenendola per mano ed
entriamo. Ci dirigiamo verso la cabina di noleggio e prendiamo due
paia di pattini, poi ci sediamo su una panchina fuori dalla pista per
cambiarci. Mi alzo e tendo la mano a Natalie. È una sensazione strana.

Mi piace.

E mi piace lei.

Nell'arena ci sono tre piste di pattinaggio con lastre di ghiaccio
piene, e per le prossime due ore possiamo scivolare tranquilli. La
porta di metallo della pista è aperta. Entro per primo e mi volto verso
Natalie. "Sei pronta?"

Lei prende una boccata d'aria fredda e annuisce. Questa volta mi
raggiunge. La sostengo mentre cerca di rimanere in equilibrio. Un
sorriso grande le si allarga sul volto quando riesce a mantenere l'equilibrio. Il suo sguardo cerca il mio.

"Vedi? È facilissimo," dico.

"Vedremo."

La prima volta ci muoviamo con calma. Un paio di bambini che
non possono avere più di otto anni ci sfrecciano davanti. Natalie è
rigida, e il suo corpo è troppo eretto. Ogni volta che si inclina troppo
in una direzione o che scava troppo sul ghiaccio, spalanca le braccia
cercando di rimettersi in equilibrio. Al secondo giro, si è già tranquil-
lizzata e pattiniamo un po' più velocemente. Finalmente trova il ritmo
perfetto, alternando spinte e scivolate. Già al terzo giro ci muoviamo
ormai a una buona velocità. I bambini di otto anni ci superano di
nuovo, ma va bene così. Natalie non è più tesa e impacciata come
prima. Ha le guance rosse per il freddo e un enorme sorriso le illumina il volto.

Ho pensato che fosse bellissima fin dal primo giorno. Quando sorride così, è davvero stupenda.

E sapere che sono stato io a farla sorridere lo rende ancora più bello.

CAPITOLO SEDICI

BRODY

*P*orto la bottiglia di birra alle labbra e mi guardo intorno alla ricerca di Natalie, ma non riesco a vederla tra la folla. L'altra sera, prima di riportarla a casa, le ho fatto promettere di raggiungermi alla festa della confraternita Kappa. Pensavo fosse un ottimo posto per cominciare il nostro tour promozionale.

Per quanto mi riguarda, ci siamo divertiti molto sulla pista di pattinaggio. E, a giudicare dai suoi sorrisi, anche per lei. Mi ha fatto piacere distrarla dai problemi con suo padre.

Sto sperando che tra di noi sia cambiato qualcosa? Certo che sì. Abbiamo persino chiacchierato mentre pattinavamo e lei non ha mai espresso il desiderio di uccidermi, e sapete una cosa? Mi piace Natalie. Mi piace stare con lei. Mi piace il suo senso dell'umorismo. Adesso ho ancora più voglia di rivederla, e anche questa è una novità. Invece di tornare alla realtà, tiro fuori il cellulare e le scrivo un messaggio.

Dv 6?

Fisso lo schermo, in attesa che risponda. Il mio duro lavoro dà i suoi frutti cinque minuti dopo.

Non lì

Alzo gli occhi al cielo anche se non mi può vedere.

Perché deve fare la furbetta?

O meglio, perché la cosa mi attrae così tanto?

Sì, lo vedo. Qnd arrivi? Mi manca la mia finta fidanzata. Faccio fatica a tenere lontane le altre ragazze...

Poverino

Già

Nn mi andava di uscire sts

Davies...

McKinnon...

E va bene. Questa conversazione non sta andando da nessuna parte, è il momento di passare all'azione.

Hai 10 min altrimenti vengo a prenderti

Buona fortuna

Sono serio, Davies

Non risponde...

"Brody!" strilla una voce acuta interrompendo il mio botta e risposta con Natalie. "Mi sei mancato tantissimooooooo!"

Una ragazza dai capelli corvini con le labbra e le unghie rosse si avvicina, toccandomi il petto. Ha capelli lunghi e lisci che le ricadono sulla schiena e un fisico snello che mette in mostra con una maglietta aderente e scollata e jeans attillati ancora più stretti.

"È da tanto che non ci vediamo!"

Ha un aspetto familiare, ma il suo nome mi sfugge. Stasera ho in mente una sola ragazza, e non è lei.

"Ehi, come va?"

"Cassandra," mi risponde quando ometto il suo nome.

Annuisco. "Giusto. Cassandra."

Cerca di accoccolarsi contro di me, e allontano le sue mani gentilmente ma con fermezza. Qualsiasi cosa questa ragazza stia cercando, non la otterrà da me.

Alza le sopracciglia, incredula. "Allora è tutto vero? Hai una fidanzata?"

"Sì, assolutamente vero. Sono un uomo impegnato," aggiungo nel caso in cui non capisca l'antifona.

Fa il broncio. "Che peccato." Sfiora il collo della sua maglietta e ne segue il bordo con le dita, toccandosi la pelle bianca.

Alzo un sopracciglio.

Come sei ovvia. Non mi piaci. Stai cercando di farmi vedere il tuo seno attirando il mio sguardo in quel punto… Non succederà.

Mi rivolge un sorriso sornione. "Tu non glielo dirai, io non glielo dirò," sussurra con voce roca.

Scuoto la testa. "Scusa. Non sarei impegnato se volessi divertirmi con altre ragazze." La guardo con un'espressione penetrante. "Sono certo che comprendi."

Sospira. "Natalie è una ragazza fortunata."

Le faccio l'occhiolino. "Diglielo la prossima volta che la vedrai."

"Certo."

Ridacchio pensando a quanto Natalie odi sentirsi dire che è fortunata a stare con me. Proprio mentre penso a una via di fuga, intravedo Luke che entra in casa. Ultimamente lui e Zara sono sempre appiccicati, dunque spero che Natalie sia con loro.

"Scusa, c'è qualcuno con cui devo parlare."

"Okay," dice lei in tono malinconico. "Arrivederci, Brody."

La saluto e mi allontano. Non ho nemmeno bisogno di farmi largo tra la folla, perché la gente si sposta automaticamente al mio passaggio. Raggiungo Luke e Zara, ma purtroppo Natalie non è con loro.

Quella dannata ragazza mi fa innervosire.

"Dov'è la tua coinquilina?" chiedo a Zara.

"Beh, ciao anche a te, Brody," mi saluta lei. "È sempre un piacere vederti."

Alzo un sopracciglio e aspetto impaziente una risposta. "Pensavo che Davies fosse con te."

Zara scuote la testa, mentre Luke le cinge le spalle col braccio e la tira a sé. "Voleva stare un po' da sola."

Che significa? "Quindi è a casa vostra?"

Perché se è così, è proprio lì che andrò. La mia non era una minaccia a vuoto. Troverò quella ragazza, fosse l'ultima cosa che faccio.

"No." Si morde il labbro e guarda Luke. "Credo che voglia solo rilassarsi per conto proprio. È stata una settimana terribile per lei."

Zara sta tergiversando e la cosa non mi piace affatto. Voglio sapere dov'è Natalie. "Se non è né qui, né a casa vostra, dove diavolo è?"

Zara stringe gli occhi, infastidita dal mio tono di voce. Sarà anche minuscola e simile a un folletto, ma è una ragazza tosta. Non è difficile capire perché lei e Natalie siano così amiche. Sono entrambe senza scrupoli. "Perché vuoi saperlo?"

Faccio spallucce cercando di trattenere la mia impazienza. "Avevamo dei programmi. Dovrebbe essere qui".

Lei non dice nulla, quindi guardo Luke per farmi aiutare.

Lui sorride "Dai, piccola, digli dov'è, ti perseguiterà per tutta la sera. Vuoi davvero che lo faccia?"

Zara sospira, infastidita. "L'ho accompagnata a casa di sua madre un paio d'ore fa, okay?" Alza gli occhi al cielo. "Resterà lì per il weekend."

Mi sento più tranquillo.

"Grazie." Mi dirigo verso la porta.

"Non starai mica andando lì, Brody?!" mi grida.

Mi volto e le sorrido. "Certo che sto andando lì."

CAPITOLO DICIASSETTE

NATALIE

È stata ufficialmente una settimana terribile.

È iniziata con Reed e i suoi commenti orribili, poi è peggiorata grazie a Brody che ha detto al mondo intero che stiamo insieme. Conclusione: gli altri studenti hanno cominciato a comportarsi in modo strano. Non che non mi sia piaciuto il caffè al caramello gratis, ma è tutto così bizzarro. Giovedì e venerdì ho evitato Java House, portandomi dell'insoddisfacente caffè da casa, assolutamente terribile e non in grado di calmare il mio bisogno di caffeina. Il gusto era talmente orribile che sono riuscita a malapena a mandarlo giù.

Verso la fine della settimana ho iniziato a indossare un cappellino calato sugli occhi per non farmi riconoscere. Ridicolo, vero? Non dovrei vivere così. Non sono mica famosa. A questa gente non dovrei importare. Il mio fidanzato, anzi, il mio finto fidanzato, Brody McKinnon è quello che dovrebbe essere al centro dell'attenzione.

Per concludere in bellezza, ho incontrato mio padre…

E la sua fidanzata di ventisette anni.

Bleah!

Il venerdì pomeriggio sono già sull'orlo dell'esaurimento. Avrei dovuto incontrarmi con Brody alla festa di una confraternita fuori dal campus per fingere di essere la coppia perfetta, ma non credo di poter fingere di essere felice. L'ho fatto per tutta la settimana.

Non ne posso più. Sono stanca.

Speravo che Brody venisse assediato dal suo pubblico adorante e si dimenticasse di me, ma non è successo. Mi ha mandato un messaggio dicendomi di andare subito lì, o sarebbe venuto a prendermi.

Mi viene da ridere.

Buona fortuna, amico. Può perlustrare il campus quanto vuole: non mi troverà mai.

Nel pomeriggio Zara mi ha accompagnato a casa di mia madre, che si trova in una città che dista quaranta minuti dall'università. Aprendo la porta, capisco di aver fatto la scelta giusta. Ho bisogno di tempo per rilassarmi e tranquillizzarmi.

L'idea di ritornare è stata improvvisa, e mia madre non era ancora in casa quando sono arrivata. È rientrata dal lavoro tre quarti d'ora fa. Mi sono offerta di preparare la cena, ma ha insistito per fermarsi lungo la strada per comprare gli ingredienti per il manzo alla Stroganoff, il mio piatto preferito.

È il mio cibo di conforto per eccellenza, proprio quello di cui ho bisogno. Ci ritroviamo tutte e due in cucina mentre la mamma prepara la cena. Sono seduta all'isola della cucina e la guardo tagliare un pezzo di manzo a strisce sottili, impanarlo nella farina e friggerlo con aglio e burro. Nell'aria si diffonde un profumo meraviglioso. Quanto mi mancava la sua cucina!

Mia madre si accorge di essere osservata e mi sorride indaffarata. "È stata davvero una sorpresa inaspettata. Sono felice che tu abbia deciso di tornare a casa. Non ci vedevamo da un paio di settimane."

La Whitmore non è lontana, ma io sono occupata con lo studio e lei con la sua nuova carriera. Non ci vediamo quanto vorremmo, ed è per questo che approfittiamo dell'occasione per stare insieme.

Annuisco, perché lo penso anch'io. È bello stare qui. "Avevo bisogno di prendermi una pausa dal campus."

Lei rigira la carne nella padella e mi chiede: "Va tutto bene?"

Faccio spallucce. "Sì."

Lei alza le sopracciglia. "C'è qualcosa di cui vuoi parlare?"

Non ho alcuna intenzione di raccontarle la mia complicata situazione.

Sarebbe troppo imbarazzante.

Ehi, ricordi il mio ex Reed? Beh, ha deciso di annunciare pubblicamente che sono una frana a letto.

Conosco mia madre, si precipiterebbe alla Whitmore per tirargli il collo. Tende a essere iperprotettiva, specialmente quando crede che qualcuno mi stia attaccando, e poi Reed non le è mai piaciuto. Pensavo fosse a causa del recente divorzio, ma i suoi istinti si erano rivelati più corretti dei miei. Pensarla affrontare Reed mi fa quasi sorridere. "No, volevo soltanto trascorrere un po' di tempo con la mia mamma."

"Ooooh, che dolce. Sai quanto adoro averti intorno."

A volte mi sento in colpa a vivere al campus mentre lei è qui tutta sola. Mi sono offerta di abitare con lei e di fare la pendolare, ma ha insistito affinché continuassi la mia vita senza preoccuparmi per lei.

Sembra il momento giusto per cambiare argomento. "Come va il lavoro?"

Sposta metà della carne nel piatto per friggere il resto. "Molto bene. C'è una coppia che domani farà un'offerta sulla loro prima casa, è un momento molto stimolante. Devo incontrarli alla proprietà alle dieci, così potranno dare un'ultima occhiata per poi cominciare a trattare sull'offerta." Mi guarda. "Che dici, pranziamo fuori dopo?"

Annuisco e bevo un sorso d'acqua. "Sì. Mi piace l'idea."

Sorride. "Perfetto."

Io e mia madre continuiamo a chiacchierare, e finalmente non mi sento più tesa. Le mie spalle sono completamente rilassate. Ero troppo stressata.

Non so se riuscirò a sopportare un'altra settimana sotto il microscopio. Quanto ancora dovrò aspettare prima di riuscire a liberarmi da questa relazione? Una settimana? Due? Di più?

Oddio...

Non ce la faccio più.

"Sei sicura che vada tutto bene? Perché sento che mi stai nascondendo qualcosa." Mi punta le pinze della carne contro. "Hai la fronte corrucciata."

Mi sforzo di tornare tranquilla.

Il fatto che si sia insospettita semplicemente osservandomi non mi sorprende. Ha sempre avuto un super radar materno. Quando, da adolescente, cercavo di nasconderle qualcosa, era particolarmente complicato e spesso impossibile. Sono tentata di raccontarle tutto, ma ci sono certe cose che non posso confidarle. "No. Va tutto bene."

Mette le mani sui fianchi e mi inchioda con lo sguardo finché non inizio a tremare sullo sgabello. "Natalie Marie, so quando qualcosa ti turba. Fai un favore a entrambe e sputa il rospo."

Sviare la conversazione è l'unica mossa possibile. "Perché pensi che mi sia successo qualcosa?"

Inclina la testa studiandomi per un istante. "Perché ti conosco, e te lo leggo in faccia. Sembravi stressata, sei più silenziosa del solito e più pensierosa. Sai che odio quando mi nascondi qualcosa." Mi fulmina nuovamente con lo sguardo. "Mi fai preoccupare più di quanto dovrei. Quindi, perché non metti fine al mio tormento e mi dici cosa succede?"

Lo stroganoff è in forno e mia madre si siede accanto a me, guardandomi ancora più intensamente. Non ci vorrà molto per farmi cedere. Non rispondo e lei chiede: "Per caso ha a che fare con la cena tra te e tuo padre di due giorni fa?"

Non è qualcosa di cui voglio parlare con lei. È ancora molto fragile. Il suo mondo è cambiato completamente in meno di un anno. Dirle della nuova fidanzata di papà la ferirebbe, e non voglio farlo.

Mi concentro sulla decorazione del marmo beige e borbotto: "No, la cena è andata bene."

"Davvero?"

Alzo le spalle restando sul vago. "Sì."

Sospira. "Natalie, mi puoi dire la verità."

La guardo e lei alza un sopracciglio. Ha un tono e un'espressione scettica, come se non credesse a quello che dico, e non mi piace. Sono la sua unica figlia, e siamo sempre state molto legate.

"Lo sto facendo."

Non demorde e con un tono quasi gentile, dice: "Tuo padre mi ha chiamato ieri e mi ha detto del suo fidanzamento."

Spalanco gli occhi. "Sul serio?" Sono così sconvolta che mi stringo allo sgabello per non cadere. Non pensavo si parlassero ancora.

Annuisce. "Ha detto che la cosa ti aveva turbata un bel po', e che sei scappata via."

Sbuffo. "Non avete nemmeno divorziato e ha già chiesto a un'altra donna di sposarlo?" Anche solo il pensiero mi fa arrabbiare. "Che razza di persona farebbe una cosa del genere?"

Si sporge verso di me e mi accarezza il braccio. "I documenti sono già stati presentati, Natalie. Prima o poi succederà, e devi fartene una ragione."

Questa conversazione mi fa stare male, e non riesco a capire come mai sia io quella più turbata di tutti. Temevo che mia madre sarebbe rimasta sconvolta alla notizia del fidanzamento, ma guardandola, è l'esatto opposto."Non pensavo che si sarebbe legato a qualcun altro così velocemente." Arriccio le labbra per il disgusto. "E con lei, per giunta."

"Lo so. Capisco che sei ancora ferita e arrabbiata, ma questo è quello che lui vuole."

Allontana la mano e la posa sul grembo prima di raddrizzarsi. "Non voglio stare con un uomo che non vuole essere sposato con me."

"Mamma…"

"Sto bene," mi interrompe. "Davvero. Ho trovato un lavoro che mi piace e mi sto prendendo finalmente cura di me stessa. Non lo facevo da molto tempo. E…" si ferma, "ho iniziato a uscire con qualcuno."

Sbatto le palpebre sconvolta.

"Sul serio?" Non me l'aspettavo. Ovviamente voglio che sia felice. Non voglio che resti a casa da sola il venerdì sera ad affogare la disperazione in una bottiglia di Pinot grigio. Prima o poi doveva accadere.

Ma non così presto.

Annuisce e sorride leggermente. "Anzi, stasera dovevamo vederci."

"Hai annullato il tuo appuntamento? Perché?"

"Preferirei passare del tempo con te. Potremmo noleggiare un film o farci un bel trattamento di bellezza…" Aggrotta le sopracciglia. "C'è una nuova maschera al carbone che voglio provare. Potremmo farci la manicure e la pedicure, proprio come un tempo."

"È un'ottima idea, mamma." Mi mordo il labbro sentendomi in colpa per essere d'ostacolo alla sua nuova vita sociale. Quando ho deciso di tornare a casa, non ho affatto pensato che avrebbe potuto essere impegnata. Mi passo la mano sul viso. Non sono pronta per tutto ciò. Mio padre è fidanzato, e mia madre sta uscendo con qualcuno. "Non voglio che annulli il tuo appuntamento per me. Possiamo guardare un film e farci un trattamento di bellezza domani."

"Non fa niente." Si fa seria e dice: "Al primo posto ci sei tu. Sempre."

Sorrido leggermente. Non c'era bisogno che me lo dicesse. "Lo so, ma insisto. Sono un po' stanca e volevo andare a letto presto."

Sembra incerta. "Ne sei sicura?"

"Sicurissima." Mi sporgo verso di lei, le stringo la mano e la guardo. "Sembri molto zen. Avevo paura di dirti di papà e Bridgette. Temevo saresti andata fuori di testa."

Com'è successo a me.

La sua espressione si fa pensierosa. "Non ne ho mai parlato prima, ma da quasi un mese sto andando da un terapeuta che mi ha davvero aiutato a vedere le cose con più chiarezza. Il nostro matrimonio non è andato in pezzi da un giorno all'altro. Si stava lentamente erodendo da anni e io ho scelto di non porvi rimedio." Mi guarda negli occhi e aggiunge: "Sì, è stato lui ad andarsene, ma non credo di volerlo biasimare. Penso che abbia fatto un favore a entrambi."

La sua confessione mi coglie completamente alla sprovvista. Ho sempre dato la colpa a mio padre per essersene andato e non ho mai pensato che fosse lei la causa. Per me, lui si è innamorato di un'altra e ci ha lasciati. Sono contenta che lei stia andando avanti, ma io non riesco ancora a non provare rancore.

Non so nemmeno se ce la farò mai.

"Ho anche iniziato a praticare lo yoga e la meditazione."

Mi limito a fissarla e lei mi sorride. Faccio fatica a immaginarmela meditare o nella posizione del cane.

"Domani mattina c'è una lezione alle sette." Il suo sorriso si allarga. "Sei la benvenuta se vuoi unirti a me."

"Sembra interessante, ma non ci penso proprio. Ho intenzione di dormire almeno fino alle dieci."

Alza le spalle. "Magari un'altra volta."

"Certo." Evito lo yoga come la peste. Mi piacciono gli esercizi cardio ad alta energia come il kickboxing e lo Zumba. L'idea di stare seduta in silenzio mantenendo quelle posizioni non mi piace, ma per mia madre potrei anche provarci.

"Sai, non avrei mai pensato che lo yoga e qualcosa di così semplice come la meditazione potessero aiutare in questo modo, ma è così. Mi sento molto meglio dopo la sessione. Più cosciente di me stessa e del mio corpo. Come se mi liberassi da tutta la rabbia e la tristezza del passato e mi concentrassi sul futuro e su tutti gli aspetti positivi della mia vita."

Sbatto le palpebre. Mi sta spaventando sul serio. "Sembri una hippie."

Invece di offendersi, ridacchia. "Sto iniziando a pensare che gli hippie avessero ragione. Questa esperienza mi ha insegnato che il rancore va eliminato, o ti mangerà viva."

Mi sta facendo impazzire con tutte queste intuizioni a cui non so rispondere. Non riconosco più i miei genitori, sono diventati così diversi.

"So che sei arrabbiata con tuo padre, ma lui ti vuole bene. Anche se molto è cambiato, il suo affetto per te non verrà mai meno. Non aggrapparti al passato, Natalie. Non porta a niente di buono."

Abbasso di nuovo lo sguardo sul disegno vorticoso del mobile di granito e sospiro. "Non lo so, mamma." Quando apre la bocca per replicare, la interrompo: "Ci penserò su." Forse.

"Bene. Non mi piace vederti così turbata." I suoi occhi cercano i miei. "Sei sicura che non vuoi che cambi i miei piani? Non mi dispiace, eh. Mi piacerebbe passare una serata tra donne."

"No." Scuoto la testa. "Me la caverò. Forse stare un po' da sola a riflettere mi farà bene."

"Sicuramente non ti farà male."

Trenta minuti dopo, abbiamo finito di cenare e stiamo pulendo la cucina quando suona il campanello.

"Perché non rispondi tu mentre io carico la lavastoviglie?" dice la mamma.

Mi dirigo verso l'ingresso, scalza, e apro la porta.

Spalanco gli occhi. "Cosa ci fai qui?"

CAPITOLO DICIOTTO

BRODY

La sua reazione mi fa sorridere, e non credo che lei lo apprezzi. Mentirei se non ammettessi di essermela aspettata. Tuttavia, dopo l'altra sera, speravo in un'accoglienza migliore.

Mi sbagliavo.

A quanto pare la nostra relazione è tornata al punto di partenza.

Allargo le braccia. "È questo il modo di salutare il tuo ragazzo?"

"Finto ragazzo," ribatte Natalie.

Non mi invita a entrare e mi appoggio allo stipite. "Non mi hai più risposto. Non sai che le fidanzate dovrebbero rispondere immediatamente ai messaggi e alle chiamate?" Mi allungo verso di lei e le tocco la punta del naso.

Le sue sopracciglia si abbassano e Natalie allontana la mia mano come se stesse scacciando una mosca fastidiosa. "E tu non hai capito l'antifona? Molti ragazzi l'avrebbero già fatto."

Mi metto una mano sul petto e la guardo con aria ferita. "Ahi, fa male!"

"Ne dubito." Si passa lentamente la lingua sui denti. "Come hai fatto a trovarmi?"

Sorrido e dico pigramente: "Non è stato difficilissimo. So essere abbastanza intraprendente quando serve."

Torna seria e incrocia le braccia sul petto. La maglietta di cotone aderente mette in risalto il suo seno rotondo, e non posso fare a meno di fissarlo per alcuni istanti.

Natalie si schiarisce la gola e alzo immediatamente lo sguardo. Ha le guance un po' rosse e stringe la maniglia della porta come per chiuderla. "Beh, è stato bello vederti. Grazie della visita."

Tendo la mano sulla porta mentre prova a chiudermela in faccia. "Ma come? Non mi inviti a entrare dopo che ho fatto tutta questa strada per vederti?"

"No," risponde senza nemmeno esitare.

"Natalie, chi è?"

Una donna alta e snella, dai capelli scuri portati con un caschetto di media lunghezza, esce dalla cucina con uno strofinaccio in mano. Sorride vedendomi sulla porta.

"Ciao." Guarda curiosa prima me e poi Natalie. Dev'essere sua madre, data l'eccezionale somiglianza tra le due.

Natalie resta coraggiosamente zitta, e la madre le chiede: "È un tuo amico dell'università?"

"No," ribatte la figlia. I suoi lineamenti si irrigidiscono mentre mi guarda male.

Se fossi più abile nell'interpretare i messaggi subliminali, scommetterei che Natalie vorrebbe chiudere la faccenda tirando in ballo un mio errore, magari facendomi dire di aver sbagliato casa o qualcosa del genere.

Dovrei lasciare che se la cavi così, inventando una scusa idiota per farmi tornare alla macchina?

Col cavolo.

Questa situazione è fin troppo invitante e non riesco a resistere.

"In realtà sono il suo ragazzo," dico sfoggiando un sorriso affascinante.

Non solo gli occhi di Natalie si allargano al punto da sembrare sul punto di uscire dalle orbite, ma le sfugge anche un verso incomprensibile.

Supero la mia fidanzata sconvolta e allungo la mano verso la madre. Anche lei sembra scioccata dalla mia affermazione. "Brody McKinnon. Piacere di conoscerla, signora." Naturalmente, sfodero le mie maniere migliori.

"Karen," dice lei, ancora sorpresa. "La madre di Natalie." Aggrotta la fronte. "Brody McKinnon?" Lancia un'occhiata interrogativa alla figlia, poi torna a fissarmi. "Lo stesso Brody McKinnon che gioca a hockey alla Whitmore?"

Le rivolgo un sorriso a trentadue denti che fa risaltare le mie fossette. A parte Natalie, non ho mai incontrato una donna che non si intenerisca vedendole. Spero che non sia una cosa di famiglia. Voglio piacere a questa donna. "Sì, sono io."

Kaaren sbatte le palpebre più volte, come se stesse cercando di capire la situazione. "E stai uscendo con Natalie?" Lo dice come se non potesse essere vero.

Ridacchio e cingo la vita di Natalie con un braccio, stringendola a me. "Certo."

"Beh, è molto strano. Natalie non mi ha mai parlato di te. Da quanto tempo va avanti questa storia?"

Natalie mi lancia uno sguardo assassino ben affilato che per poco non mi fa raggrinzire le parti basse. "È uno sviluppo recente."

A giudicare dalla reazione di Natalie, pagherò molto caro il mio comportamento, ma non riesco a pentirmi di essere venuto a cercarla. Del resto, l'avevo ampiamente avvertita di quello che sarebbe successo se non si fosse presentata alla festa. Quindi, in realtà, la colpa è solo sua.

Cosa posso dire?

Ha giocato con il fuoco…

Eppure, in qualche modo, so che sono io quello che si brucerà. Invece di semplificare la situazione, getto altra benzina sul fuoco aggiungendo: "Va avanti da molto tempo. Vero, tesoro?"

Lei mi cinge le spalle con un braccio, affondando le dita nella carne. Per fortuna, non è una di quelle ragazze con le unghie curate. Le sue sembrano sempre mordicchiate. Se non fosse così, probabil- mente mi uscirebbe del sangue.

"Oh, non direi, ciccipotto." Sbatte le ciglia e riesco a malapena a trattenere le risate. "Mi pare di averti mandato a quel paese la settimana scorsa."

Mi pizzica di nuovo e faccio una smorfia di dolore che riesco a far passare come un sorriso. "Com'è bello l'amore. Ti fa perdere la cognizione del tempo!"

Natalie mi mostra i denti facendo finta di essere d'accordo con me.

Mi dimentico della presenza di Karen finché lei non mormora: "Va bene," anzi, *va beeeeeeene*.

Continua a guardare prima la figlia e poi me. Non capisco se ci crede o no. Se è come la figlia, probabilmente no.

"Perché non inviti dentro il tuo ragazzo, Natalie? Vorrei conoscerlo meglio." Mi guarda con attenzione. "Hai già cenato, Brody?"

Mi tocco la pancia piatta. "Posso cenare di nuovo." È mia abitudine non rifiutare mai dei piatti fatti in casa. Non mi capitano spesso.

Karen sembra meno tesa e sorride. "Stasera ho preparato il piatto preferito di Natalie: il manzo alla Stroganoff."

"Che coincidenza! Si da il caso che sia anche uno dei miei piatti preferiti!" Lancio uno sguardo adorante a Natalie, che tengo ancora stretta a me. Stranamente non mi ha ancora pestato un piede. "Vedi quante cose abbiamo in comune, polpettina? Il nostro è stato proprio un incontro voluto dal cielo."

"O dall'inferno," borbotta senza farsi sentire da sua madre.

"È un modo di dire," rispondo allegramente.

Entriamo insieme in cucina. Sua madre ci dà le spalle e Natalie mi fissa dicendo sottovoce, *Ti ucciderò*, accompagnando la minaccia con un gesto violento.

Sorrido. È adorabile quando è così arrabbiata. Luke ha ragione: godo in modo perverso a provocarla. È stranamente appagante.

Sua madre armeggia in cucina prendendo dei contenitori dal frigo, noi ci accomodiamo vicino all'isola. Karen infila nel microonde un piatto colmo di spaghetti col sugo di carne. "Cosa posso darti da bere, Brody?"

"L'acqua va bene. Grazie, signora Davies."

Prende una bottiglia di plastica dal frigo e me la mette davanti. "Sei il fidanzato di mia figlia, anche se non ti ha mai nominato. Dammi pure del tu e chiamami Karen." Lancia uno sguardo a Natalie e aggiunge: "Sappi che ne parleremo domani."

Natalie sbuffa e poggia la testa sulla superficie in granito.

Il piatto è pronto e Karen lo serve. "Spero che ti piaccia."

"Grazie. Non ti preoccupare, sono un buongustaio e i piatti casalinghi mi piacciono sempre." Senza ulteriori indugi, infilo il primo boccone in bocca. Chiudo gli occhi assaporando l'aglio, il vino rosso, la panna acida e i funghi. Indico il piatto con la forchetta. "È delizioso."

Karen sorride per il complimento. "Sono felice che ti piaccia. Ce n'è dell'altro."

"È davvero buonissimo. Dovrò venire a trovarti più spesso." Faccio l'occhiolino alla mia finta ragazza. "Vero, piccola?"

Lei trattiene a malapena la rabbia facendomi sorridere.

Karen resta in silenzio. Continua a guardarci come se stesse cercando di risolvere un puzzle. Mi aspetto altre domande sulla nostra relazione, ma non le fa.

A metà del piatto, ammette: "Natalie, sono un po' sorpresa che tu non mi abbia parlato della tua nuova relazione. Non esci seriamente con qualcuno da..."

"Sappiamo tutti da quando," dice Natalie bruscamente.

Scommetto che stanno parlando di quel cretino bastardo di Reed Collins. Davvero non capisco come abbia potuto tradire una ragazza come Natalie. Non ha senso.

L'espressione di Karen è allo stesso tempo ferita e sorpresa. "Mi racconti sempre quello che ti succede."

"Sì, beh..." dice Natalie a disagio.

Mi sento in colpa per averla coinvolta. Volevo solo punzecchiarla un po', non ferire sua madre. Ora mi sento uno stupido.

Natalie sospira: "Non te l'ho detto soltanto perché stiamo insieme da poco."

Karen alza le spalle e sembra crederci. "Okay." Mi fissa. "Beh, sono felice di averti conosciuto."

"Ne sono felice anch'io," dico con sincerità. "E grazie per la cena. Era deliziosa."

"Dovrei andare a prepararmi." Karen guarda la figlia e si mordicchia il labbro inferiore. "Sei sicura che non vuoi che resti a casa? Faccio ancora in tempo ad annullare l'appuntamento."

Natalie scuote la testa. "Andrà tutto bene, mamma. Ho intenzione di noleggiare un film e rilassarmi."

Gli occhi di Karen si illuminano. "Magari Brody può restare qui a farti compagnia."

Natalie sembra disturbata dall'idea. "No, sono sicura che abbia..."

"Ne sarei felice," mi intrometto. Non potrebbe andare meglio di così. "Grazie per l'invito."

Uscendo dalla cucina Karen aggiunge: "Se più tardi avrete fame, c'è ancora dello stroganoff nel frigo. Sono certa che Natalie sarà felice di preparartene un altro piatto."

A giudicare dal suo sguardo, Natalie non è felice e il suo borbottio non fa che confermare i miei sospetti.

"Per tua informazione, se ne vuoi dell'altro puoi servirti da solo. Dimentica le stronzate che ha appena detto mia madre. Non sono la tua mogliettina."

"Come? Dovrei servirmi da solo?" Fingo di essere offeso e borbotto: "Che razza di finta fidanzata sei?"

"*Finta* fidanzata, hai detto bene. A proposito, perché sei qui?" Alza un sopracciglio. "A casa mia." Si ferma di nuovo. "A darmi fastidio." Non rispondo, e il suo tono di voce si fa ancora più irritato. "Che ci fai qui, Brody?"

Alzo le spalle.

A dire il vero, quando mi ha dato buca ho capito che non volevo restare alla festa senza di lei. Che strano, vero? Quindi eccomi qui, a casa sua. Ma non glielo dirò mai. So esattamente come reagirebbe: riderebbe a crepapelle e poi mi butterebbe fuori.

"Dovevamo farci vedere insieme, ricordi? Poi tu non ti sei presentata e hai smesso di rispondere ai miei messaggi." Questa è tutto ciò che posso dirle.

Lei sospira. "Avevo bisogno di una pausa. Stasera non ero in vena di feste. Nel nostro accordo non c'era scritto da nessuna parte che dovevo essere a tua completa disposizione ventiquattro ore su ventiquattro e sette giorni su sette."

"Sei sicura? Pensavo fosse sottinteso," ribatto.

"So che non lo capisci, perché ci sei abituato, ma per me è stata una settimana bizzarra. Mi sembra di vivere in un acquario." Mi guarda e ammette: "Non so come fai a sopportarlo."

Alzo le spalle. "Dopo un po' ti ci abitui." Vivo sotto i riflettori da così tanto tempo che non ci faccio più caso, e quando la gente mi fissa o mi indica, non mi disturba. Anche quando degli sconosciuti si avvicinano per dirmi quanto adorino guardarmi giocare, per condividere i loro ricordi, per chiedermi un autografo, resto neutrale. Faccio eccezione per quando si tratta di autografare qualche parte del corpo. Non porta a niente di buono.

Okay, non è del tutto vero. Una volta ha portato a una cosa a tre che è stata davvero divertente.

"Forse non voglio abituarmici," mormora. "Forse mi piace mantenere un profilo basso."

A molte ragazze piace la fama che accompagna lo stare con un atleta, ma non mi sorprende che Natalie non la pensi così. Non è come gli altri. Più aspetti di lei scopro, più mi piace. "Beh, piccola, non hai più un profilo basso. Abituati. I tuoi giorni nell'anonimato sono finiti."

"Sì," sospira, "ci ero già arrivata." Sembra rassegnata. Si raddrizza e agita la mano. "Come vedi, ho intenzione di riposarmi durante questo weekend. Domenica sera tornerò al campus per fare la finta fidanzata. Ma fino ad allora..." non finisce la frase e mi guarda trepidante.

Alzo le sopracciglia. Se proprio vuole sbarazzarsi di me, dovrà fare di meglio. "Non c'è problema. Mi va bene rilassarmi e guardare qualcosa su Netflix."

Non sembra felice all'idea di avermi tutto per sé. "Pensavo che l'avessi detto per fare contenta mia madre, o almeno così speravo."

"No no, sono tutto tuo. Io, te e un film. Forse anche un po' di popcorn. Stiamo insieme, proprio come una coppia vera."

"Wow, che divertente," dice seccamente.

"Così ti voglio." Fermo il sorriso che si sta formando sulle mie labbra, poi aggiungo: "Sai cosa mi piace di te? Il fatto che tu mi faccia sentire speciale."

Natalie apre la bocca per ribattere in modo saccente, ma Karen entra in cucina in ghingheri. Non indossa più una tuta, ma un abito sexy e degli stivali neri che le arrivano al ginocchio. Si è anche arricciata i capelli e si è truccata un po'.

È proprio uno schianto.

Natalie è sbalordita, ma corruga la fronte. "Stai bene," dice come se non lo pensasse davvero. Dopo tutto quello che è successo con suo padre, capisco benissimo le riserve che nutre sulle vite sentimentali dei suoi genitori.

Loro stanno andando avanti, ma lei non è ancora pronta.

Karen si passa nervosamente una mano sull'abito. "Lo pensi davvero?" Si gira. "Non è un po' esagerato, vero?"

Natalie sospira. "No, è perfetto." Sorride e la sua voce si addolcisce. "Stai davvero bene, mamma."

Senza farmi vedere da sua madre, prendo la sua mano e la stringo. Mi guarda, e mi chiedo se abbia intenzione di allontanarla. Le sue dita restano sotto le mie.

"Quindi dove ti porta?" chiede Natalie come una madre apprensiva. Non glielo dico, perché non credo apprezzerebbe la mia osservazione. Non sono ancora pronto per il momento in cui allontanerà la sua mano dalla mia.

"Ci incontriamo in un bar in centro dove c'è una band che suona."

"Sembra divertente." Ancora una volta il suo tono freddo fa capire che non vuole che si divertano *troppo*.

Karen fa un sorriso esitante. "Penso che ci divertiremo." Aggiunge: "Questo è il nostro terzo appuntamento."

"Sei già uscita due volte con questo tipo?" Natalie alza un sopracciglio. "Allora non sono l'unica ad avere dei segreti!"

Sua madre arrossisce e distoglie lo sguardo. "Non volevo dirti niente prima di assicurarmi che sarebbe andata bene."

Sembra la stessa scusa usata da Natalie.

"E...?"

Karen alza le spalle. "Vedremo. È un brav'uomo, ma resto con i piedi per terra." Lancia un'occhiata all'orologio d'argento che porta al polso. "Devo andare." Guarda la figlia. "Tornerò tra qualche ora. Chiamami se hai bisogno di qualcosa, okay?"

Prima ancora che Natalie possa rispondere, aggiungo: "Non ti preoccupare, signora D. Difenderò il fortino fino al tuo ritorno."

Lei ride, non è più tesa. "Ehm, grazie, Brody."

L'accompagno alla porta, raccomandandole di divertirsi. Poi mi giro verso Natalie, che mi ha seguito all'ingresso. Adesso è tutta mia. Sono in una situazione di gran lunga migliore rispetto alla festa: niente folla, niente gente ubriaca.

"Mi piace tua madre, è forte." *È gnocca per essere una MILF*, ma non glielo dico. Natalie mette le mani sui fianchi e alza un sopracciglio. "Difenderai il fortino, ah?"

"Sì." Mi strofino le mani prima che possa cacciarmi di casa. "Decidiamo quale film guardare." Torno in cucina e lei resta ferma a fissarmi con gli occhi spalancati. "Credo di essere pronto a fare il bis di stroganoff." Sorrido e mi guardo alle spalle. "Mi prepari un piatto, mogliettina?"

Sento il suo borbottio e non riesco a fare a meno di ridere.

CAPITOLO DICIANNOVE

NATALIE

Siamo seduti sul divano del soggiorno, con le luci spente, a guardare un film. Gli lancio un'occhiata. È così vicino a me che la sua coscia soda e muscolosa preme contro la mia.

Dovrei essere impassibile, ma è così.

A posteriori, avrei dovuto fargli scegliere il posto per primo per poi sedermi in un angolino, lontano da lui. E invece mi sono accasciata sul divano e lui mi si è seduto praticamente in braccio.

Non riesco a seguire il film perché continuo a pensare a quanto siamo vicini. Non credo di essere mai stata in una situazione del genere con qualcun altro. Non mi piace. È proprio l'ultima cosa che desidero o di cui ho bisogno.

Soprattutto con un ragazzo come Brody.

È come cacciarsi nei guai e poi sorprendersi.

Sono scappata dal campus perché dovevo allontanarmi da lui. In qualche modo il mio piano mi si è ritorto contro, e ora sono sola con lui in una stanza buio. Tutto questo non ha il minimo senso.

Ma del resto, niente sembra più normale e la mia vita è rovinata da quando, lo scorso weekend, Brody ha detto a Reed e al resto del campus che stavamo insieme. Non so come riportare tutto a com'era prima, a come *dovrebbe* essere. Mi sembra di affogare e non c'è nessuno che mi possa salvare.

Mi arriva un messaggio. Prendo il telefono, grata di avere qualcosa che mi distragga da Brody.

Ugh.

Paradossalmente c'è qualcun altro che vorrei evitare ancor più di Brody.

Mio padre.

Da quella terribile cena, mi ha inviato un bel po' di messaggi ma non ho perso tempo a rispondergli. Cosa avrei dovuto scrivergli?

Congratulazioni?

Vaffanculo?

Forse la seconda. Per ora lo ignoro.

Brody mi guarda: "Qualcosa di interessante?"

Serro i denti. Capovolgo il telefono e lo appoggio sul divano. Mi rifiuto di rispondere a mio padre. "No."

Lui alza un sopracciglio. "Dalla tua espressione non si direbbe. Se non ti conoscessi meglio, direi che sei costipata. Di solito sono io a farti stare così. Mi sento un po' geloso." Si gratta il mento con aria pensierosa. "Non avrai mica un altro finto fidanzato?"

I suoi commenti ridicoli mi fanno sentire meno tesa. Non voglio incoraggiarlo, ma sorrido leggermente. "Mi dispiace dirtelo, ma non sei l'unico che mi fa stare così."

"Mmmh. Allora devo darmi da fare. Pensavo che tra di noi ci fosse qualcosa di speciale."

Oddio, non credo che potrei sopportarlo. Poso una mano sul suo avambraccio, che è muscoloso quanto la sua coscia. *Wow.* C'è una parte del suo corpo che non sia dura come la pietra? A momenti, il pensiero mi fa andare la saliva di traverso. Vorrei smettere di fantasticare.

I nostri sguardi si incrociano e allontano la mano, come se me la fossi bruciata. "Non credo sia necessario."

Non dico altro e lui mi dà una leggera spallata. "Di chi era il messaggio?" Stringe gli occhi e la sua voce si fa seria. "Era di Reed, vero?"

Scuoto la testa. "Era di mio padre."

La sua voce si addolcisce. "Gli hai più parlato dal vostro ultimo incontro?"

"No." Fissare la televisione è più semplice che incrociare il suo sguardo curioso. È strano confidarsi con lui. L'altra sera, fuori dal ristorante, mi ha trovata in un momento di debolezza. Avevo la guardia abbassata. Di solito non rivelo informazioni così personali a qualcuno che conosco a malapena. Persino a Zara non ho raccontato i dettagli del divorzio, ed è la mia migliore amica. Eppure mi è stata vicino quando mio padre ha rovinato le nostre vite.

Sento un leggero formicolio alla pancia. Spero che la mia risposta basti a evitare ulteriori domande.

"Quindi, cos'hai intenzione di fare al riguardo?"

Avrei dovuto immaginarlo. Brody non ha molto tatto con le persone. Fa quello che vuole, quando vuole.

Mi sento a disagio per il modo in cui sta evolvendo la conversazione e mi sposto leggermente. Restiamo per qualche secondo in silenzio, poi torno a guardarlo. Il sincero interesse che trapela dai suoi occhi mi prende alla sprovvista. Non sono solita vederlo così. Sono abituata alle sue spietate prese in giro e a rispondergli a tono. Siamo sempre in conflitto.

Questo suo atteggiamento mi confonde, nonostante l'abbia notato più volte ultimamente. Non so cosa pensare. Non mi aspettavo che mi difendesse da Reed, o che cercasse di sollevarmi il morale portandomi a pattinare. Non so se sono pronta a un cambiamento così drastico del nostro rapporto. O a rivedere il mio giudizio. L'ho etichettato fin dal primo giorno, fin dalla nostra prima lezione di economia insieme tre anni fa, e *nulla,* fino ad ora, aveva cambiato la mia opinione su di lui.

È un playboy arrogante, sempre in cerca di attenzioni che scalda il banco alla Whitmore finché non potrà andare avanti con la sua vita. Ma il Brody che ho intravisto questa settimana è completamente diverso.

Dico senza pensarci: "Non ho intenzione di far nulla. È stato lui ad andarsene e abbandonarci. E ora sta andando avanti con la donna che ha rovinato il loro matrimonio." Sono furiosa.

"Non ti manca?"

Fisso il soffitto, appoggiando la testa allo schienale del divano. Non voglio guardare Brody. Questa conversazione sembra fin troppo intima. Siamo a malapena amici.

"Mi manca quando stavamo tutti insieme." Ripenso al modo in cui mio padre era vestito al ristorante, al modo in cui fingeva di essere qualcuno che non è. Trendy. Figo. Giovane. "Non conosco il tizio che ho incontrato due giorni fa." Quello che ha scaricato mia madre e che si è messo con una mia quasi coetanea.

"Forse dovresti dirglielo. Dovresti toglierti questo peso per andare avanti."

Alzo le spalle. Vorrei essere meno turbata di così. "Non saprei nemmeno cos'altro dirgli."

"Sempre meglio di questo silenzio stampa," dice lui con calma.

"È complicato, Brody." Mi giro a guardarlo negli occhi, e improvvisamente una scarica di energia si accende tra di noi.

Annuisce. "Di solito la famiglia è una cosa complicata."

"Già." Ma prima la mia non lo era.

Mi cinge le spalle con un braccio e mi avvicina a sé per poi baciarmi sulla testa. Il mio corpo si irrigidisce. Anche questo è un comportamento nuovo, come questa conversazione, e io non so a cosa pensare o come reagire.

Per fortuna Brody non aggiunge nient'altro e torna a guardare il film, ma invece di lasciarmi andare si rilassa cingendomi con le braccia. Il mio corpo preme contro il suo, e sono costretta a poggiare la testa sul suo petto. L'aroma fresco e pulito del suo dopobarba mi inebria i sensi. Non riesco a fare a meno di respirare il suo profumo.

Perché ha un odore così buono?

Perché si sta così bene tra le sue braccia?

Mi rilasso sempre di più.

Come posso sentirmi così a mio agio con Brody quando siamo sempre stati come cane e gatto?

Preferirei non pensarci, quindi mi concentro sul film, ma mentre appoggio la testa sul suo petto e mi stringo a lui, capisco che non desidero essere in nessun altro posto.

Brody si schiarisce la gola e dice: "Mia madre è morta quando avevo dieci anni."

Sono sconvolta e cerco di pensare a qualcosa da dire, ma non ci riesco. Gli dico la cosa più banale del mondo. "Mi dispiace. Non lo sapevo."

Mi rendo conto di non sapere molto sulla vita privata di Brody, nonostante tutti i pettegolezzi che circolano dentro e fuori dalla pista.

Lui alza le spalle come se non fosse niente di grave, ma il suo atteggiamento lo contraddice. "È successo molto tempo fa."

Tredici anni sono tanti, ma non abbastanza per lenire quel tipo di dolore. Sarei devastata se succedesse qualcosa a mia madre.

"Hai fratelli o sorelle?" Ancora una volta, non ne ho idea.

"Ho una sorella di due anni che si chiama Hailey."

Come in un caleidoscopio, la mia immagine mentale di lui cambia. Brody non è più l'idiota senza personalità che gioca a hockey. È un uomo che ha subito una grave perdita.

Non sapendo cosa dire, resto in silenzio e lui continua: "Mio padre si è risposato qualche anno fa. Sua moglie si chiama Amber." Alza le spalle. "Come matrigna è piuttosto brava. Non posso lamentarmi."

È la prima volta che guardo davvero Brody. Ho l'impressione che non si riveli a molte persone. Lo capisco. La maggior parte delle volte mi sento come lui, ma la differenza è che lui è costantemente circondato da persone, compagni di squadra, ragazze, fan, che desiderano avvicinarsi a lui per ciò che rappresenta e per i suoi successi nella vita.

Dimenticando il film, mi giro per poter incontrare il suo sguardo. "Tu e tuo padre siete molto uniti?"

"Sì. Dopo la morte di mia madre, eravamo solo noi due. Si è messo con Amber quando io ero già fuori di casa, a vivere la mia vita, quindi la cosa non mi ha dato molto fastidio. Mi incontro con lui ogni domenica mattina alla pista di pattinaggio e ci alleniamo insieme per un paio d'ore. Poi facciamo poi un brunch a casa con Amber e Hailey. A causa dei miei impegni, è l'unico momento che passo con loro." Aggiunge: "Mio padre ha un'agenzia di gestione sportiva. Ha giocato nella Hockey League per una decina d'anni, poi ha deciso di rappresentare altri atleti. Ha iniziato con alcuni compagni di squadra, facendosi un nome nel settore, e ora possiede una società con circa venticinque agenti alle sue dipendenze. Si occupa soprattutto della parte operativa dell'azienda, ma sta rappresentando me."

"Wow!" Non ne sapevo nulla.

Dopo qualche istante di silenzio ammette: "Mio padre non ha preso molto bene la notizia della nostra relazione."

Sono sorpresa. "Davvero? Perché?" Non capisco che differenza faccia. Brody ha ventitré anni. Quello che fa sono affari suoi.

"Vuole assicurarsi che mi concentri sullo studio e sull'hockey. Questo è il mio ultimo anno prima di giocare da professionista. Non vuole che mi distragga."

Mi viene in mente una cosa. "È lui il motivo per cui non hai mai avuto una ragazza?"

"Credo di sì." Alza le spalle. "Ma non è come se non ne avessi mai incontrata nessuna. L'hockey mi impegna così tanto da non lasciarmi spazio per una relazione stabile."

Quello che dice ha senso, ma l'interferenza di suo padre nella sua vita privata è davvero invadente.

"Allora è un bene che stiamo facendo per finta," scherzo. Per la prima volta sono indecisa su come sentirmi al riguardo. Devo ancora scoprire tante cose di Brody.

"Ho provato a spiegargli la situazione, ma non mi ha capito. Gli ho detto che stavo solo aiutando un'amica."

Ridacchio. "Amica..." Due settimane fa non avrei mai considerato Brody McKinnon un mio amico.

Lui sorride. "Come? Siamo amici, no?"

"Non saprei... Siamo più..." mi blocco cercando il termine giusto, "nemici-amici." Ma non rende comunque l'idea.

"Wow." Alza le sopracciglia. "Non pensavo che provassi qualcosa del genere. Ho sempre creduto stessimo soltanto scherzando." La sua espressione si fa sorprendentemente seria e il suo sguardo si fissa sul mio. "È cambiato qualcosa in quest'ultima settimana? Adesso siamo amici o ancora nemici?"

Alzo le spalle, sconvolta dalla piega che ha preso questa conversazione. Come faccio a rispondere? Il nostro rapporto è maturato così tanto durante gli ultimi sette giorni. Non avrei mai immaginato che potesse succedere. È più di quanto sembri, e mentirei se dicessi di non essere curiosa di scoprire chi è il vero Brody McKinnon.

Comincio a chiedermi se possa davvero piacermi.

Come amico, ovviamente. Niente di più.

"Direi che stiamo diventando amici." Lui sorride leggermente e, per evitare che si faccia strane idee, aggiungo: "Ma mi riservo la facoltà di cambiare idea in qualsiasi momento."

"Mi sembra giusto." Prima che mi possa accorgere delle sue intenzioni, mi sfiora il viso e mi accarezza la guancia col palmo della mano. Resto senza fiato. Non riesco a respirare. Non riesco a muovermi. Posso solo guardarlo con gli occhi sgranati e aspettare la sua prossima mossa. "Non voglio essere tuo nemico, Natalie," ammette a bassa voce.

Scruta con intensità i miei occhi, alla ricerca di... non so bene cosa. Improvvisamente le sue labbra incontrano le mie, sfiorandole con calma una, due, tre volte. Il desiderio mi travolge. Mi sta stuzzicando.

Quando finalmente la sua bocca si avvicina alla mia, non lo respingo. Le sue azioni sono lente e misurate, come se avessimo tutto il tempo del mondo.

La sua lingua si insinua nella mia bocca, intrecciandosi e giocando con la mia. Ci assaggiamo e ci esploriamo con lo stesso ritmo, senza fretta. Cambio posizione tra le sue braccia, e cambia l'angolazione. Questo bacio è così diverso da quello che ci siamo scambiati alla festa. Quello era una dimostrazione di puro possesso. Questo è completamente diverso. È più... esplorativo, e sembra che voglia prendersi il suo tempo per assaporare ciò che sta succedendo tra noi.

Le sue dita si infilano tra i miei capelli, tenendomi ferma, ma spingerlo via è l'ultimo dei miei pensieri. Non avrei mai potuto immaginare come sarebbe stato baciare Brody. Certo, ho sentito quello che dicono al riguardo. Basta una settimana nel campus per venire a conoscenza delle sue prodezze sessuali.

Se questo bacio ne è un esempio, allora è tutto vero. Brody sa esattamente cosa sta facendo. I suoi baci bastano a farmi bagnare le mutandine.

Ma la mia mente è all'estremo opposto.

Per quanto odi ammetterlo, non riesco a togliermi dalla mente gli orribili commenti di Reed. Hanno ferito la mia autostima. Invece di godermi il momento, mi ritrovo a chiedermi se a Brody piaccia baciarmi, se sto facendo la cosa giusta. Se c'è...

Mi stacco dalla presa di Brody. Le mie dita tremano dall'agitazione mentre cerco di toccarmi le labbra. Respiro a fondo cercando di riprendermi. Lui mi guarda eccitato.

"Vuoi che mi fermi?"

Scuoto la testa.

No, anzi...

Ora devo solo trovare il coraggio di dirgli quello che voglio.

CAPITOLO VENTI

NATALIE

Mi ci vuole un secondo, o forse cinque, per trovare il coraggio di aprire la bocca. Una voce dentro di me mi urla di non farlo, di lasciar perdere. Se glielo chiedo, non avrò modo di tornare indietro, a prescindere dalle conseguenze.

Ignoro il mio istinto e mi schiarisco la gola. "Facevi sul serio con quella... cosa che hai detto l'altra sera alla tavola calda?"

Lo fisso sperando capisca senza costringermi a spiegarlo. Siamo soli, ma è comunque imbarazzante. Il fatto che mi stia mettendo in gioco, chiedendogli aiuto, è già abbastanza difficile senza farmi sembrare patetica.

"Cosa ho detto?" Sembra confuso.

Arrossisco e abbasso gli occhi per non incrociare il suo sguardo. Deglutisco e continuo: "Hai parlato della mia mancanza di esperienza a letto."

Si raddrizza leggermente e cambia tono di voce. "Vuoi che facciamo sesso?"

Rido nervosamente. "No!"

Non sono ancora arrivata a quel punto.

Ma ora che ho avuto un po' di tempo per ripensare alla nostra conversazione, capisco i vantaggi della sua proposta. Il bacio di poco fa è la prova che se c'è un ragazzo che può aiutarmi, è sicuramente Brody.

"Pensavo che potresti… non so," mormoro, rimpiangendo di non esser rimasta in silenzio e che tornassimo a baciarci. Era molto più semplice. "Valutare la situazione," aggiungo velocemente.

Uccidetemi prima che dica qualcos'altro che renderebbe la situazione ancora più imbarazzante. Oramai non posso più rimangiarmi quello che ho detto.

È troppo tardi.

Il rumore delle mie parole rimane sospeso tra di noi.

Tocca a Brody fare la prossima mossa.

Mi sento come se i miei organi interni si fossero aggrovigliati. Ho la nausea e mi viene da vomitare.

Le sue dita scivolano sotto il mio mento e mi girano il viso fino a farmi incontrare il suo sguardo penetrante. Rilascio un respiro tremante e represso. Sorride leggermente, ed è ancora più sexy di quanto non sia già. Finalmente capisco le ragazze della Whitmore. Vederlo concentrato su di me mi fa sentire potente.

Lo sento fino al midollo.

"Quindi mi stai dicendo che vorresti dei consigli e delle indicazioni di natura sessuale."

E proprio così, l'incantesimo si rompe. Meglio così, davvero. Non voglio complicare le cose tra noi, e soprattutto non voglio provare sentimenti confusi per il ragazzo che mi sta fissando compiaciuto.

Mi sento di nuovo come ai vecchi tempi con lui e alzo gli occhi al cielo. Avrei dovuto sapere che gli sarebbe piaciuto.

"Delle lezioni," lo correggo, sentendomi di nuovo me stessa, per fortuna.

"Delle lezioni," ripete lentamente come se stesse assaporando ogni singola sillaba. Sorride leggermente. Lo desidero ancora di più. "Ci sto."

Prima ancora che possa specificare in cosa consiste il nostro accordo, mi bacia di nuovo e non mi ci vuole molto per sciogliermi ancora una volta.

Brody si stacca da me e mi guarda. "Lezione numero uno," sussurra fissando la mia bocca. "I baci non riguardano solo le labbra."

Ma non mi dire.

Lo sanno tutti.

Con più gentilezza di quanto pensassi, mi bacia gli angoli della bocca. Mi sfugge un gemito quando sposta le labbra sulla mia mandibola e scende sul collo. Cerco di passare le dita tra i suoi capelli, ma lui le allontana e mi stringe i polsi.

Lo guardo con aria interrogativa. Lui mi solleva le braccia sopra la testa, appoggiandole sui cuscini del divano.

"Queste restano qui. Rilassati e goditi quello che faccio."

Le sue parole mi fanno rabbrividire. Brody passa le dita sulla mie braccia facendomi venire la pelle d'oca. Il suo sguardo eccitato è una carezza lungo il mio corpo. Mi bagno e mi muovo sotto di lui. Ho bisogno di altro.

"Ti rendi conto di quanto sei bella?"

Il mio cuore batte più forte.

Ricordo a me stessa che quello che sta succedendo non è reale. Questa è un'esperienza formativa utile per rafforzare la mia autostima.

Anche se Reed non è l'ultimo ragazzo con cui sono stata, è passato un po' di tempo dall'ultima volta che ho fatto una cosa del genere.

Smetto di pensare al mio ex quando Brody mi mordicchia il labbro inferiore, strattonandolo prima di rilasciarlo. Un brivido di piacere mi attraversa il corpo. È una mossa sexy. Mi incornicia la bocca con la lingua. La apro e, senza che le nostre labbra si tocchino, le nostre lingue si intrecciano in una danza erotica. È una bellissima tortura.

"Ti eccita?"

"Sì," gemo. Come potrebbe non farlo?

"Bene. È importante sapere cosa ti eccita. Non devi avere paura di dire al tuo partner cosa ti piace o non ti piace."

I suoi denti affondano delicatamente nel mio labbro inferiore prima di succhiarlo.

Quando si stacca, sussurro: "Mi piace molto". Il mio corpo è attraversato da intensi brividi di piacere.

"Anche a me."

Mi bacia di nuovo e poi scende verso la gola. Il suo fiato caldo mi sfiora la pelle, facendomi bagnare e aumentando il mio desiderio. Mi dimeno sotto di lui, vorrei toccargli i muscoli. Non fraintendetemi, Brody è completamente scolpito.

Non ricordavo che i preliminari fossero così belli. Con Reed erano sempre sbrigativi, e lo stesso valeva con i due ragazzi successivi. Nessuno si è mai preso il tempo per esplorare il mio corpo.

È qui che sta la differenza, e me ne accorgo solo ora.

La bocca di Brody si avvicina al mio petto. Indosso una maglietta scollata, quindi ha facile accesso. Mi bacia in mezzo ai seni, sfiorando la pelle sensibile.

Quando le sue mani mi toccano il seno, quasi mi sollevo dal divano. Accarezza la carne morbida finché i miei capezzoli non si inturgidiscono. Le sue labbra si posano su uno di essi e il suo respiro caldo mi sfiora. Mi morde delicatamente il capezzolo attraverso la stoffa sottile. Sento un misto di piacere e dolore.

"Brody," gemo inarcando la schiena per avvicinarmi a lui.

"Ti piace?"

"Lo adoro," ammetto senza fiato.

Ora che ho avuto un piccolo assaggio, voglio di più.

Sentire la sua bocca attraverso i vestiti non basta a saziarmi. La lussuria e il desiderio si sono impadroniti di me. Gemo quando stringe l'orlo della mia maglietta e la spinge sul mio seno, scoprendo il reggiseno verde leopardato.

Lo fissa per un lungo momento prima di lanciarmi uno sguardo carico di desiderio che mi fa impazzire.

"Questa sì che è una sorpresa inaspettata," mormora eccitato.

Sorrido leggermente. "Sono felice che ti piaccia."

"Oh, certo che mi piace." Abbassando la testa, strofina i denti contro la seta che copre i miei seni.

Incapace di controllare la risposta del mio corpo, mi contorco sotto di lui, cercando di toccarlo ancora di più. Voglio avere le sue mani e la sua bocca su di me.

"Per quanto ami questo reggiseno, deve sparire."

Non potrei essere più d'accordo.

Non mi soffermo a pensare alle conseguenze: se lo facessi, tutto ciò finirebbe bruscamente e non sono ancora pronta.

Le sue dita liberano i miei seni, e rabbrividisco per l'aria fredda. Brody passa i pollici sui capezzoli duri. Abbassando la bocca, avvolge le labbra intorno a uno di essi e lo succhia, poi passa all'altro.

Ogni movimento mi fa sussultare. Anche se mi ha detto di non farlo, abbasso le braccia e, tenendolo fermo mentre mi tocca, faccio scorrere le dita tra i suoi capelli folti. Un filo invisibile sembra collegare la sua bocca, sul mio capezzolo, direttamente al cuore. Ogni movimento delle sue labbra e della sua lingua morbida mi fa impazzire.

Ma, proprio quando sono sul punto di esplodere, Brody si stacca e mi fissa. Immagino che i miei occhi sembrino infuocati come i suoi.

"Dovrei…"

"Sì!" urlo. Ho voglia di andare oltre. Non mi sono mai sentita così eccitata. Sto avendo una sorta di epifania.

"… andarmene," risponde.

Aspetta un attimo… cosa?!

Sbatte le palpebre ma resta in silenzio.

"Te ne vai?" sussurro come una stupida. Non credo di aver capito bene.

Evidentemente l'ho fatto, perché si è già alzato dal divano. Non sento più il suo dolce peso sul mio corpo. Si allontana da me come se avesse appena scoperto che sono contagiosa.

Sono sconvolta dal suo improvviso cambio di atteggiamento e lo fisso in silenzio. Sono ancora stesa tra i cuscini del divano. La mia maglietta è sollevata fino al mento e i miei seni sembrano due uova all'occhio di bue servite su un piatto d'argento.

Brody li fissa e si passa una mano sul viso. "Sì. Devo andare. Adesso."

"Ma…" non riesco a capire cosa sia successo.

Questo è il ragazzo famoso nel campus per le sue avventure di una notte, quello che è stato a letto con metà delle ragazze della Whitmore. È lo stesso ragazzo che mi ha detto di non aver mai avuto una fidanzata e di aver avuto così tanti partner da non riuscire a tenerne il conto.

Ed è lui che blocca tutto e se ne va?

Ha di meglio da fare?

Oddio, sto per morire per l'imbarazzo.

Torno in me, mi infilo il reggiseno e mi tiro giù la maglietta prima di alzarmi. Brody mi fissa in silenzio. Prima che mi renda conto di quello che sta succedendo, allunga la mano e mi attira a sé. La sua bocca trova subito la mia.

A differenza dei baci precedenti, questo è esigente. Insistente. Quando la sua lingua esplora le mie labbra, le apro per farlo entrare. Forse sono confusa, ma lo voglio ancora. La sua lingua reclama la mia bocca, intrecciandosi con la mia. Tira il mio corpo contro il suo. Proprio quando penso che abbia cambiato idea e voglia andare oltre, si stacca e mi allontana.

"Devo proprio andare."

Niente di tutto ciò ha senso. "Davvero?"

"Sì."

Sembra rassegnato. E io non ho intenzione di implorarlo. Per quanto mi sia piaciuto quello che è appena successo, mi rifiuto di supplicare.

Respiro a fondo, cercando di riprendere il controllo dei miei ormoni in subbuglio. "Okay."

"Ci vediamo."

Annuisco, ancora confusa.

Brody mi passa un dito sulla punta del naso. "E non ignorare più i miei messaggi. Capito, mogliettina?"

Invece di farmi arrabbiare, il nomignolo mi fa sorridere. Allevia la tensione sessuale. "Va bene."

Brody mi lancia un ultimo sguardo interrogativo e si dirige verso la porta. Non appena se ne va, mi accascio sul divano e mi seppellisco il viso tra le mani.

È appena successo?

Ho davvero limonato con Brody McKinnon?

Sì. E, cosa ancora più strana, non vedo l'ora che succeda di nuovo.

CAPITOLO VENTUNO

BRODY

C'è mancato poco.

Se non fossi scappato, non sarei riuscito a trattenermi. Pensavo soltanto a quanto volessi far mio il bel corpicino di Natalie.

E quei seni...

Sono ancora più spettacolari di quanto immaginassi, e ci avevo fantasticato per molto tempo. Natalie Davies è sempre stata l'unica ragazza a cui penso quando mi masturbo. Devo ammettere che le mie fantasie non le rendevano giustizia.

Sono stato proprio bravo a trovare la forza per fermarmi. Avrei potuto facilmente andare oltre, ma sapevo che Natalie non era pronta. Mi sarebbe piaciuto restare e continuare a giocare col suo bellissimo corpo, ma metterci un freno è stata la cosa migliore per entrambi. Se non l'avessi fatto se ne sarebbe pentita il mattino dopo, o anche prima.

Non mi illudo certo di piacerle, o di infonderle fiducia. Potrà anche piacerle quello che le faccio provare, ma non è detto che le piaccia *io*. Le due cose sono diverse, e lo so benissimo.

Se avessi fatto quello che volevo, avrei dovuto ricominciare da zero. Anzi, da meno venti. Non so cosa voglio da Natalie, ma finché non lo capirò, non farò nulla che mandi all'aria tutti i progressi che ho fatto finora.

Il che vuol dire che devo tenermelo nei pantaloni.

Quando arrivo a casa è appena passata la mezzanotte. Pensavo di trovare la casa vuota, me li aspettavo tutti fuori a festeggiare. Mi sbagliavo.

Mi sistemo prima di varcare la porta. Ce l'ho ancora duro. Sawyer è sdraiato sul divano con due ragazze che ormai sono ospiti fisse. Ne ha una per braccio. Cooper, invece, è seduto sulla poltrona reclinabile con una ragazza sulle ginocchia.

Non so cosa ci trovi, ma Cooper limona sempre lì con le ragazze. Vi consiglio di non puntare una luce ultravioletta sulla poltrona. Sono sicuro che è ricoperta di fluidi corporei. Solo a pensarci mi viene la nausea.

Ha una stanza privata al piano di sopra, ma, ora che ci penso, non l'ho mai visto portare una ragazza lassù. Sappiamo tutti che se le fa sulla poltrona, ed è proprio per questo che tutti se ne stanno alla larga.

Sono felice di constatare che, per la prima volta dopo tanto tempo, nessuno è nudo. Per il momento, comunque. Sono sicuro che tra qualche ora la situazione sarà ben diversa. Succede sempre così.

"Dove te ne sei andato?" mi chiede Sawyer guardandomi. "Pensavo rimanessi con noi stasera."

Alzo le spalle. Non voglio parlare di Natalie. Né Cooper, né Sawyer hanno intenzione di sistemarsi. Non ne sono sicuro nemmeno io, sebbene non lo escluda.

"Ho avuto da fare," dico con nonchalance, sperando che cambi argomento.

"Ah sì?" Alza le sopracciglia. Ha lo sguardo annebbiato. "È così che si dice adesso? Perché se è così, anch'io ho avuto molto da fare." Stringe le braccia attorno alle due ragazze. "Vero?"

Loro ridacchiano come se fosse una battuta, e io alzo gli occhi andando in cucina a prendere una birra dal frigo. Sì, ho decisamente chiuso con questo tipo di vita. Sono stanco delle feste e delle continue bevute. Sono stufo di gente a caso che si presenta a tutte le ore del giorno e della notte come se gestissi una maledetta pensione.

Per poco non trasalisco.

Non sono mica un vecchio.

L'anno scorso, quando abbiamo rinnovato il contratto d'affitto, non ho pensato di staccarmi e andare a vivere per conto mio. Vorrei averlo fatto.

"Cos'è successo alla festa dei Kappa?" chiedo cambiando argomento.

"C'erano pochissime ragazze, quindi abbiamo deciso di tornare qui e rilassarci per un po'. Penso che potrebbe arrivare qualcun altro."

La ragazza sulle ginocchia di Cooper si toglie la maglietta.

Era davvero solo questione di tempo. Mi stupisce che non sia successo prima.

Mi dirigo verso le scale. "Vado di sopra a dormire."

Sawyer mi guarda sorpreso. "Davvero? È ancora presto. Ecco," indica le ragazze accanto a lui. "Ne vuoi una? Non mi servono entrambe." Sorride. "Almeno non ora".

Le parole di Sawyer mi fanno venire la nausea, e penso a Natalie. Non sono interessato ad andare a letto con una groupie. La cosa triste è che due anni fa, o anche l'anno scorso, non me lo sarei fatto ripetere due volte. Mi sarei seduto accanto a una di loro e lei sarebbe stata felice di salire a cavalcioni su di me e fare quello che volevo.

Ma i rapporti occasionali non sembrano più fare per me. A un certo punto hanno smesso di interessarmi.

A marzo compirò ventiquattro anni. Negli ultimi cinque anni ho fatto baldoria e il periodo delle giovanili è stato pazzesco. Non ricordo la metà delle cose che ho fatto. È stato il mio primo vero assaggio di libertà e all'inizio ho perso la testa.

Quale ragazzo non lo farebbe?

"No." Alzo le spalle. "È stata una settimana lunga. Sono stanco."

Sawyer scuote la testa. "Da quando sei diventato una femminuccia?"

Che stronzo. Invece di prenderla sul personale e litigare con lui, sorrido e dico: "Beh, credo che il detto sia vero... Sei quello che mangi."

Vado al piano di sopra, lontano dall'orgia che sta per iniziare.

CAPITOLO VENTIDUE

NATALIE

"Guarda chi ho trovato alla porta," dice mia madre. Allarga le braccia e mi rivolge un ampio sorriso a trentadue denti.

Guardo il ragazzo dietro di lei, anzi, che torreggia su di lei. Brody è almeno venti centimetri più alto di mia madre, e mi accorgo solo ora di quanto sia robusto. A ventitré anni ha già il corpo di un adulto. Non ha più niente di fanciullesco. Mi rendo conto che non avevo mai riflettuto su tutto questo prima di iniziare la nostra finta relazione. In passato ero concentrata solo su quanto mi desse fastidio.

Sto per infilarmi in bocca una forchettata di pancake quando incrocio lo sguardo di Brody dall'altra parte della stanza. I suoi capelli sono appena lavati e gli lasciano il viso scoperto, arricciandosi leggermente lungo il collo della sua felpa.

E pensare che i ragazzi con i capelli lunghi non sono mai stati il mio tipo.

A quanto pare adesso lo sono.

Oh no.

Oh no.

Oh no.

L'ultima cosa che voglio è essere attratta da Brody. Sarebbe un disastro. Innamorarsi di un playboy non finisce mai bene, e io non sarò l'eccezione.

Sono infuriata con me stessa per aver permesso che succedesse. Sono più intelligente di così. L'anno scorso ho avuto un'esperienza simile con Reed. Non voglio generalizzare, ma è da tre anni che osservo come agiscono i ragazzi di questo tipo. Molte ragazze mi hanno confidato di essere state ingannate da giocatori dei Wildcats, che le hanno sedotte per portarle a letto (*sì, certo*) per poi scaricarle la mattina dopo.

Una botta e via.

Devo ricordare a me stessa che quello che c'è tra me e Brody non è altro che una relazione finta, senza significato e senza sentimenti.

Ecco, ora mi sento meglio. Più in controllo della situazione.

Mi cade la forchetta nel piatto e corrugo la fronte. "Che ci fai qui?"

Non sembra minimamente turbato dalla mia reazione, anzi, mi sorride. "Pensavo avessi bisogno di un passaggio per tornare al campus."

"È molto gentile da parte tua, Brody," dice mia madre. "Hai già fatto colazione? Se hai fame ci sono dei pancake e della pancetta in più."

"Grazie, sarebbe meraviglioso. Stamattina mi sono allenato molto presto e ho avuto soltanto il tempo di mangiare una barretta proteica."

Gli chiedo irritata: "Di solito tu e tuo padre non fate un brunch dopo l'allenamento?"

Mia madre prende un piatto di ceramica dalla credenza e lo riempie con tre pancake soffici e della pancetta, poi lo posa di fronte a lui.

"Aveva una riunione, quindi l'abbiamo saltato." Non nasconde nemmeno il suo tono ironico. "Ho pensato di passare a vedere come ti sentissi." Sbatte le palpebre e aggiunge con una vocetta infantile: "E poi mi mancava la mia ciccipotta."

Per poco non mi vanno di traverso i pancake. "Forse avresti dovuto chiamare prima."

"Avresti risposto?" ribatte lui canticchiando.

Stringo i denti e non dico niente, perché entrambi sappiamo che l'avrei completamente ignorato dopo quello che è successo venerdì sera. Lo maledico per essersi presentato all'improvviso a casa mia e per avermi messo in questa posizione difficile. Ho passato tutta la giornata di sabato a pensare a quello che è successo sul divano e alla reazione del mio corpo. Sono ancora confusa.

Se lui non si fosse interrotto, non credo che l'avrei fermato. Considerando il fatto che questo ragazzo non mi piace, è un miglioramento.

Brody assume un'espressione di superiorità. "Ecco perché mi sono presentato a casa tua senza preavviso."

"Lo sciroppo d'acero è già sul tavolo," esclama mia madre interrompendoci. Ci guarda come se non sapesse cosa pensare delle nostre interazioni. "Ti va un po' di succo d'arancia?"

Tiro un sospiro di sollievo quando Brody sposta lo sguardo su mia madre. "Sì, grazie, signora D."

"Siamo felici d'averti qui." Mamma mi lancia uno sguardo interrogativo alzando le sopracciglia. "Non è stato carino da parte sua venire a prenderti?" Chiaramente vuol dire, *fai la brava, Natalie Marie!*

Sono tentata di alzare gli occhi al cielo, ma non lo faccio. Mia madre non sa cosa sta succedendo tra noi. Beh, non è l'unica. Non lo so neanch'io. "Sì." Poi dico con una voce stucchevole: "Grazie mille per esserti presentato a casa mia senza preavviso per la seconda volta. Rispunti fuori sempre non richiesto."

Sorride e mangia un pezzo di pancake. "Farei qualsiasi cosa per te."

Mia madre scuote la testa. "Certo che avete un rapporto davvero bizzarro."

Brody ride in silenzio. Io stessa non riesco a fare a meno di sorridere.

Mia madre ha ragione. Abbiamo un rapporto bizzarro. A lui piace provocarmi, e a me piace rispondergli a tono, se non peggio.

"È una delle cose che mi piace di tua figlia, signora D. La sua lingua tagliente mi fa stare con i piedi per terra."

L'espressione di mia madre si fa prima confusa, poi pensierosa. Chiede a Brody con attenzione: "I tuoi genitori sono violenti, Brody?"

Per poco non sputa il succo d'arancia che stava bevendo. Tossisce e si batte il petto. Da fidanzata amorevole, gli dò delle pacche fortissime sulla schiena finché non gli vengono le lacrime agli occhi.

Risponde con la voce roca: "Nossignora. Perché?"

Mia madre alza le spalle. "È solo una teoria."

Dico impassibile: "Brody sa che credo nel detto 'Se ai tuoi piedi lo vuoi trovare, male lo devi trattare.'" Sbatto le palpebre guardandolo. "Vero, caro?"

Brody cerca di non tossire e si limita ad annuire con forza. "Non fa una piega," dice.

Mia madre stringe le labbra e sospira. "Credo che il divorzio ti abbia scosso parecchio, Natalie. Forse dovresti iscriverti a delle lezioni di yoga al campus. Penso che riflettere su te stessa ti farebbe bene."

Prima ancora che possa ribattere, Brody riprende fiato e cambia argomento: "Com'è andato l'appuntamento l'altra sera, signora D?"

La sua domanda sembra prenderla alla sprovvista. Gliel'ho chiesto anch'io prima dell'arrivo di Brody, ma lei ha tergiversato rispondendo soltanto "bene." E dato che è strano parlare con lei di queste cose, non ho insistito.

Sono curiosa di sentire cosa risponderà a Brody.

"Ci siamo divertiti e il gruppo era fantastico."

Brody ingoia un pezzo enorme di pancake e poi chiede: "Pensi che vi vedrete di nuovo?"

Mi tiro su, interessata alla sua risposta.

Lei esita e distoglie lo sguardo. "Credo di sì."

"Quindi, quando incontreremo l'uomo fortunato?" Brody mi fa l'occhiolino. "Potremmo fare un'uscita a quattro. Sarebbe divertente!"

Mia madre ridacchia ma sembra imbarazzata dalla sua proposta. Lo ammetto, neanch'io mi sento a mio agio.

"Oh, non penso che siamo già a quel punto. Forse." Guarda trepidante la porta che si affaccia sull'ingresso come se stesse pianificando una strategia di fuga. "Vado... nello studio per finire un lavoro. Fammi sapere quando te ne vai, okay tesoro?"

Brody mi anticipa. "Certo, signora D."

Mia madre stringe le labbra cercando di non sorridere. Credo che abbia già capito che è un errore incoraggiarlo. "Ce l'avevo con mia figlia, ma è stato bello rivederti, Brody."

Lui le fa l'occhiolino.

Una volta che se n'è andata, gli lancio il tovagliolo. "Un'uscita a quattro, ah?"

Ridacchia. "Ho esagerato?"

"Decisamente."

Fa spallucce. "In quel momento mi sembrava una buona idea. Pensavo volessi incontrare il tipo con cui tua mamma sta uscendo, in compagnia."

Pensarla impegnata in una relazione esclusiva mi fa venire mal di pancia. Siamo rimaste solo noi due da quando mio padre se n'è andato. Non so se sono pronta a lasciare che uno sconosciuto entri in casa rovinando l'equilibrio creato negli ultimi mesi.

"Davies?" Brody si avvicina e tocca il mio braccio. "Stai bene?"

Mi sforzo di aprire la bocca e abbasso la voce. "Sì. Sto bene."

Non voglio che mia madre ascolti la nostra conversazione. "È strano vedere i miei genitori impegnati con altre persone. Che io sappia, questo è il primo uomo con cui è andata a un appuntamento dopo il divorzio. Non è che non voglio che trovi qualcuno, ma…" Non so come finire la frase senza sembrare una bambina egoista.

"Non vuoi che uno sconosciuto faccia irruzione nella tua vita," finisce lui al posto mio.

Mi affloscio sul marmo mentre Brody dà voce alle mie preoccupazioni. Il fatto che mi capisca mi dà sollievo, perché finalmente non devo giustificare i miei sentimenti.

"Dopo tutto quello che è successo con mio padre, non mi sento pronta per conoscere i nuovi partner dei miei genitori. E non sono pronta ad avere persone nuove nella mia vita."

Le sue dita sfiorano le mie per poi intrecciarsi. "Mi ci è voluto un po' di tempo per abituarmi a vedere mio padre superare il lutto e uscire con una donna. Non mi piaceva l'idea che stesse cercando di sostituire mia madre ma," alza le spalle, "alla fine, volevo soltanto che fosse felice." Mi stringe la mano. "Presto tutto sarà più semplice, te lo prometto."

Per la prima volta dopo il divorzio, sento che qualcuno mi capisce realmente. Il fatto che questo qualcuno sia il ragazzo che ho odiato per tre anni lo rende ancora più bizzarro, quasi paradossale. Certo, la sua condizione è diversa, sua madre è morta mentre i miei genitori si sono separati, ma dobbiamo comunque rapportarci con degli estranei.

"Lo spero," sussurro. Per ora è tutto molto doloroso.

"Devi soltanto aspettare, dare tempo al tempo."

Annuisco.

Chi avrebbe mai pensato che Brody mi avrebbe dato dei consigli di vita? Forse sono davvero in un universo parallelo.

CAPITOLO VENTITRÉ

NATALIE

Io e Brody siamo accampati al terzo piano della biblioteca, circondati da libri e appunti sparsi sul tavolo. Venerdì abbiamo un test di finanza manageriale, quindi veniamo qui per studiare quando abbiamo tempo, ma non è facile, dati gli orari degli allenamenti di Brody.

Non pensavo che praticare uno sport a questo livello fosse come avere un lavoro a tempo pieno. Odio ammetterlo, ma il programma di Brody è logorante. Non credo che sarei disposta a fare a cambio. Di solito si alza alle cinque e si corica soltanto alle undici di sera. Oggi sembra particolarmente esausto e mi sento in colpa per aver pensato che stesse alla Whitmore soltanto per riscaldare la sedia. Ovviamente mi sbagliavo.

Questa settimana mi sono accorta di un'altra cosa. I libri di Brody sono stampati a caratteri grandi, il che mi fa pensare che abbia qualche problema, ma non so quale.

Forse qualche difetto alla vista?

Non credo, perché è un giocatore di hockey straordinario.

A volte lo guardo di nascosto. Mentre io riesco a leggere una pagina in pochi minuti, Brody impiega più tempo a capire ogni paragrafo. Sottolinea dei passaggi o dei concetti importanti e li riscrive al computer. Sembra un processo lento e meticoloso.

Sto iniziando a sospettare che Brody abbia un disturbo dell'apprendimento. Lui non mi ha mai confidato nulla al riguardo e io ho paura di chiederglielo, perché non voglio offenderlo. Un paio di settimane fa non mi sarei preoccupata di ferire i suoi sentimenti, ma tra di noi qualcosa è cambiato. In qualche modo siamo riusciti a diventare quasi amici, e non voglio rovinare la cosa.

Dopo circa un'ora tiro fuori dalla borsa un plico di biglietti stretti insieme da un elastico di gomma e li poso sul tavolo davanti a lui.

Brody li fissa, poi mi guarda con un'espressione circospetta. "Cosa sono?"

All'improvviso mi sento nervosa. "Ti ho preparato dei biglietti per studiare."

Sembra spiazzato. "Mi hai preparato delle flashcard?"

Mi domando se sia stato un errore, ma non le posso riprendere fingendo di non avercele. Deglutisco. "Pensavo potessero aiutarti con la memorizzazione. In questo modo avrai qualcosa di pratico e tascabile da consultare anche durante le pause brevi." Non voglio si faccia idee sbagliate. "Vedrai, basterà sfogliarle più volte al giorno, anche solo per cinque minuti." Alzo le spalle. Vorrei non sentirmi così in imbarazzo. "Zara a volte le usa per memorizzare i concetti."

Lui resta in silenzio e io ripeto pateticamente: "Pensavo che ti sarebbero state utili." Allungo il braccio per rimetterle in borsa, ma lui mi prende la mano e la stringe. Fisso le nostre mani unite.

Brody si schiarisce la gola. "Grazie."

"Non è niente di che," dico subito cercando di cambiare argomento.

"Invece lo è," risponde lui. La sua voce è bassa e roca, carica di emozioni. "Lo apprezzo davvero."

Respiro a fondo. Senza pensarci gli chiedo: "Hai problemi di memoria?"

Tra noi cala il silenzio. Dopo qualche secondo interminabile, dice: "Sono dislessico. Ho dei problemi con tutto ciò che riguarda lo studio."

"Oh." Brody mi ha sorpreso di nuovo. Sono stata in classe con lui per tre anni e non ho mai pensato che potesse avere difficoltà nello studio. Ora che ci penso, i segnali erano evidenti, ma per qualche ragione ho supposto il peggio su di lui fin dall'inizio. "Non lo sapevo," dico stupidamente.

Alza le spalle, come se non fosse chissà quale problema, ma è evidente che lo è. Lo vedo dalle sue spalle tese, dal modo in cui si rifiuta di guardarmi negli occhi. Si vede che ho riportato alla luce qualcosa di doloroso.

Le nostre mani sono ancora strette l'una all'altra. Giro la mia e intreccio le dita con le sue. Voglio consolarlo, ma non so come fare e mi sento impotente.

"I miei professori lo sanno, e molti mi hanno aiutato dandomi degli appunti prima delle lezioni per farmi concentrare meglio sulle spiegazioni. A volte posso sostenere esami orali al posto di quelli scritti. Vado meglio quando non devo leggere paragrafi lunghi e rispondere a delle domande. Non sono mai andato bene in quel tipo di verifiche. E poi compro anche dei libri con caratteri grandi perché mi facilitano la lettura."

Scuoto la testa per la sorpresa. Non l'avrei mai immaginato.

"Senti," dice con voce roca. "È da molto tempo che ho questo problema. Ma ho trovato il modo di affrontarlo."

"C'è qualcosa che posso fare?" Cavolo, ora mi sento una stronza.

"In realtà le flashcard vanno benissimo. Non ho una bella calligrafia, quindi mi aiuteranno molto."

"Posso preparartele anche per le altre materie," aggiungo. "Non è un problema."

Annuisce. "Anche le domande a voce mi aiutano."

Ecco un altro mistero risolto. "È per questo che non volevi lavorare con un tutor?"

Distoglie lo sguardo dal mio con un'espressione colpevole. "Sono riuscito a cavarmela per tre anni, ma questo semestre è iniziato soltanto da un mese e ho già dei problemi. Sto avendo molte più difficoltà rispetto a prima."

Mi si spezza il cuore. Non mi sono mai sentita così. "Ti aiuterò il più possibile."

Sorride leggermente. "Grazie. Soprattutto per le flashcard."

"Hai detto che parlare dei concetti ti aiuta. Cos'altro potremmo fare?"

Sospira. "Potremmo discutere soprattutto delle nozioni chiave di finanza; sono sicuro che verbalizzare mi aiuterebbe a capirle. E, se riesco a capire i concetti, trovo più facile memorizzarli."

"Buona idea." Mi riprometto di fare una ricerca sulla dislessia. Sento di dover approfondire i problemi di Brody per poterlo aiutare al meglio.

"Grazie per l'aiuto, Davies." Abbassa lo sguardo e si raddrizza. "Mi faresti un favore?"

"Certo." Sono stranamente sincera. In questo momento sarei disposta a fare qualsiasi cosa per lui.

I suoi occhi color ambra mi fissano. "Non dirlo a nessuno, va bene?"

"Secondo te andrei davvero a raccontarlo a tutto il campus?" Mi ferisce che senta il bisogno di dirmelo. "Non ti farei mai una cosa del genere."

Si rilassa un po'. "Scusa. So che non lo faresti mai, ma..." Alza le spalle, senza sapere cosa dire. "Negli anni ho imparato a stare sempre in guardia. La Whitmore è la capitale del pettegolezzo e non voglio che questa cosa si sappia. Sono affari miei."

"Non hai niente di cui vergognarti. Sei riuscito a trovare dei metodi per affrontare il tuo problema."

Annuisce. "Sì, ma ho sempre avuto delle difficoltà con lo studio. Mi impegno sempre molto per poi prendere un semplice sette." Inclina la testa. "Sai quant'è brutto farsi il mazzo e non vederne i risultati?"

Purtroppo per lui, non lo so. Ho la fortuna di avere una memoria eccellente, il che mi ha sempre aiutato in campo accademico, senza dover studiare sodo. "Per anni ho odiato la scuola, le sue complessità e il fatto che gli altri capissero gli argomenti più velocemente. Chi notava le mie difficoltà pensava automaticamente che fossi pigro, stupido, o addirittura un combinaguai perché perdevo la pazienza e mi arrabbiavo."

Le sue parole mi spezzano il cuore, soprattutto perché l'ho pensato anch'io. Non mi sono mai vergognata così tanto di me stessa.

"Mi dispiace, Brody. Che situazione terribile."

"Sai che cosa mi ha salvato?" Si ferma, e io scuoto la testa. "L'hockey. Per quanto avessi delle difficoltà nello studio, in pista avevo un talento innato. Se non avessi giocato a hockey da adolescente, dubito che sarei riuscito a gestire tutto il resto."

"E allora perché hai scelto di frequentare l'università? Perché non sei entrato direttamente nell'Hockey League?"

"Ho firmato un contratto con una squadra di Milwaukee durante il mio ultimo anno di liceo. Volevano che giocassi nelle giovanili. Avevo diciotto anni e mi serviva tempo per maturare fisicamente. Ho deciso autonomamente di andare all'università. Avrei potuto giocare da professionista dopo il secondo anno nelle giovanili, ma per mia madre era importante che mi laureassi, ed è quello che sto facendo. Ho puntato su una laurea in economia, perché dopo aver finito di giocare a hockey ho intenzione di lavorare con mio padre nella sua società."

Tutto quello che ho sempre pensato di Brody è sbagliato. Okay... forse non proprio tutto, perché è comunque un playboy. Tuttavia, l'importanza che ha dato allo studio, malgrado le sue evidenti difficoltà, è una chiara dimostrazione che è più di quanto avessi mai immaginato.

L'ho giudicato troppo velocemente in base alle apparenze. Credevo fosse solo un atleta arrogante che perdeva tempo all'università, e senza riflettere gli ho affibbiato questo stereotipo.

Le nostre dita sono ancora intrecciate, lui allunga l'altra mano e la fa scivolare sotto il mio mento. "Non te lo dico perché voglio la tua pietà." Scuote la testa. "È l'ultima cosa che voglio."

Abbasso lo sguardo. "Non è questo." Dopo venerdì sera, scoprire altre cose su Brody mi fa sentire solo più confusa.

"Allora cos'è?"

Alzo le spalle. Mi sento ancora una stronza. "Ho sempre pensato che fossi qui solo per scaldare il banco prima di giocare nella Hockey League, ma non è affatto così."

"Non ti sentire in colpa. Preferirei che la gente pensasse questo, invece di sapere che sono dislessico."

Alzo le sopracciglia. Quello che dice non ha senso. "Nessuno ti giudicherebbe per quello."

"Lo fanno già." La sua voce si fa secca. "Appena le persone scoprono che soffri di un disturbo dell'apprendimento, ti trattano in modo diverso. Smettono di avere aspettative. Ti credono stupido perché il tuo cervello non funziona allo stesso modo, o che tu sia in qualche modo danneggiato. No, grazie, non ho bisogno delle loro supposizioni."

"Ma l'hai appena detto a me," sussurro.

Mi fissa. "Forse volevo che sapessi la verità."

Mi viene il magone. "Grazie, e scusami. Ti ho giudicato male."

Con mia grande sorpresa, si alza e mi spinge a fare lo stesso. "Andiamo."

Mi ci vuole un momento. "Dove?"

"A fare una pausa." Mi trascina in mezzo agli scaffali continuando a tenermi per mano.

Guardo il nostro tavolo pieno di libri. "Lasciamo tutto lì?"

"Tranquilla."

Il terzo piano della biblioteca è sempre silenzioso perché la maggior parte degli studenti preferisce i piani inferiori. Siamo qui da due ore e ho visto poca gente.

"Dove mi stai portando?" gli chiedo di nuovo.

"Vedrai," risponde lui.

Giriamo un po', poi Brody si ferma. Mi manca il fiato quando mi spinge contro un armadio pieno di tesi di dottorato.

"Che stai facendo?" esclamo sorpresa.

Lui sorride. Le sue fossette sono in bella vista. "Credo che sia giunto il momento di insegnarti un'altra lezione."

"Un'altra lezione," ripeto come un'idiota. Ma che…

Oh.

Una *lezione*.

Spalanco gli occhi e lui ridacchia. Il suono che emette è roco e profondo e mi fa eccitare. La sua bocca è pericolosamente vicina alla mia e il cuore mi batte forte nel petto. Lo voglio. Apro le labbra involontariamente. Ho bisogno di sentire la sua bocca sulla mia. Lui, in risposta, sfiora la mia guancia con la punta del naso.

Ansimo.

Mi mordicchia il mento e mi lascio andare lungo l'armadio. La sua bocca scivola sulla mia mascella, lui continua a provocarmi finché non gemo per il desiderio.

"Sei pronta per la tua seconda lezione?"

Oh, sì... Desidero imparare tutto ciò che vuole insegnarmi, fare tutto ciò che vuole fare. Non mi sono mai sentita così. Sono sempre stata composta e riservata. Nessuno mi ha mai fatto perdere la testa. Nessuno mi ha mai fatto dimenticare chi sono.

Questo è l'effetto che Brody ha su di me. In questo momento c'è solo lui. Le sue mani. La sua bocca. Il suo corpo premuto contro il mio.

"Sì," gemo.

Non ho nessuna intenzione di interrompere quello che stiamo facendo. Stiamo limonando in un luogo pubblico. Potrebbero sorprenderci in qualsiasi momento, ma non m'importa. Penso solo alle sue mani sul mio corpo. Alle sue labbra sulla mia pelle. Al piacere che sta per esplodere dentro di me.

"Bene, perché è da venerdì che non penso ad altro."

Detto ciò, mi gira e mi ritrovo col viso contro l'armadio.

"Ma che..." esclamo.

"Shhhh."

Smetto di protestare quando preme il suo corpo contro il mio. Mi afferra le mani e le solleva sopra la mia testa.

"Non le muovere," mi sussurra all'orecchio.

"Hai proprio un debole per questa posizione, eh?" sussurro ansimando.

Lui ridacchia. "Mi piace l'idea di averti alla mia mercé. Per tutti questi anni hai affilato le tue unghie su di me e odio ammetterlo, ma mi ha fatto eccitare. Ora farai quello che ti dico, capito?"

"Sì."

Le sue dita scivolano lungo le mie braccia e i miei fianchi. Rabbrividisco quando me li afferra tirandomi a sé. Sentire la sua erezione premere contro il mio fondoschiena mi fa quasi tremare le ginocchia. Le sue mani scendono verso i miei jeans e li aprono.

"Brody..." Mi mordo il labbro inferiore. Per quanto desideri che mi tocchi, non possiamo farlo. Non qui.

"Non parlare," sussurra lui con voce severa. "Godi e basta."

"Ma..." alzo la voce in preda al panico.

"Ti ho detto di non parlare, Davies."

Il mio cuore batte all'impazzata quando abbassa la cerniera. Scostando la stoffa, traccia dei cerchi con le dita sulla parte inferiore della mia pancia. Giro la guancia appoggiandola sul dorso dei libri. Chiudo gli occhi mentre lui infila le dita nei miei jeans, sfiorando il bordo delle mie mutandine.

So che è sbagliato, ma c'è una parte di me a cui non importa. Quando Brody mi mette le mani addosso in questo modo, non riesco a pensare in modo razionale.

"Cosa vuoi che faccia?" Infila le dita sotto le mutandine ma non scende oltre.

Anche se non dovrei, gemo: "Toccami."

"Ti sto già toccando." La sua voce è morbida come la seta, quasi allegra.

"Sai cosa intendo." Mi dimeno contro di lui, cercando di far scivolare le sue dita più giù.

"Hai ragione, lo so," mi sussurra all'orecchio. "So esattamente cosa vuoi."

Le sue dita scivolano sotto le mutandine, accarezzando la mia carne nuda. Le mie ginocchia tremano mentre lui scivola su di me, accarezzandomi il sesso. Mi muovo un po', lo vorrei dentro di me, ma lui non cede. Preferisce giocare. La voglia e il desiderio crescono dentro di me, non so quanto riuscirò ancora a resistere a non urlare. Le sue dita si soffermano sul mio clitoride, come se avessimo tutto il tempo del mondo, e inizia a tracciare molto lentamente dei cerchi. È davvero una bellissima tortura.

Improvvisamente affonda un dito dentro di me, e devo mordermi la lingua per non urlare.

"Mmmm, come sei stretta," mormora.

Infila un altro dito e li muove ritmicamente, ad un tratto li estrae per poi infilarli di nuovo dentro, facendomi gemere. Con la mano libera esplora il mio corpo, prende in mano un seno e comincia a giocare con il capezzolo.

Sono sempre più eccitata, lui trova il ritmo perfetto e continua a muovere le dita dentro e fuori dal mio corpo. Inarco il bacino cercando di attirarlo più vicino. Vorrei tanto provare questo piacere per il resto della mia vita.

La mano che mi stava toccando il seno scende lungo il petto e raggiunge l'altra sotto le mutandine.

Un mormorio basso mi fa tornare alla realtà e apro gli occhi in preda al panico. Non possiamo farci scoprire in una posizione così compromettente.

"Rilassati," mi dice lui all'orecchio. "Non sanno che siamo qui." Invece di liberarmi, la sua presa si fa più stretta. Le sue dita si muovono in sincronia sulla mia pelle.

"Dobbiamo fermarci," mormoro mentre il piacere mi attraversa.

Le mie parole non coincidono con i miei pensieri, e morirei se Brody smettesse ora. Sto per venire.

Lui non risponde. Al contrario, il suo tocco si fa più intenso, quasi insopportabile. Mi mordo il labbro per soffocare un altro urlo.

Le voci si fanno più forti.

Più vicine.

Devono essere dall'altra parte dello scaffale. Se non fossi così eccitata, spingerei via Brody e mi sistemerei i vestiti, ma non ci riesco. Sono sul punto di venire. È l'unica cosa su cui riesco a concentrarmi. Tutto il mio corpo è teso.

"Vieni per me, piccola." Mi mordicchia il collo e mormora: "Adesso."

Basta questo a farmi arrivare all'orgasmo. Le sue labbra catturano le mie, soffocando i gemiti. Lui non si ferma ma continua ritmicamente a spingere le dita dentro e fuori da me, e a giocare con il mio clitoride con l'altra mano.

Mi ci vuole un attimo per tornare in me, per rendermi conto che sono ancora bloccata contro l'armadio, con il corpo di Brody premuto contro il mio, stretta tra le sue mani.

"È stato fantastico," mormora.

Il suo respiro è affannoso quanto il mio. Mi sforzo per sentire le voci dall'altra parte dello scaffale, ma non sembrano esserci più. È evidente che quelle persone si sono allontanate.

Non riesco a credere che l'abbiamo veramente fatto. Che ho permesso a Brody di farmi un ditalino in biblioteca.

"Smetti di pensare." Mi mordicchia l'orecchio tirando delicatamente il lobo. "Goditi quello che ti ho fatto provare."

Ha ragione. Non voglio rovinare questo momento con dei rimpianti. Devo godermi quello che c'è tra noi, per quello che è.

Invece di allontanarmi da lui e di sentirmi in imbarazzo per quello che è appena successo, dico: "Penso che mi piaceranno le tue lezioni."

Lui si rilassa contro di me e ridacchia. "Certo che ti piaceranno."

CAPITOLO VENTIQUATTRO

NATALIE

"Hai organizzato qualcosa di speciale per il tuo ventiduesimo compleanno?" chiede Zara ponderando se comprare una maglietta da Olive&Ashley, uno dei nostri negozi preferiti.

Alzo le spalle. I compleanni sono sempre stati degli eventi speciali nella mia famiglia. I miei genitori non badavano a spese perché sono la loro unica figlia. Per la prima volta nella mia vita non aspetto con ansia quel giorno.

Come da tradizione familiare, la sera del mio compleanno andavamo al mio ristorante messicano preferito, La Fuente. Quest'anno non succederà, per ovvi motivi. Mio padre mi ha mandato un messaggio un paio di giorni fa chiedendomi se ci potessimo incontrare per pranzo e parlare, ma ho educatamente rifiutato l'invito.

Sono ancora arrabbiata per quello che è successo alcune settimane fa. Non voglio vedere né lui, né la sua fidanzata. Per quanto mi riguarda, possono andare entrambi all'inferno.

"Non ne sono ancora sicura," ammetto con riluttanza. "Pensavo di andare al ristorante con mia madre, ma purtroppo mi ha scritto che deve lavorare e non può prendersi nessun permesso."

Zara alza le sopracciglia e mi lancia uno sguardo compassionevole.

"Oh no." Prende una camicia lunga e morbida in stile bohémien e la osserva. "E tuo padre? Hai parlato con lui dopo l'incidente?"

Ora lo chiamiamo *l'incidente*.

O meglio, *l'incidente in cui ho perso la testa.*

Scuoto la testa. "No, e non ho intenzione di farlo."

Capisci quanto siano importanti quelle piccole tradizioni che non apprezzavi durante l'infanzia, solo quando non ci sono più. Vorresti aggrapparti al passato e non lasciarle mai andare. In qualche modo, questa familiare normalità ti fa sentire più al sicuro.

Per questo motivo, l'annullamento all'ultimo minuto da parte di mia madre mi ha fatto soffrire. In sua difesa, c'è da sottolineare come si sia offerta di riorganizzare i suoi impegni, chiedendomi un miliardo di volte se mi andasse bene. Ovviamente ho rifiutato. Sabato compirò ventidue anni, e non volevo comportarmi come una bambina, anche se ultimamente mi sento così.

Ora che è una madre single e dipende soltanto dal proprio reddito, deve cogliere tutte le occasioni quando si presentano. Ha appena iniziato a lavorare in questo settore e non può mettere a rischio la sua carriera così presto.

Ma non è una situazione piacevole.

Non lo è per niente.

"E Brody?"

La guardo con un'espressione vuota. "Beh?"

Zara alza gli occhi al cielo. "Gli hai detto che sabato è il tuo compleanno?"

Perché mai avrei dovuto farlo?

Scuoto la testa e mi concentro sui top appesi davanti a me. A differenza di Zara, non sto cercando qualcosa di nuovo. "Certo che no. Non stiamo mica uscendo davvero insieme."

"Ultimamente state trascorrendo moltissimo tempo insieme," dice con nonchalance.

Serro gli occhi e lei cerca di non sorridere.

"Ma fammi il piacere. Stiamo semplicemente studiando in biblioteca." Arrossisco pensando a tutte le volte che abbiamo limonato di nascosto dietro gli scaffali. Non riesco a pensare ad altri ragazzi che mi sia piaciuto baciare più di Brody. Ha le labbra migliori del mondo. E le sue mani...

Devo smettere sul serio di pensare a queste cose. È pericoloso.

"Certo," sghignazza Zara. "Brody è famoso in tutto il campus per le sue capacità accademiche."

Apro la bocca per riprenderla ma mi fermo all'ultimo secondo. Ho promesso a Brody che non avrei detto a nessuno della sua lotta contro la dislessia, Zara inclusa. Sono quasi sconvolta dal mio improvviso bisogno di difenderlo.

La nostra relazione mi sta facendo impazzire. Dovrei fare un favore a me stessa e chiuderla qui. Sono già passate diverse settimane. Potremmo lasciarci tranquillamente senza dare scandalo. Nessuno se ne accorgerebbe.

Tuttavia, solo l'idea mi fa stare male.

Quando ho iniziato a provare qualcosa per lui? È una rivelazione sconvolgente.

Dico in modo quasi indifferente: "A Brody importa dei suoi voti. Si laureerà in economia. E dopo aver giocato nella Hockey League andrà a lavorare col padre." Quanti dei miei coetanei hanno già preparato un piano decennale? Io stessa non l'ho fatto, e credo valga anche per Zara.

Lei mi guarda sorpresa. Mi mordo la lingua, ma non posso più rimangiarmi quello che ho detto. Perché m'importa quello che Zara pensa di Brody?

Di recente mi sono accorta che Brody non è il ragazzo che credevo. E nemmeno che Zara credeva. Il fatto che lei non riesca a vederlo per quello che è davvero mi dà fastidio, il che è ridicolo. Io stessa ci ho messo fin troppo tempo per guardare oltre le apparenze.

"Ah." Sorride leggermente. "Sul serio?"

Alzo le spalle e osservo una camicia che non ho intenzione di comprare, perché non riesco a sostenere lo sguardo sempre più curioso di Zara.

Se avessi un minimo di cervello cambierei subito argomento prima che intuisca la verità. Mi sto innamorando davvero di lui.

Purtroppo aggiungo senza riflettere: "Dopo le giovanili Brody avrebbe potuto giocare nella Hockey League, ma ha scelto di venire qui e laurearsi. È importante per lui."

Sono tentata di raccontarle della promessa fatta alla madre prima della sua morte, ma mi trattengo. Brody ha dei modi da festaiolo e da playboy, ma è una persona molto più profonda di quanto immaginassi. Vorrei che altre persone potessero vedere questo lato di lui.

Ma non sta a me deciderlo.

Sta a lui.

E non verrei mai meno alla promessa fatta.

Zara stringe gli occhi guardandomi. "Non riesco a credere che lo stai dicendo proprio tu. Sono tre anni che non fai che odiarlo."

Le sue parole mi fanno trasalire. Ha ragione. "Non esageriamo," mormoro. "Non penso di averlo mai odiato."

Mi guarda come se fossi pazza. Non la biasimo, il mio improvviso cambio di opinione l'ha confusa. "Sì invece. Anzi, ricordo perfettamente quando hai detto che odiavi Brody a tal punto da desiderare che il suo uccello si rinsecchisse e si staccasse dal suo corpo. È successo un mese e mezzo fa."

E va bene, l'ho detto. Volevo che il suo uccello si rinsecchisse e si staccasse dal suo corpo.

Ma naturalmente non lo penso più. Non so come comportarmi con questi strani sentimenti sempre più potenti. Devo ricordarmi sempre più spesso che la nostra relazione è tutta una finzione.

Non voglio più pensare a Brody e cambio argomento. "Perché non usciamo e ceniamo insieme sabato sera? Potremmo anche guardare un film. Niente di esagerato."

Mi guarda con un'espressione colpevole. "Oh, non posso." Si morde il labbro. "Mi dispiace, Nat. Pensavo fossi impegnata con tua madre e mi sono organizzata con Luke. I suoi parenti verranno a trovarci e andremo a cena insieme."

"Va bene," dico immediatamente, cercando di rimangiarmi tutto. "Era soltanto un'idea. Non c'è problema."

Lei ribatte subito: "Se vuoi disdico tutto e sto con te. Ora mi sento in colpa. Non voglio lasciarti sola il giorno del tuo compleanno."

Scuoto la testa. "Non puoi disdire l'appuntamento con Luke. Sono felice che le cose tra voi stiano andando a gonfie vele." Quando mi ha detto che stava con lui, ero nervosa. Molti giocatori di hockey sono degli stronzi, ma non tutti. Luke è decisamente un bravo ragazzo.

Zara sorride e il suo viso si illumina mentre sussurra: "Gli ho detto che lo amo."

"Wow." Metto da parte il mio disappunto e dico: "State benissimo insieme. E voglio che tu sappia che mi sbagliavo su di lui. Luke è un bravo ragazzo. Non è affatto come Reed."

Sto iniziando ad accorgermi che Luke non è l'unico giocatore di hockey su cui mi sbagliavo.

CAPITOLO VENTICINQUE

NATALIE

Guardo Brody mentre attraversiamo il parcheggio del ristorante La Fuente. Strano, perché non mi ha nemmeno chiesto dove volessi andare. Si è semplicemente presentato a casa mia mezz'ora fa e mi ha detto di togliere la tuta e di cambiarmi perché mi avrebbe portato a un appuntamento.

L'ho assillato di domande in macchina, ma non mi ha rivelato il nome del colpevole.

"È stata Zara, vero?" gli chiedo per la decima volta.

Avrei dovuto immaginarlo. Non voleva che passassi il giorno del mio compleanno abbracciata ad una vaschetta di gelato al cioccolato e burro di arachidi. Peccato, era proprio questa la mia intenzione.

Brody alza le spalle rispondendo in modo evasivo: "Non te lo dirò mai."

Chi altro può essere stato? Mia madre, o, come la chiama lui, la signora D? Ma solo il pensiero mi fa ridere. "Sappiamo entrambi che è stata la mia coinquilina dalla bocca larga."

Lui mi fa l'occhiolino e sono segretamente felice di aver abbandonato il gelato. Sarebbe stata una serata deprimente.

"Perché non mi hai detto che oggi è il tuo compleanno?" mi chiede quando saliamo sul marciapiede.

Alzo le spalle, guardo dritto davanti a me e mento. "Non pensavo fosse importante."

Il suo tono è leggermente canzonatorio. "Secondo te la data di nascita della mia ragazza non è importante?"

"Finta ragazza," lo correggo. Sento di doverlo fare, non per puntualizzare, ma più per ricordarlo a me stessa. Chissà? Ma questa sera non ci voglio pensare. Brody apre la porta a vetri e ci dirigiamo all'ingresso del ristorante.

"Salve, abbiamo prenotato un tavolo a nome McKinnon," dice sorridendo alla caposala.

Lei sgrana gli occhi e lo fissa come se fosse un pezzo di carne. Sono tentata di alzare gli occhi al cielo. Il suo effetto sulle donne è ridicolo. Non ho mai visto nulla di simile.

Non mi sorprende che se ne sia portato a letto così tante. Basta uno sguardo, anche solo di sfuggita, e le irresistibili fossette per averle alla sua mercé.

Per fortuna con me non è mai successo. Se mi importasse davvero di lui, sarei in grossi guai.

Lei si illumina sentendo il cognome McKinnon. Sembra quasi di poter vedere una lampadina accendersi sulla sua testa. Lo ammetto, come persona non sembra molto intelligente. Sì, lo so bene, sto facendo la stronza.

"Oddio, sei Brody McKinnon!" esclama. "Giochi in difesa per i Whitmore Wildcats!" Si sporge sul bancone e sembra sul punto di arrampicarsi pur di aggrapparsi a lui. "Sono la tua fan numero uno! Sono andata a tutte le tue partite l'anno scorso e a tutte le tue amichevoli quest'autunno!" Si porta la mano al petto. "Sei davvero fantastico!"

Brody fa un passo indietro ma continua a sorridere. "Grazie. Apprezziamo sempre il sostegno dei nostri fan."

Il sorriso le si allarga sempre di più mentre saltella come una bambina iperattiva. "Ti dispiacerebbe autografare il menù? Potremmo appenderlo al muro." Gli lancia uno sguardo sornione sbattendo le ciglia. "Oppure potrei portarmelo a casa e appenderlo in camera."

Alzo le sopracciglia. Non voglio nemmeno pensare a quello che farà fissando quel menù. *Che schifo.*

"Certo. Non c'è problema," dice Brody con noncuranza.

Lei apre un cassetto e gli porge un pennarello nero. La procace caposala sembra abbagliata da Brody intento a scrivere il suo nome sul menù.

"Sentiti libero di scrivere anche il tuo numero," aggiunge lei in tono seducente.

Lui obbedisce. Scrive qualcosa in basso e mi sento come se mi avessero dato uno schiaffo.

Distolgo lo sguardo e cerco di scacciar via il dolore e la gelosia che si stanno impadronendo di me. A dire la verità, non ho il diritto di sentirmi così nei confronti di Brody. Non stiamo insieme. Non è il mio ragazzo. Siamo amici. Più o meno.

Tutto ciò non dovrebbe sorprendermi. La caposala è carina, anzi, bella. Ha i capelli corvini, gli occhi grigi e un fisico formoso. È *esattamente* il tipo di ragazza che mi aspetterei di vedere insieme a lui. Dal seno grosso, i vestiti attillati e molto emotiva.

Non voglio assistere a questo spettacolo, e mi allontano facendo un passo indietro. Mi rendo conto di aver sbagliato a uscire. Ora voglio soltanto tornare a casa e affogare i dispiaceri nella vaschetta di gelato che mi aspetta nel freezer. La felicità che si era impossessata di me in macchina ormai è un lontano ricordo.

Li fisso, costringendomi a guardare la loro interazione. Se c'è qualcosa che può troncare sul nascere l'attrazione che provo nei confronti di Brody, è vederlo flirtare con questa ragazza davanti a me.

Lei sorride felice finché non guarda attentamente il menù, poi alza le sopracciglia confusa e guarda Brody.

"Oh, intendevo l'altro num..."

"Sì," dice Brody in tono severo. Non fa più il simpaticone. "Lo so."

Le sorride educatamente cingendomi la vita con un braccio. "Siamo qui per il compleanno della mia ragazza."

Per la prima volta da quando siamo arrivati, lo sguardo della caposala si posa su di me. Impallidisce e cambia atteggiamento. "Oh, ma certo! Lasciate che vi accompagni al tavolo." Prende due menù. "Da questa parte."

Brody mi lancia un'occhiata mentre la seguiamo nel ristorante. *Scusa*, dice sottovoce.

Alzo le spalle, fingendo che la cosa non mi abbia turbata, ma non è vero. Sto ancora male. A lui posso mentire, ma non a me stessa.

Guardare le altre ragazze che ci provano con Brody mi fa impazzire.

Da quando? Negli scorsi tre anni non mi sono mai sentita così.

Mentre entriamo nel salone principale, i miei pensieri continuano a vagare. Da piccola venivo spesso qui. Il cibo è eccezionale e il locale è sempre affollato, quindi non mi stupisce vedere tutti i tavoli occupati e i camerieri indaffarati in continuo movimento.

Odio ammetterlo, ma quello che è successo pochi minuti fa mi obbliga a riflettere sul mio rapporto con Brody, anche se ora non voglio pensare alle conseguenze. Ho intenzione di godermi la cena. Ci rifletterò più tardi, quando sarò sola. Naturalmente sto provando dei sentimenti per lui, e non va bene.

Credo che sia giunto il momento di chiuderla qui, di proteggermi prima di innamorarmi ancora di più. So benissimo come andrebbe a finire.

Andarci a letto sembrava un'ottima idea all'inizio, ma ora so che sarebbe un disastro.

"Sorpresa!" Le urla mi riportano alla realtà.

Mi blocco, spalanco gli occhi e osservo la saletta semi-riservata dove ci ha portato la caposala.

Zara corre da me e mi abbraccia. "Buon compleanno!" esclama. "Sei sorpresa?"

È un eufemismo.

"Sono sconvolta," dico continuando a guardare i miei amici seduti al tavolo.

Luke sorride e mi saluta, così come Megan e Anna, le nostre vicine. Mia madre, colei che mi ha mentito dicendo di dover lavorare, è seduta in fondo e mi rivolge un sorriso a trentadue denti.

La saletta è decorata con dei palloncini rosa e neri. Su un tavolino in disparte c'è una torta elaborata, mentre i festoni appesi al muro recitano *Buon compleanno Natalie.*

Sono senza parole.

Brody continua a cingermi la vita e mi accompagna a capotavola, accanto a mia madre. Sul tavolo lungo e rettangolare ci sono dei coriandoli colorati e contenitori di vetro con dentro le mie caramelle preferite.

Non appena mi siedo, mia madre mi abbraccia. "Buon compleanno, bambina mia!" Mi stringe forte. "Mi sento in colpa per averti mentito. Mi perdoni?"

Scuoto la testa. Sto ancora cercando di riprendermi. "Grazie." La guardo negli occhi. "Hai organizzato tu la festa?"

Il suo sorriso si allarga. "No, è stato Brody!"

Guarda raggiante il ragazzo che si è seduto accanto a me, di fronte a lei.

È stato Brody?

Perché si è preso tutto questo disturbo?

Lo guardo sorpresa. "Sei stato tu?"

Lui alza le spalle con noncuranza. "Non ho fatto tutto da solo. Tua madre e Zara mi hanno dato molti consigli."

Mamma interrompe Brody per riconoscergli tutto il merito: "È stata tutta un'idea di Brody. Voleva fare qualcosa di speciale per te. Non è dolcissimo?" La sua espressione si intenerisce, si vede che lo ammira. Se prima aveva delle riserve sul fatto che uscissi con uno come Brody, adesso sono sparite. "È tutto perfetto, non trovi?"

Non ci sto capendo più niente. Non mi sarei mai aspettata una cosa del genere. "Già."

Fisso Brody, confusa e sopraffatta da sentimenti latenti che sto iniziando a riconoscere.

Ma non ho il tempo di riflettere perché la cameriera ci porta dei bicchierini di tequila. Anche mia madre ne prende uno, il che è esilarante. Non beve mai niente di più forte dell'occasionale bicchiere di vino serale. Eppure, eccola qui a cantare a squarciagola come se lo facesse ogni sabato sera. La cena, arricchita con chips di tortilla e salsa di pomodoro, è deliziosa. Ordino il mio piatto preferito, enchiladas di formaggio con salsa mole rossa.

Poi mi costringono a indossare un sombrero enorme che mi copre gli occhi mentre i camerieri mi cantano 'buon compleanno.' Sarei morta dall'imbarazzo, ma, per fortuna, sono alticcia di tequila. Gli altri ridono e si divertono.

Mangiata la torta, decidiamo di spostare i festeggiamenti al pub. Avevo temuto che il mio compleanno sarebbe stato terribile; specialmente senza mia madre che mi aveva detto di dover lavorare, ma in realtà sta andando benissimo. Mi sto divertendo tantissimo, circondata dalle persone che amo di più. Mia madre e tutti i miei amici sono qui per festeggiare con me.

E poi c'è Brody...

Il ragazzo che ho evitato per tre anni. Il ragazzo che pensavo stesse soltanto perdendo tempo all'università, andando a letto con chiunque prima di giocare nell'Hockey League.

Brody si è rivelato essere completamente diverso da quello che immaginavo.

"Beh, tesoro," dice mia madre. "Me ne vado. Sono troppo vecchia per andare al pub."

Questa cena ha significato molto per me, e la presenza di mia madre mi ha resa ancora più felice. Il fatto, poi, che sia stato Brody a organizzarla è sconvolgente.

"Oh, andiamo, signora D," cerca di persuaderla Brody. "Unisciti a noi. Ci divertiremo."

Lei non sembra affatto convinta e scuote la testa. "No. Torno a casa, ma voi ragazzi divertitevi, okay?" Mi abbraccia di nuovo. "Ti voglio bene, Natalie. Sono davvero orgogliosa di te." Mi da un bacio sulla guancia e mi sussurra all'orecchio: "Dovresti tenerti stretto Brody, è un ragazzo meraviglioso. Il migliore finora."

"Già," dico cercando di tenere a bada le emozioni in subbuglio dentro di me.

"Gli piaci molto," continua. "Si vede."

Sbatto le palpebre e non riesco a risponderle per il groppo alla gola.

Vorrei averle detto la verità fin dall'inizio. Solo così saprebbe che non è possibile che Brody provi dei sentimenti per me perché la nostra relazione è una farsa. Non è reale. Non gli piaccio. Lui non mi piace.

"Sei pronta?" mi chiede Brody riportandomi alla realtà.

Sorrido e rispondo: "Sì," scacciando via le strane emozioni che mi tormentano. È il mio compleanno e voglio divertirmi. Con Brody. Mi piace passare del tempo con lui. La nostra relazione comprende un bel contraccambio: con lui non mi preoccupo di fingere di essere un'altra persona.

Andiamo da Rowdy's, un piccolo pub a pochi isolati dal campus dove servono birra e shottini e ogni tanto organizzano dei concerti di gruppi locali. Molti dei giocatori di hockey della Whitmore vengono a passare le serate qui, e ovviamente, il posto è sempre pieno di groupie. Ho sempre fatto in modo di non diventare una di loro, e non sono di certo una habitué di questo pub.

Arriviamo alla porta e Brody scambia due chiacchiere con il buttafuori, che non mi dice una parola e si limita a lanciarmi un'occhiata.

Sono solo le nove, ma il pub è già pieno. Brody mi tiene per mano e mi trascina tra la folla mentre diverse persone gli danno delle pacche sulla schiena e lo salutano con un cenno. Molte ragazze gli sorridono e lo chiamano per nome. Lui saluta tutti, ma senza fermarsi.

Prima, quando incontravo Brody alle feste, era sempre circondato dalle ragazze, spesso con due di loro a braccetto, persino nel campus.

Eppure, da quando stiamo insieme, non l'ho mai visto con nessun'altra. E le ragazze gli stanno alla larga. Lui non le incoraggia, né ci prova con loro. Lo stesso vale per la caposala di qualche ora fa.

Ha fatto tutto lei. *Quella stronza.*

Quando stiamo insieme mi stringe la mano, come se temesse una mia fuga. Lo ammetto, all'inizio volevo farlo. Quando non mi tiene per mano, mi cinge le spalle con il braccio, tenendomi stretta a sé. Per essere un ragazzo che non ha mai voluto avere una fidanzata, gli piace davvero avere qualcuno al suo fianco.

Prende due birre e ci sediamo a un tavolo con gli altri amici del ristorante e alcuni compagni di squadra di Brody che ci hanno appena raggiunto. Beviamo un altro paio di shottini, e quando mettono la canzone preferita di Zara, lei salta in piedi e mi trascina sulla pista da ballo. Ci ritagliamo uno spazietto in mezzo al caos e ci lasciamo andare. Di solito non bevo. Prendo una birra o due, ma non di più. Stasera faccio un'eccezione. Mi sento leggera e felice. Ogni volta che la canzone arriva al ritornello, io e Zara alziamo le mani e cantiamo a squarciagola.

Continuiamo a ballare per altre tre o quattro canzoni e lancio un'occhiata a Brody dall'altra parte della sala. È più alto e più robusto della maggior parte dei ragazzi. Non mi sorprendo di vedere una ragazza accanto a lui che lo fissa. Cerca di parlare con Brody, ma lui è troppo impegnato a fissarmi.

Mi sento soddisfatta, perché non la sta calcolando minimamente.

Zara si avvicina. "Cosa sta succedendo tra voi due?"

Alzo le spalle. Continuo a fissare Brody mentre il mio cuore batte sempre più forte. "Non ne ho idea." Non avrei mai immaginato che la nostra finta relazione si sarebbe trasformata in qualcosa di più.

"State andando a letto insieme?"

La guardo, sorpresa dalla domanda, e scuoto la testa. "No."

Non è che non voglio… penso che non sarebbe una buona idea. Ci confonderebbe entrambi.

Guarda di nuovo il tavolo. "Non ho mai visto Brody interessarsi a una ragazza." Sorride leggermente. "Credo che sia pazzo di te."

Torno a guardarlo e incrociare il suo sguardo mi riempie di desiderio.

Zara mi dice in tono malizioso: "Facciamoli impazzire."

Sbuffo, ma poi sorrido. So *esattamente* cosa intende.

Senza aspettare una risposta da parte mia, Zara mi afferra la mano e balla intorno a me finché il suo petto non si allinea con il mio sedere. Mi afferra l'altra mano e le tiene entrambe sopra la mia testa. Fa scivolare lentamente i polpastrelli lungo le mie braccia, attraverso l'addome, e li posa sui miei fianchi.

Mi guardo alle spalle per vedere che Brody mi sta ancora fissando. Quasi rido per i suoi occhi sgranati e la sua bocca spalancata. È la tipica reazione che i maschi hanno guardando due ragazze che ballano mettendosi le mani addosso.

Chiudo gli occhi, ondeggio i fianchi e mi lascio trasportare dalla musica. Una volta finita la canzone, io e Zara ci separiamo. Invece di tornare al tavolo, restiamo in pista per qualche altro ballo, finché entrambe sentiamo il bisogno di rinfrescarci. Ci avviciniamo ai ragazzi seduti. Non appena mi trovo a un metro da Brody, lui allunga il braccio e mi afferra la mano attirandomi a sé, finché non mi ritrovo premuta contro il suo corpo duro come la pietra.

"Tu," mi ringhia all'orecchio, "sei proprio nei guai."

Rido e mi piego all'indietro, allontanandomi leggermente da lui. Sbatto le ciglia. "Non so di cosa tu stia parlando."

Il desiderio che vedo nei suoi occhi basta a farmi bruciare di passione.

"Aspetta solo che ti trovi da sola," sussurra con voce severa. "Mi vendicherò."

"Me lo prometti?" Anche solo pensare ai suoi baci basta a farmi bagnare.

"Certo che sì."

CAPITOLO VENTISEI

BRODY

Stringo Natalie in modo possessivo. Dopo quello spettacolino con Zara sulla pista da ballo, non ho intenzione di lasciarla girare per il locale da sola. Anche se l'ho fissata per tutto il tempo, sapevo di non essere l'unico a farlo.

È la prima volta che sono geloso. Giuro, se uno di questi ubriachi avesse provato ad avvicinarsi a lei, l'avrei pestato.

Vale lo stesso per Luke, dato che Zara è in braccio a lui.

Quelle due su quella pista…

Non credo d'aver mai visto qualcosa di più sexy. E, tanto per essere chiari, ho visto molte cose sexy in trasferta.

Vorrei tanto portarla via da qui.

Quando arriverà il momento di concludere questa finta relazione, cosa farò?

Mi spaventa il pensiero di ritornare al punto di partenza. Mi piace il presente, quello che sta nascendo tra noi. Lo confesso, ho approfittato di quello che è successo con Reed. Ho colto l'opportunità al volo per avere quello che volevo.

E volevo Natalie.

Solo ora mi rendo conto che desidero stare con lei.

Ogni volta che la vedo, mi trovo senza fiato, temendo che metta fine alla nostra finta relazione.

Devo trovare una soluzione presto, altrimenti mi lascerà e andrà avanti. Natalie è unica. Mi affascina e mi stimola moltissimo.

È dannatamente intelligente, cosa che trovo davvero sexy. E non le importa delle sciocchezze dei social, a differenza di molte altre che ne sono ossessionate.

Mi abbasso e le sussurro all'orecchio: "Ti va di andare via?"

Non m'importa dove andremo o cosa faremo, ma per stasera sono stanco di condividerla. Voglio Natalie tutta per me.

Lei alza la testa e i nostri sguardi si incrociano. I suoi occhi brillano. Sembra felice e rilassata. Il suo sorriso mi fa sentire qualcosa di indefinibile, come un pugno allo stomaco che mi fa perdere il fiato.

"Sì."

Mi ha mai guardato così?

È come una droga. Farei di tutto per farmi sempre guardare così.

Capisco finalmente di essere pazzo di lei. Dovrei essere spaventato, ma non è così. Mi sento bene, come se tutto andasse per il meglio.

Torniamo al suo appartamento senza dire una parola. Non so come fare a conquistarla. Per la prima volta nella mia vita, non ho un piano. Devo improvvisare, e la cosa mi spaventa a morte.

Arriviamo davanti al suo condominio e parcheggio.

Lei si gira verso di me. "Ti va di salire?"

"Sì, ma non per molto." Non sarebbe una buona idea fermarsi a casa sua. La voglio così tanto, non ricordo di aver mai desiderato così tanto una ragazza.

Dopo pochi minuti siamo nel suo appartamento. Appende il giubbino e poggia la borsetta su un tavolino accanto alla porta.

"Vuoi qualcosa da bere?" chiede andando in cucina a prendersi un bicchiere d'acqua di cui beve la metà.

"No, niente."

Non penso di aver mai visto Natalie bere più di un bicchiere di alcool. Forse due. Stasera ha bevuto due o tre shottini e altrettanti bicchieri. È alticcia più che ubriaca, ma felice.

Sono contento di averle organizzato una bella festa di compleanno, soprattutto perché è il primo da quando i suoi genitori hanno divorziato. Mi accomodo sul divano e la guardo mentre si toglie i tacchi e si passa la mano tra i capelli lunghi. Le sue ciocche scure le scivolano sulle spalle. Sorride leggermente e vedo un luccichio nei suoi occhi. Fa ondeggiare i fianchi mentre cammina verso di me. Sono ipnotizzato da lei.

"Mi sono divertita molto." Poggia le mani sulle mie spalle e si mette a cavalcioni su di me. "Grazie per la cena. Per tutto. Non hai idea di quanto signifíchi per me."

I nostri volti sono a pochi centimetri di distanza. Mi manca il fiato. Per la prima volta nella mia vita, devo ricordarmi di respirare. È allo stesso tempo spaventoso ed esaltante.

"Non c'è di che."

Si china in avanti e mi bacia. Una scarica simile a una scossa mi attraversa. Vorrei afferrare Natalie con entrambe le mani e non lasciarla più andare, ma non so se lei mi voglia allo stesso modo. Temo che le piaccia il modo in cui la faccio *sentire*, e non *io*. Posso solo sperare che i miei sentimenti siano in qualche modo corrisposti, che anche lei percepisca la chimica e ciò che sta nascendo tra noi. Non mi sfugge che questa è la prima volta che Natalie inizia un contatto fisico. Devo controllarmi per non cedere subito al desiderio di farla mia, per non toccare con avidità ogni parte del suo corpo.

Ma non lo faccio.

Voglio che sia lei a decidere.

Il nostro bacio è tranquillo. Natalie si prende tempo per mordicchiarmi la bocca. Succhia il labbro superiore e poi quello inferiore. Bacia gli angoli. Mi attira a sé incrociando le braccia dietro al mio collo.

Apro la bocca quando lecca la giuntura delle mie labbra. Le sue dita si insinuano tra i miei capelli e tira le ciocche. Sembra esserci una connessione invisibile tra i miei capelli e il mio membro, che si irrigidisce man mano che li tira.

La sua lingua si intreccia con la mia. Riesco soltanto a pensare alla voglia che ho di girarla e di prenderla.

Natalie mi fissa con lo sguardo acceso. "Voglio fare sesso con te, Brody."

Sentirla dire queste parole mi fa impazzire. Se prima ce l'avevo duro, ora è di marmo.

Le sue mani sono ancora tra i miei capelli e li tirano.

"Non credo sia una buona idea," gemo, incapace di credere che la sto rifiutando davvero.

Aggrotta le sopracciglia. "Perché?"

"Perché hai bevuto troppo." Le accarezzo la guancia. "Non voglio che tu te ne penta domani mattina."

Considerando come mi sento, dubito che riuscirei a sopportarlo.

Lei stringe le labbra. È adorabile.

Cavolo… Cosa mi sta facendo questa ragazza?

"Ti fermi almeno per la notte?"

Non so se sono abbastanza forte da dormire accanto a lei senza farla mia. Ho passato molti anni ad assecondare le mie pulsioni con le donne e con l'alcool. Qualsiasi piacere volessi, me lo prendevo.

"Per favore."

"Okay," rispondo a malincuore. "Va bene." È una pessima idea, ma non posso dirle di no. "Ma niente sesso," ripeto in tono severo.

Non pensavo che l'avrei mai detto.

Lei si raddrizza, si alza e mi porge la mano. Gliela stringo e mi fa alzare prima di trascinarmi nella sua camera.

La maggior parte dello spazio è occupata da un letto matrimoniale con accanto un comodino specchiato e un armadio poggiato contro il muro. Sul comodino c'è una foto incorniciata di Natalie da piccola con i suoi genitori.

È tutto ordinato, molto più femminile di quanto immaginassi. E se sotto l'apparenza da dura, Natalie nascondesse un'anima dolce?

È un'idea interessante.

Prendo in mano la foto. È la prima volta che vedo il volto di suo padre. Quando ho incontrato Karen, ho subito pensato che Natalie le assomigliasse molto, invece ha molte caratteristiche in comune anche con suo padre. Hanno gli stessi occhi e capelli scuri. È proprio una combinazione perfetta di entrambi.

"Tuo padre ti ha chiamato per farti gli auguri?" le chiedo curioso.

Il suo sorriso pigro sparisce dalle sue labbra. "Mi ha mandato un messaggio dopo che non ho risposto alla sua telefonata."

"Proverai a parlargli di nuovo per chiarire le cose?" So benissimo che era arrabbiata quella sera al ristorante. I miei sentimenti per Natalie non sono solo fisici. Voglio che si apra con me, che si confidi.

È la prima volta che mi sento così. Non mi sono mai sforzato di conoscere le ragazze. Cercavo solo il sesso. La persona in sé non mi importava. Mi è capitato più di una volta di non ricordare il nome della donna con cui lo stavo facendo.

Non ne vado fiero, ma quello che sto vivendo con Natalie è diverso dalle avventure di una notte a cui sono abituato.

Natalie alza le spalle. "Non ci penso nemmeno."

Sfiora il bordo del suo maglione col dito e se lo sfila delicatamente per poi gettarlo a terra. Resta in piedi di fronte a me con addosso solo il reggiseno di seta nero con delle ciliegie bianche stampate sopra. La fisso. Ho la gola secca.

Quel reggiseno...

Credo di stare sbavando.

Cerco di riprendere il filo del discorso. Stavamo parlando di suo padre. "Forse dovresti dargli un'altra opportunità." Più la fisso, più faccio fatica a concentrarmi sulla conversazione che sto cercando di intavolare.

Apre i jeans e li abbassa, poi si piega e i suoi capelli lunghi e mossi scivolano giù mentre si toglie i pantaloni e le calze.

Voglio passare le dita tra quelle ciocche morbide e alzarle i capelli. Non devo sforzarmi molto per immaginarmi Natalie in ginocchio con le labbra sul mio membro.

Quando si raddrizza vedo delle mutandine striminzite abbinate al reggiseno. Sospiro.

Dannazione!

Sapevo che sarebbe stata una pessima idea, e avevo ragione.

Si abbassa le spalline e mi chiede: "Vuoi davvero continuare a parlare di mio padre?"

Uhmmm...

"No," mormoro.

"Bene." Si sgancia il reggiseno, che cade sul pavimento. "Perché è l'ultima cosa a cui voglio pensare adesso. Soprattutto dopo aver passato una serata così fantastica."

Fisso sui suoi seni. Sono perfetti. Sodi, con capezzoli piccoli e arrossati. Mi viene voglia di giocarci con le dita.

Lei infila le dita sotto l'elastico delle mutandine e comincia a farle scivolare sui fianchi.

"Non farlo!" grido, rompendo il silenzio.

I suoi occhi si spalancano e le sue dita si fermano. "Cosa?"

Mi sembra che il mio cuore stia per uscire dal petto. "Non le togliere," mormoro.

Lei scuote la testa e alza le sopracciglia, confusa. "Non vuoi che mi tolga le mutandine?"

Infilo le mani nelle tasche posteriori dei jeans e scuoto la testa. "No." Cavolo, no. Sto impazzendo.

Se le togliesse, sarei un uomo finito. In questo momento ho le migliori intenzioni del mondo, ma potrei non rispondere delle mie azioni se continuasse quello che sta facendo. Non riuscirei più a resisterle.

Questa ragazza è la mia kryptonite. Lo è sempre stata, ma non me ne ero mai reso conto prima.

Natalie alza le spalle e si gira verso il letto. Il mio sguardo si posa sul suo sedere a stento coperto dalle mutandine. Trattengo un gemito.

Mi tiro la maglietta sopra la testa e la butto a terra prima di togliermi i jeans. Resto con i boxer neri e Natalie fissa il mio membro duro.

"Non li togli?" mi chiede.

Oh no.

"No." Così è molto più sicuro.

Ci mettiamo sotto le lenzuola e attiro Natalie tra le mie braccia. Lei appoggia la testa sul mio petto. I suoi seni sono schiacciati contro il mio corpo. Le scosto i capelli dal viso mentre le nostre gambe si intrecciano.

Anche se mi sembra che il mio membro stia per esplodere, sono stranamente soddisfatto. È la prima volta che siamo nello stesso letto, ma ho già capito che è una sensazione di cui non mi stancherò mai.

Natalie chiude gli occhi e sospira come se fosse felice quanto me. "Questa notte ha significato molto per me. Grazie."

Le passo le dita tra i capelli. "Non c'è di che."

Non mi è mai importato abbastanza di un'altra persona da volerla rendere felice. Il modo in cui Natalie mi guardava stasera, con la luce che le brillava negli occhi...

Voglio che mi guardi sempre così.

Ora devo solo trovare un modo per farlo succedere.

Non dovrebbe essere difficile.

CAPITOLO VENTISETTE

NATALIE

*L*a prima cosa che noto svegliandomi è che non sono sola. Sono appiccicata a un corpo caldo. Con gli occhi chiusi sfioro gli addominali scolpiti, il petto e una coscia muscolosi. Apro un occhio. È ancora presto, il sole è appena sorto.

Io e Brody siamo così avvinghiati l'uno all'altra che non ho idea di dove inizi lui e finisca io. La mia testa è poggiata sul suo petto, il suo respiro mi rilassa fin quasi a farmi riaddormentare, ma alzo la testa e guardo la barba incolta sulla sua mascella.

Un solo sguardo.

Mi basta un solo sguardo per desiderarlo di nuovo.

Brody mi sorprende ogni volta. Ho sempre pensato che fosse un playboy, ma ieri mi sono praticamente offerta a lui su un piatto d'argento, eppure lui si è rifiutato di toccarmi. Non mi ha lasciato nemmeno togliere le mutandine. Mi ha semplicemente tenuta tra le braccia per tutta la notte.

Non ho mai dormito così bene.

Mi sento come se avessi trascorso gli ultimi due anni a proteggermi, costruendo muri intorno a me e isolandomi. Reed ha ferito il mio ego, ma non mi ha spezzato il cuore. Dopo la scorsa notte e la festa a sorpresa organizzata da Brody, sento che mi sto innamorando di lui, e il solo pensiero mi fa venire un tuffo al cuore.

Com'è possibile che stia succedendo davvero?

Mi metto a sedere e lo osservo con più attenzione. Questa è la prima vera occasione che ho per guardarlo quanto voglio, indisturbata. Se mi sorprendesse a guardarlo così, mi prenderebbe in giro per il resto della mia vita. Brody ha un ego così spropositato che è un miracolo riesca a stare in piedi.

Certo, anche prima pensavo che Brody fosse attraente (non sono mica cieca), ma lo è ancora di più di quanto volessi ammettere. I suoi capelli fulvi con striature dorate sfiorano le sue spalle larghe. Le sopracciglia folte si estendono sulla fronte ampia, mentre le ciglia sfiorano gli zigomi scolpiti. Il naso è lungo e dritto e le labbra carnose sono perfette per i baci.

E le sue fossette...

Potrei scrivere un romanzo sulle sue fossette. Al momento non si vedono, ma mi sciolgo ogni volta che Brody sorride.

Sto iniziando a sospettare che il disprezzo che provavo nei suoi confronti fosse in realtà un misto di lussuria e desiderio. Mi ero convinta che Brody fosse soltanto uno stupido atleta che perdeva tempo all'università andando a letto con chiunque e a contribuire alle vittorie della Whitmore in tre campionati nazionali.

Non mi ero mai presa la briga di guardare oltre le apparenze. E ora che l'ho fatto, mi rendo conto che in lui c'è molto di più di quello che credevo.

E, cosa ancora più sconvolgente, mi piace quello che sto scoprendo.

Sbatto le palpebre mentre penso a tutto ciò.

Cosa dovrei fare?

La nostra non è una vera relazione. Brody mi ha semplicemente fatto un favore difendendomi da Reed e dai suoi commenti orribili. A un certo punto questa farsa finirà e le nostre strade si separeranno. Il nostro rapporto tornerà a essere quello di prima.

È questo che voglio?

Non lo so. Non sono più sicura di nulla.

Ma quello che so è che voglio Brody.

Fisso la mia mano mentre tocco i suoi addominali scolpiti. Brody mi ha toccata diverse volte in biblioteca. Io, però, non ho osato fare lo stesso con lui. Finora mi sono trattenuta, ma adesso basta.

È forse giunto il momento di esplorare il suo corpo come lui ha esplorato il mio?

Tremo per l'attesa.

Faccio scivolare la mano sotto l'elastico dei suoi boxer. Il mio cuore batte all'impazzata mentre sfioro il suo membro. È già duro. Credo che i pettegolezzi sulle sue abilità siano vere. Dopotutto, è davvero ben piazzato. Lo prendo in mano e inizio a far scorrere le dita su e giù.

Brody si inarca leggermente gemendo e apre gli occhi di scatto, incrociando il mio sguardo.

CAPITOLO VENTOTTO

BRODY

Sto facendo il sogno più erotico della mia vita: Natalie che mi masturba, e il mio corpo che reagisce al suo tocco.

… Ma non è un sogno. Lo sta facendo davvero.

Apro gli occhi di scatto e cerco di capire cosa sta succedendo. La prima cosa che vedo è Natalie piegata su di me. Ha spostato le lenzuola e infilato la mano nei miei boxer.

"Buongiorno." Sorride in modo innocente. "Hai dormito bene?"

Parla in tono del tutto disinvolto, come se stessimo solo scherzando, nonostante la sua mano sia su di me per la prima volta, facendomi eccitare.

Sbatto le palpebre. Se sto ancora dormendo, questo è il sogno migliore che abbia fatto di recente. Non riesco a resistere e le tocco un seno caldo. Il capezzolo si irrigidisce al primo tocco. Cavolo, quanto amo i suoi capezzoli.

No, non è un sogno.

Si china su di me e mi bacia. Le mordicchio il labbro inferiore e lo tiro. Verrò in men che non si dica se continua a toccarmi così. Non mi succede dai tempi del liceo. Dal secondo anno, per l'esattezza. Prima facevo sesso regolarmente. Non mi va di parlare di quelle esperienze umilianti.

Le prendo la mano e la fermo.

Lei corruga la fronte. "Non ti piace?"

"Mi piace anche troppo," borbotto.

Inclina la testa, più tranquilla. "Ed è un problema?"

"Sì, perché non ho quattordici anni e non voglio sporcare le tue coperte." Sta forse cercando di uccidermi?

Mi rivolge un sorriso sornione e allontana la mano. Faccio un sospiro di sollievo. Amo quando mi tocca, ma non scherzo affatto. Non posso mica sporcare tutto.

Ancor prima che mi renda conto di quello che sta succedendo, si toglie le mutandine e si mette a cavalcioni su di me.

Guardo il suo sesso nudo bagnato, premuto contro il mio membro eretto. Cerco di restare fermo, ma è impossibile. Inizio a muovere i fianchi e a spingere. Il modo in cui il suo sesso scivola sui miei boxer neri mi ipnotizza, bagnandomi le mutande in poco tempo.

Voglio soltanto entrare dentro di lei.

Afferro i suoi fianchi tenendola ferma. Smetto di spingere e la fisso mentre è a cavalcioni su di me, nuda. Le sue labbra sono aperte, le pupille dilatate e i capelli scuri sono raccolti in un groviglio di onde intorno alle spalle. I suoi seni sono soffici e tondi, ho voglia di succhiare quei capezzoli scuri. Ha il torace stretto, la pancia piatta e un sesso stupendo in cui vorrei seppellirmi.

Mi sta facendo impazzire.

"Che stai facendo?" borbotto. Sono sul punto di esplodere dopo settimane intere di bisogni repressi. Riesco a malapena a trattenermi. Mi sta spingendo oltre il limite e da un momento all'altro perderò il controllo del mio corpo.

E lei sorride.

Sul serio. Sorride.

"Sei così esperto..." dice. "Pensavo che fosse ovvio."

Il mio gemito diventa una risata. Non posso sopportare ancora a lungo questa dolce tortura, ma sto cercando di procedere con calma, di fare la cosa giusta per lei. Non c'è bisogno di bruciare le tappe. Per una volta, non ho fretta di farmela per poi passare a un'altra ragazza.

Quello che sta succedendo è importante. E Natalie è importante. Voglio che se ne renda conto.

"Sto cercando di fare il bravo e tu lo stai rendendo impossibile. Non voglio che ti penta di quello che facciamo."

Lei si china e mi bacia. "Non me ne pentirò," sussurra. "Te lo prometto."

Stringo i denti e muovo i fianchi, scivolando contro il suo corpo. Sono al punto di non ritorno. Se Natalie cambiasse idea e decidesse di chiuderla qui, dovrei alzarmi e correre a casa a fare una doccia gelida di mezz'ora per calmare gli ormoni.

Lei non aggiunge nulla, anzi, mi da il via libera. Sono io quello che frena, e non ci sono abituato.

Ieri sera aveva bevuto troppo e non potevo approfittare di lei, per quanto lo desiderassi.

Ma questa mattina è diverso.

È lei a iniziare tutto.

"Brody?", sospira. "Per favore?"

Cavolo. Non pensavo che avrei mai sentito Natalie implorarmi di fare sesso con lei, ovviamente al di fuori delle mie fantasie.

"Okay," mi arrendo.

Alzo i fianchi e spingo via i boxer. Gemo quando lei si strofina contro di me. Fisso il punto in cui i nostri corpi sono uniti. Affondo le dita nella sua carne e la muovo in modo che scivoli contro il mio membro duro. Sono in paradiso.

"Sei fantastica," mormoro. Non sono ancora dentro di lei e sto già impazzendo, il che è ridicolo. Dovrei sentirmi in imbarazzo, ma non è così.

Ho passato gli ultimi due mesi senza provare assolutamente nulla riguardo al sesso. Potevo farne a meno. Guardare donne nude non mi eccitava. I miei coinquilini, invece, vanno a letto con chiunque, proprio come facevo io un tempo.

Ma a un certo punto la situazione è cambiata.

Il sesso è diventato banale.

Quello che sta succedendo con Natalie non lo è.

Non mi sazierò mai di lei.

Natalie getta la testa all'indietro e geme mentre muovo i fianchi lentamente, in modo controllato. Voglio che sia eccitata quanto me, ma non credo sia possibile.

"Brody," mormora. "Ti voglio dentro di me."

Anche se il mio cervello è annebbiato dal desiderio, so che non possiamo farlo senza protezioni. Non voglio rischiare.

"Hai un preservativo?" Ne ho uno nel portafoglio, ma non voglio spostare il suo corpo così perfetto per andare a prenderlo.

Natalie si allunga in modo assurdo, lo terrò a mente, e apre un cassetto del comodino. Tira fuori un pacchettino e lo strappa.

Con i denti.

Cavolo... è davvero eccitante.

Mi chiedo se ci sia qualcosa di lei che non mi ecciti.

Quando getta via l'involucro, mormoro: "Vuoi che lo metta io?"

I suoi occhi si illuminano. "No."

Sedendosi, arrotola lentamente il lattice sulla punta del mio membro. Lo ammetto, i preservativi non sono sexy, ma guardare Natalie che me ne infila uno lo è. Da morire. La guardo, è totalmente concentrata su quello che sta facendo. Si mordicchia il labbro inferiore, come se volesse fare le cose per bene. Quando si mette in ginocchio per infilarmelo, gemo per l'assenza del suo calore.

Afferra la base del mio membro con una mano e lo allinea con il suo sesso. Il mio sguardo è concentrato su questo spettacolo erotico. Ancora in bilico su di me, strofina la punta contro di sè.

Non riesco più a resistere e inarco il bacino. Sto morendo dalla voglia di entrare in lei.

Alzo lo sguardo. Si sta ancora mordendo il labbro, ha gli occhi chiusi e le guance rosse. È seduta a cavalcioni su di me e mi toglie il fiato.

Quando fa scorrere il suo sesso contro di me devo stringere i denti per non esplodere. Lei geme e si abbassa sul mio corpo.

Chiudo gli occhi. È così calda e stretta. Non credo di aver mai provato nulla di simile. È meraviglioso.

Le mie dita affondano nei suoi fianchi mentre guido i suoi movimenti. "Sei incredibile."

Natalie sospira.

"Sto per venire." Mi sposto leggermente.

"Anch'io."

Spingo i fianchi e lei trova il ritmo perfetto. Ci muoviamo all'unisono. In questo momento, tutto sembra esattamente come dovrebbe essere. Vorrei che durasse per sempre, ma sarò fortunato se riuscirò a resistere per un altro minuto.

Lei si inarca contro di me, la testa reclinata all'indietro. Improvvisamente si contrae in un orgasmo e veniamo entrambi nello stesso momento.

Lei grida il mio nome e io il suo. Sono distrutto.

Dopo un ultimo spasmo, Natalie si poggia sul mio petto, ansimando proprio come me. Avvolgo le braccia intorno al suo corpo e la tengo stretta per non farla scappare, poi chiudo gli occhi e mi godo il momento. Anche se ormai flaccido, sono ancora dentro di lei.

In uno strano momento di lucidità mi accorgo che è qui che appartengo.

Con Natalie.

E che sia maledetto se me la lascio sfuggire.

CAPITOLO VENTINOVE

BRODY

*S*catto in avanti rubando il disco e corro verso la porta. Supero la linea blu continuando a muovere il disco a zig-zag, due difensori cercano di bloccarmi, ma riesco a superare entrambi. Arrivo davanti alla porta e tiro nell'angolo superiore sinistro. Jack, il nostro portiere, blocca il dischetto col guanto e cade in ginocchio.

Torno indietro mentre dice ridacchiando: "Per tua informazione, mia madre gioca meglio di te." Si ferma un attimo. "Ed è morta."

Sorrido e torno al mio posto.

Non ho fatto centro, ma mi sento comunque il re del mondo.

Mentirei se dicessi che la mia vita ha fatto schifo finora. Certo, ho vissuto dei momenti difficili, ma a chi non è successo? Perdere mia madre ha cambiato tutto, e la scuola faceva schifo quasi sempre. Quando mi hanno diagnosticato la dislessia, studiare non è diventato più semplice. Ho lavorato con tutor e specialisti, ma per lo più ero da solo. Non esiste una pillola magica che risolva i miei problemi.

Tuttavia, l'hockey mi ha sempre aiutato a mantenere un certo equilibrio tra le cose brutte e quelle belle. Dopo la morte di mia madre, mi sono allenato per ore sul ghiaccio o sul marciapiede. Anche quando avevo dei problemi a scuola sfogavo la mia aggressività sulla squadra avversaria. Mi ammazzavo di fatica finché non mi coricavo la sera, troppo stanco per pensare ai problemi che minacciavano di soffocarmi.

E poi c'erano le ragazze. Erano tantissime ed era facile andare a letto con loro. Mi bastava guardarle.

Il giorno più felice della mia vita è stato quando ho firmato il contratto con i Milwaukee Mavericks. Credo che mio padre non sia mai stato più orgoglioso di me di quanto lo fosse in quel momento. Peccato che mia madre non fosse lì per vedermi realizzare il sogno di giocare da professionista.

I due anni nelle giovanili sono stati fantastici. Mi impegnavo al massimo durante gli allenamenti e in pista. Non dovevo preoccuparmi degli studi, quindi potevo concentrare tutte le mie energie nello sport.

Giocare alla Whitmore con il coach Lang è stato la ciliegina sulla torta. Ho stretto amicizie che dureranno per sempre, e i miei compagni di squadra sono diventati la mia famiglia. Succeda quello che succeda, saranno sempre i miei fratelli. In primavera riuscirò a tener fede alla promessa fatta a mia madre e mi laureerò prima di entrare nella Hockey League.

Quindi, sì, la mia vita va bene.

Anzi, benissimo.

La mia vita è meravigliosa.

Sto vivendo il mio sogno e sono solo all'inizio.

Tuttavia, mi mancava qualcosa, anche se non l'avrei mai detto.

Non me ne sono accorto finché Natalie non è entrata nella mia vita. In qualche modo, rende tutto più bello. È la prima ragazza che abbia mai significato qualcosa per me.

Mi spaventa l'idea di poterla perdere, o anche solo di smettere di provare questi sentimenti. Ora devo soltanto convincerla che quello che c'è tra di noi è reale, e che vale la pena darmi una possibilità. Ho del tempo per capire come fare, ma non molto. Mi sento possessivo nei suoi confronti, ho bisogno di averla, di sapere che è mia. Solo allora riuscirò a tranquillizzarmi e prepararmi per l'inizio della nuova stagione sportiva, che comincerà tra qualche settimana.

I miei pensieri vengono bruscamente interrotti dallo scontro con un giocatore, e perdo quasi l'equilibrio dalla botta che mi arriva sulla spalla. Per poco non cado.

Prima regola dell'hockey: non pattinare a testa bassa, altrimenti ti faranno cadere. Per fortuna peso cento chili.

"Guarda dove vai, McKinnon!"

Serro gli occhi fissando quel maledetto Reed Collins, che si è fermato a pochi metri da me.

Stringo i denti. È una reazione spontanea: non lo sopporto.

È la mia spina nel fianco fin dal primo giorno. All'inizio pensavo che col tempo saremmo andati d'accordo e avremmo trovato dei punti in comune, ma sono passati tre anni e non è ancora successo. L'anno scorso, la mia nomina a capitano non ha fatto altro che complicare le cose.

Beh, peggio per lui. Fai l'uomo e non te la prendere.

Mi raddrizzo e alzo la testa. Se Reed crede di potermi intimidire, si sbaglia. "Che ti prende?"

Lui sghignazza e si avvicina a me, invadendo il mio spazio. "Eri tu quello che non guardava dove pattinava, non io."

Gli sbatto i guanti contro il petto per respingerlo. Non ho paura di fare a pugni. Devo ammettere che, tra tutte le persone con cui ho giocato, Reed è il primo con cui ho litigato. Non è la prima volta che ci scontriamo e non sarà di certo l'ultima.

Non gli rispondo, ma lui fa l'unica cosa che sa far bene: continua a parlare, incalza.

"Che morto di figa."

Scuoto la testa. Che imbecille. "Come dici tu, Collins."

Questo non è il momento, né il posto giusto per fare a botte. Se Reed vuole parlare con me, sono più che felice di farlo fuori dalla pista, dove il coach non può vedermi mentre lo stendo. Perché è quello che succederà se non chiude il becco.

Cerco di allontanarmi, ma lui mi blocca il passaggio. "Beh, di sicuro non stai pensando a Natalie. È una noia mortale a letto."

Stringo i denti così forte che sono sul punto di rompersi e faccio di tutto per non dargli un pugno. Cerco di calmarmi, ma lui sa che sono al punto di rottura. Sta soltanto cercando di farmi esplodere, e si vede.

"Chiudi il becco, Collins," ringhio. "Non sai quello che dici."

Il suo sorriso si allarga mentre incalza: "Ricorda che è stata mia per prima. Fai un favore a tutti noi e insegnale a usare quella sua bella boccuccia. Posso sopportare una pessima performance a letto se la tipa sa usare la bocca in modo decente. Forse quando avrai finito con lei, ci proverò di nuovo. Non può essere peggio di prima." Alza le spalle come se stessimo parlando del più e del meno. "Sai come sono le vergini. Ci vuole un po' per istruirle e non mi andava di aspettare."

Esplodo. Non ci vedo più dalla rabbia e agisco senza pensare alle conseguenze. Getto a terra i guanti e gli sferro due pugni in faccia. Sto per dargliene un terzo, ma qualcuno interviene e mi allontana da lui.

Reed si tocca il naso e guarda il sangue che gli sporca le dita. Sbuffo cercando di liberarmi. Voglio colpirlo di nuovo.

"Calmati, McKinnon," mi ringhia Luke all'orecchio.

"Ma che hai?" chiede Sawyer.

Il coach fischia e tutti si fermano. Riesco solo a sentire il mio respiro affannoso.

"Cavolo," mormora Luke. "Stavolta hai esagerato. Spero che ne sia valsa la pena."

Guardo Reed e il sangue che cola dal suo naso fino alla maglia. "Ne è valsa la pena."

"Vieni qui, McKinnon!" grida il coach. La sua voce riecheggia nell'arena.

"Che diavolo ti ha detto Collins?" mi chiede Luke.

Mi conosce abbastanza bene da sapere che se me la sono presa con Reed, c'era un motivo.

Scuoto la testa. Non voglio nemmeno ripetere quello che ha detto. Maledizione. Avrei dovuto allontanarmi invece di stare lì ad ascoltarlo. Ho sbagliato e ora ne pagherò le conseguenze.

Mi stacco dalla presa di Luke e Sawyer e raccolgo i guanti prima di dirigermi verso le panchine dove si accalca lo staff tecnico. Noto lo sguardo deluso dell'allenatore della linea difensiva.

"Vattene. Per oggi hai chiuso!" sbraita il coach.

Resto a testa bassa e non dico una parola. Me ne vado e basta.

CAPITOLO TRENTA

NATALIE

Qualcuno bussa alla porta del mio appartamento. Mi alzo dal divano su cui stavo studiando e corro ad aprirla. È Brody. Strano: di solito mi avvisa.

Non riesco a fare a meno di guardarlo, eccitata: ora che siamo andati a letto insieme, tutto sembra diverso.

È bellissimo. Lo ammetto: non avrei mai pensato che un giorno avrei desiderato Brody. Eppure eccomi qui.

Ha i capelli bagnati e lucidi. Dev'essere venuto qui direttamente dall'allenamento. Ho voglia di accarezzarli. Guardo la sua bocca. Quelle labbra... Non ho mai conosciuto un uomo in grado di usare le labbra come lui. Sono pericolose.

Solo allora mi accorgo che sta stringendo i denti per la rabbia. Brody ride e scherza quasi sempre, e in quei momenti il suo volto è illuminato da un sorriso o da una smorfia. Prima mi faceva innervosire, mentre adesso mi eccita.

Non sta sorridendo.

Nei suoi occhi color ambra di solito c'è un luccichio birichino o eccitato, ma oggi non è così. Il suo sguardo è colmo di una rabbia malcelata.

Mi sento a disagio. "Cosa c'è?" Apro la porta e lo faccio entrare. Zara non c'è, quindi abbiamo la casa tutta per noi.

Si dirige tremante nel soggiorno. Chiudo la porta e lo raggiungo in silenzio. Resta un attimo in piedi di fronte alla finestra che dà sulla strada, poi si passa una mano sul viso.

"Scusa se sono venuto in questo stato." Ha le spalle ingobbite e uno sguardo chiuso che mi intima di stargli lontano.

"Tranquillo." Non so cosa fare e resto immobile. Sta per succedere qualcosa, ma non so cosa. Inconsciamente, trattengo il respiro e aspetto.

"Oggi mi hanno cacciato dall'allenamento," borbotta.

"Cosa?!" Non me l'aspettavo. Spalanco gli occhi per lo shock. L'hockey è tutto per Brody, e non riesco a immaginare cosa possa essere successo per farlo arrivare a questo punto.

Mi lancia un'occhiata, poi distoglie lo sguardo, sospira e dice: "Ho fatto a pugni con un compagno di squadra."

Sono confusa. "Perché?" Non è da lui. Il ragazzo che ho imparato a conoscere nell'ultimo mese non si comporterebbe mai così.

Si incupisce. "Non importa il perché."

Ahhh. C'è solo una persona che riesce a provocarlo fino a questo punto.

Mi costringo a chiedergli: "Per caso Reed c'entra qualcosa?"

In tutta risposta, Brody alza le spalle.

Perché Reed continua a crearmi problemi?

Ho bisogno di risposte, di capire cos'è successo. "Cosa ti ha detto?"

L'espressione di Brody diventa testarda. Si avvicina a me con quattro lunghe falcate. Allunga una mano e la passa tra i miei capelli. Mi accarezza delicatamente la guancia con il pollice. Sono tentata di chiudere gli occhi e abbandonarmi al suo tocco, ma non lo faccio.

"Niente che valga la pena di ripetere," dice a denti stretti.

Sospiro. Qualsiasi cosa sia successa tra loro è colpa mia. E la cosa non mi piace. "Mi dispiace."

Brody cambia atteggiamento. Non mi ero accorta di quanto fosse teso finché non si è tranquillizzato. Con la mano ancora tra i miei capelli, mi tira a sé. Mi abbraccia in modo protettivo e mi da un bacio sulla testa.

"Non hai nulla di cui dispiacerti," mormora. "Quel tipo è uno stronzo."

Appoggio la testa al suo petto e chiudo gli occhi. "Non voglio creare problemi tra voi due."

Ridacchia, ma si sente che è arrabbiato. "Io e Collins abbiamo sempre avuto problemi, da prima che tu entrassi in scena."

"Quindi sei nei guai con il tuo coach?" Il solo pensiero mi fa star male.

"A parte quello che è appena successo, va tutto bene. Voglio che tu stia tranquilla. Non c'è nulla di cui preoccuparsi." Mi accarezza la schiena come se fossi io ad avere bisogno di essere consolata, il che è ridicolo. Mi stringe e mi accoccolo tra le sue braccia forti e confortanti.

"Fammi un favore: stai lontana da Reed, okay?"

Inclino la testa fino a incrociare il suo sguardo preoccupato. "Non voglio avere niente a che fare con lui."

"Bene." Si rilassa di nuovo. "Continua così."

Andiamo verso il divano. Brody si siede al centro, io in braccio a lui. Continuo a tenerlo stretto. Voglio consolarlo e stargli vicino.

Sospira. "Dobbiamo parlare."

Mi si chiude lo stomaco.

Sta per porre fine a tutto questo, lo sento. E dopo quello che è successo oggi all'allenamento, non posso biasimarlo. Vuole stare lontano da me. Questa farsa è durata abbastanza. L'ultima cosa di cui Brody ha bisogno prima della stagione sportiva è di essere nella lista nera del suo coach o di essere in pessimi rapporti con un compagno di squadra.

Se non fossi stata accecata dal desiderio, mi sarei aspettata che lo facesse prima.

Annuisco e mi preparo all'inevitabile.

Aspetta un attimo...

Cosa sto aspettando?

Sono io a dover porre fine a tutto.

CAPITOLO TRENTUNO

BRODY

"Lo capisco," dice all'improvviso.

"Capisci cosa?" Cosa deve capire? Non abbiamo neanche iniziato il discorso.

Alzo le sopracciglia fissandola.

Il mio sguardo si posa sulle sue labbra.

Sono tentato di baciarla. Appena ha aperto la porta volevo prenderla tra le mie braccia e baciarla, ma non l'ho fatto. Mi sono trattenuto.

Purtroppo dobbiamo parlarne. Adesso. Soprattutto dopo quello che ha detto quell'idiota all'allenamento. Ogni volta che ci penso, mi fa infuriare. Devo sapere esattamente cosa c'è tra me e Natalie. Non voglio più giri di parole.

Lei distoglie lo sguardo dal mio e dice con voce secca: "Che questa storia deve finire."

Sono seduto sul divano e lei è in braccio a me, ma mi tiro indietro. Di cosa sta parlando?

Non pensavo che sarebbe andata così.

Per niente.

Alzo le sopracciglia. "Vuoi chiuderla qui?" Non le dò neanche il tempo di rispondere e aggiungo: "Tra noi?"

Oddio.

No. Non può succedere davvero.

Lei si morde il labbro inferiore e annuisce. "È giunto il momento, non trovi?" Evita il mio sguardo. Non so a cosa stia pensando.

Non ne posso più e le sollevo il mento per far sì che mi guardi negli occhi. "Che diavolo stai dicendo, Davies?" Non avevo intenzione di alzare la voce.

"Avevamo deciso che questa relazione sarebbe durata soltanto per qualche settimana, e che sarebbe finita quando le cose con Reed si fossero calmate." Mi guarda per avere conferma.

"Ricordo quello che ci siamo detti," borbotto irritato. All'inizio pensavo che sarebbe stato difficile convincerla a stare con me, ma non mi aspettavo che mi lasciasse in questo modo. Avevo sperato che le cose tra noi fossero cambiate.

Forse mi ero sbagliato a credere che lei provasse i miei stessi sentimenti.

Alza le spalle. "Beh, è passato un mese. Dovremmo andare avanti." Ha uno strano luccichio negli occhi. "Giusto?"

Mi sto arrabbiando.

Anzi, sono già arrabbiato.

"È questo che vuoi?"

Lei resta in silenzio e alza le spalle.

Avvolgo la mano intorno alla sua nuca e avvicino il suo viso al mio finché le nostre fronti non si toccano. "È questo che vuoi, Natalie?" ripeto.

Lei evita di rispondere e rigira la domanda: "Tu non lo vuoi?"

Respiro a fondo. Uno di noi deve buttarsi, e immagino tocchi a me. "No."

"No?" dice sconvolta.

Scuoto la testa. "So che è iniziata come una relazione falsa, una recita, ma non è più così, o almeno non per me. I miei sentimenti per te sono reali. E non voglio sprecare questa occasione."

"Davvero?"

"Davvero," rispondo. Sto rischiando tutto.

Lei sorride leggermente. "Neanch'io la voglio sprecare."

"Grazie al cielo!" dico sollevato.

Lei ride, poi torna seria. "Sei sicuro, Brody?"

"Non sono mai stato così sicuro in vita mia," dico sinceramente. "Mi piaci, e voglio conoscerti meglio."

Il suo sorriso si allarga e Natalie si sporge in avanti per baciarmi. "Lo voglio anch'io."

La stringo a me.

Non la lascerò mai andare.

CAPITOLO TRENTADUE

NATALIE

"Sei sicuro che sia una buona idea?" chiedo nervosamente. Mi sistemo la gonna per la millesima volta da quando, stamattina, Brody è venuto a prendermi. Stiamo andando a casa di suo padre per il brunch della domenica. E per la prima volta, sto per incontrare la sua famiglia.

Mi viene da vomitare. Non sono pronta.

Brody, seduto al posto di guida, mi stringe la mano guardandomi e sorridendo. Mi fa sciogliere ogni volta. Prima il suo sorriso mi faceva arrabbiare, ora mi fa venire le farfalle allo stomaco e mi eccita.

È assurdo quanto può cambiare in un solo mese.

"Te l'ho detto, andrà tutto bene," dice cercando di tranquillizzarmi, ma non ci riesce. Ho sentito molti aneddoti sul padre di Brody, e sembra una persona… *autoritaria*. Brody mi ha detto che all'inizio non era contento della nostra storia, e all'epoca non stavamo nemmeno insieme per davvero. Non credo che abbia cambiato idea.

Se potessi tornare a casa, lo farei subito. A cosa diavolo stavo pensando quando ho accettato l'invito? Ah, sì. Ero felicissima che Brody volesse presentarmi alla sua famiglia, che facesse sul serio riguardo alla nostra relazione. Come avrei potuto rifiutare?

Però…

Devo dirglielo. "Tuo padre non vuole che tu esca con una ragazza. Vuole che ti concentri sullo studio e sull'hockey." Non necessariamente in quest'ordine.

Il viso di Brody s'incupisce leggermente. "Non mi preoccupa." Alza le spalle e torna sereno, come se fosse sempre stato tranquillo. "Se ne farà una ragione."

Resto in silenzio e mi mordicchio il labbro inferiore guardando fuori dal finestrino. Siamo a circa venti minuti di distanza dall'università quando entriamo in un'area residenziale di lusso. Raggiungiamo un piccolo edificio di mattoni posto all'ingresso. Brody abbassa il finestrino e saluta la guardia, dopodiché proseguiamo lungo la strada accerchiata da delle enormi ville del valore di milioni di dollari. Spalanco gli occhi ogni volta che passiamo davanti a una casa. I giardini sono perfettamente curati, con alberi ben potati e aiuole in fiore. Alcuni hanno persino dei laghetti con delle fontane.

Queste non sono case, sono dei palazzi. Sono sconvolta.

Certo, sapevo già che Brody è cresciuto in una famiglia ricca. Suo padre era un giocatore professionista di hockey e adesso dirige una società tutta sua, ma non pensavo che fossero così benestanti.

È un po' opprimente.

Anzi, è *molto* opprimente.

Mi schiarisco la gola cercando di non sembrare sorpresa e nervosa. "Sei cresciuto qui?"

Lui mi guarda preoccupato. "So che questo posto mette in soggezione, ma non ti devi preoccupare. Mio padre è cresciuto in una famiglia povera del Minnesota giocando a hockey sui laghetti ghiacciati. Non giudica gli altri in base a ciò che hanno, ma solo in base a quanto lavorano."

Attraversiamo il quartiere fino al confine con i boschi. Qui le proprietà sono più distanziate e si estendono su diversi ettari di terreno. L'ultima villa sembra un castello da favola con le torrette che toccano il cielo. Brody svolta in un vialetto di quadretti di cemento bordati con dell'erba verde e disposti in diagonale.

Parcheggia di fronte alla villa e scendiamo dalla macchina. Non faccio in tempo a chiudere la portiera che Brody mi ha già raggiunto.

Avrà capito che sono agitata, perché mi prende tra le sue braccia e mi stringe a sé. Faccio un respiro profondo.

"Andrà tutto bene," sussurra. "Te lo prometto."

Annuisco. Vorrei stare così per sempre.

"Pronta?" chiede.

Come non mai.

Si stacca da me e prende la mia mano. "Sei importante per me, e voglio presentarteli."

Le sue parole mi fanno sciogliere e mi danno la forza per entrare nella fossa del leone. Come potrei dirgli di no quando è così dolce?

"Okay," annuisco.

Saliamo le grandi scale di pietra che portano all'entrata principale tenendoci per mano. Brody non bussa nemmeno: abbassa la maniglia e apre. Entriamo in un enorme atrio a tre piani, illuminato da un gigantesco lampadario di cristallo. I pavimenti sono in marmo bianco e c'è una splendida scala a chiocciola con un'elegante balaustra in ferro che sembra uscita da un film.

"Papà?" grida Brody. "Amber?" La sua voce riecheggia nell'atrio. Un rumore di tacchi proveniente dal corridoio annuncia l'arrivo di una bella donna bionda con gli occhi verdi e un sorriso cordiale. "Ciao, Brody." Si volta verso di me. "E tu devi essere Natalie. Siamo così felici di conoscerti!"

Il suo atteggiamento amichevole mi mette subito a mio agio. Forse questo brunch non andrà male. Mi sento un'idiota per essermi agitata così tanto. A pelle, la matrigna di Brody sembra davvero simpatica.

"Tuo padre è nel suo ufficio in videoconferenza. Ci raggiungerà tra poco." Indica il resto della casa. "Perché non andiamo in veranda e iniziamo a mangiare prima che il cibo si raffreddi? Non credo che gli importerà."

Amber si gira e la seguiamo. Guardo Brody che mi tiene ancora per mano. Lui mi fa l'occhiolino e dice sottovoce: *Te l'avevo detto.*

Annuisco. Aveva ragione. Avevo esagerato.

Attraversiamo un lungo corridoio che dall'atrio porta alla cucina, passando attraverso una stanza enorme, alta due piani, con un massiccio caminetto in pietra. In cucina il marmo bianco fa da protagonista. Gli elettrodomestici sono in acciaio inox e un bel lampadario completa la stanza. Tre vasi di vetro pieni di limoni sono posizionati strategicamente sull'enorme isola.

Mia madre si divertirebbe un mondo a esplorare questo posto. Anche prima di diventare un'agente immobiliare, mi trascinava a diverse open house per avere idee di arredamento per la nostra casa.

Brody mi strattona la mano e mi rendo conto di essermi fermata a guardarmi intorno. Attraversiamo la cucina ed entriamo in un'altra stanza ricca di finestre enormi e porte-finestre che si affacciano su un ampio cortile con una piscina.

Il tavolo è al centro della stanza. Brody mi fa sedere e si accomoda al mio fianco. Amber è cortese e chiacchiera sempre, eppure mi sento a disagio. Odio ammetterlo, ma è un sollievo che il padre di Brody sia occupato in questo momento. Ho bisogno di un po' di tempo per orientarmi. È importante che faccia una buona impressione su di lui. Oltre al padre e alla matrigna, Brody non ha altri parenti.

Amber gira intorno al tavolo, assicurandosi che tutto sia stato sistemato prima di sedersi di fronte a noi. È difficile non notare quanto siano gentili i suoi lineamenti. "Brody ci ha detto che vi conoscete dal primo anno di università."

Annuisco. Sono felice che sia stata lei a rompere il ghiaccio e che cerchi di mettermi a mio agio. "Sì, dal primo semestre. Eravamo a una lezione di economia." Ho la gola secca e bevo un bel sorso di succo d'arancia.

"È stato odio a prima vista," dice Brody con nonchalance. "Mi ci sono voluti tre anni per farmi apprezzare da lei."

Per poco non sputo il succo. Mi costringo a deglutirlo, ma inizio a tossire e sputacchiare.

Oddio! Non riesco a credere che l'abbia detto davvero! Sto cercando di fare una buona impressione, di piacere alla sua famiglia, e lui ha mandato tutto a quel paese.

"Brody!" sibilo.

Lui ride e ha un'espressione birichina a cui ormai mi sono abituata. "È la verità, no? Sto solo raccontando gli antefatti!"

Scuoto la testa furiosamente e lancio un'occhiata alla sua matrigna.

Ho quasi paura di vedere la sua reazione. "No," dico cercando di salvare il salvabile. "Non era proprio così..."

Spero davvero che Brody si goda il brunch, perché sarà il suo ultimo pasto.

Amber sorride leggermente. "Penso che farai bene a Brody, Natalie."

Proprio mentre iniziamo a passarci piatti colmi di french toast, uova, frutta, pancetta e hash brown, fa la sua apparizione un uomo che assomiglia in modo impressionante a Brody. Si ferma quando il suo sguardo incrocia il mio e mi alzo dalla sedia, tendendogli la mano.

A differenza di quello di sua moglie, il suo sorriso è più cauto. Educato ma non troppo amichevole. "È un piacere conoscerti, Natalie. Mi chiamo John. Mi dispiace non averti potuto salutare quando siete arrivati."

"Non c'è problema. È un piacere anche per me." Deglutisco e aggiungo subito: "Grazie per l'invito."

Non sono più a mio agio, nonostante lui non abbia detto né fatto niente per farmi sentire così.

John si siede a capotavola. Amber gli passa dei piatti e dei vassoi e lui prende da mangiare. "Spero che sia tutto di tuo gradimento," dice.

Lancio un'occhiata alla matrigna di Brody. "È tutto delizioso."

Amber sorride. "Prego, serviti pure."

Sono di nuovo agitata. Il padre di Brody è un uomo imponente, alto e robusto come il figlio, ma con i capelli scuri.

Mentre Brody ha un carattere giocoso, lui non sembra averne traccia. È concentrato solo sul lavoro. Infilza il cibo con la forchetta e lo mastica meticolosamente. Quando i nostri sguardi si incrociano, da un capo all'altro della tavola, fisso sul piatto. Lui mi scruta attentamente.

Non so cosa pensare di lui, e non so che idea si sia fatto di me. Scommetto che non gli piaccio molto. Me lo sento.

Potrei sbagliarmi.

"Brody ci ha detto che in primavera ti laureerai," dice John.

Approfitto del fatto che mi abbia rivolto la parola e rispondo: "Sì, in finanza, con specializzazione in finanza personale. Devo ancora decidere se iscrivermi subito a un master o lavorare per qualche anno."

Lui risponde in modo burbero: "Fare esperienza sul campo fa sempre bene. Certo, in classe si impara la teoria, ma bisogna saper mettere in pratica quelle conoscenze nel mondo reale. Io ho più di quaranta dipendenti e non assumerei mai qualcuno senza un minimo di esperienza."

Annuisco. "È quello che sostiene anche mia madre. Secondo lei dovrei lavorare per un po' e poi prendere un master."

"So che è ancora presto, ma ha già iniziato a cercare lavoro? Hai qualche idea?"

"L'estate scorsa ho svolto un tirocinio presso una società di finanza personale. Mi hanno offerto un lavoro dopo la laurea."

Lui annuisce. "Spesso fare il primo passo è la cosa più difficile. Hai lavorato da queste parti?"

Ogni sua domanda mi fa innervosire sempre di più. "Sì, ho avuto la fortuna di trovare un impiego nei dintorni grazie all'università. Ho intenzione di candidarmi presso altre aziende, ma è bello avere un piano di riserva. Inoltre, la società in cui ho svolto il tirocinio ha uffici in tutto il Paese, quindi potrei restare qui o trasferirmi."

Cala di nuovo il silenzio mentre John infilza un pezzo di melone e se lo porta alla bocca fissandomi. Mi sento a disagio e cerco di non muovermi. Ho la sensazione che non voglia che stia con suo figlio.

"Sembra che tu abbia pensato già a tutto, proprio come Brody." Smette di fissarmi e sposta lo sguardo sul figlio, congedandomi. "Dobbiamo organizzare un altro viaggio a Milwaukee e trovarti un appartamento per l'anno prossimo. Potremmo vedere altri condomini vicino al lago. Ti inoltrerò gli annunci che mi ha mandato Dana." Tira fuori il telefono e studia la sua agenda. "Dobbiamo sbrigarci. Quando inizierà la stagione sportiva non avremo più tempo."

Brody annuisce continuando a mangiare. Sono sorpresa dalla quantità di cibo che riesce a mandar giù. "Non appena tornerò a casa, controllerò i miei impegni tra l'università e gli allenamenti e ti farò sapere."

John lo guarda e aggiunge: "Entro il fine settimana." Il suo tono di voce non ammette repliche.

La cosa mi fa innervosire. Brody, al contrario, sembra impassibile. "Okay." A quanto pare, si fa sempre quello che dice John.

Amber racconta degli aneddoti su Hailey e sulle sue marachelle. Brody mi stringe la mano sotto il tavolo. Quando lo guardo di nascosto, lui mi fa l'occhiolino e sorride. Basta un suo semplice gesto per sciogliere la tensione che minaccia di sopraffarmi.

Sobbalzo quando un forte lamento rompe il silenzio della veranda.

"Sembra che il nostro piccolo raggio di sole si sia svegliato dal suo pisolino." Amber si alza dalla sedia e mi guarda. "Natalie, se hai finito di mangiare puoi raggiungermi di sopra. Hailey adora giocare nella sua stanza per dieci o quindici minuti prima di scendere."

"Grazie, mi farebbe piacere." Cerco di non sembrare sollevata. Non voglio offendere il padre di Brody, ma sono felice di poter sfuggire alla sua presenza intimidatoria. Anche se non mi ha fissato più di tanto, ho l'impressione che stia osservando da vicino me e il figlio. Di sicuro si è accorto che ci tenevamo la mano sotto il tavolo.

Sorrido leggermente a Brody e seguo Amber fuori dalla veranda. Non mi rendo conto di quanto sia diventata soffocante la stanza finché non esco.

"Torneremo tra circa quindici minuti," dice Amber.

"Fate con calma," risponde John.

Mi giro e incrocio lo sguardo di Brody. Gli mando un bacino e lui sorride mentre mi allontano.

Sono felice che mi abbia portata qui, ma non vedo l'ora di andarmene.

CAPITOLO TRENTATRÉ

BRODY

Mentre Amber e Natalie salgono al secondo piano, mio padre si schiarisce la gola e dice: "È una bella ragazza."

Mi viene da ridere. "Ma?"

Perché ovviamente c'è un *ma*.

Lui sospira e poggia la forchetta sul piatto. "Maaaa… non hai il tempo per stare con una ragazza. Questa è la tua ultima stagione prima di giocare da professionista, devi concentrarti sull'hockey e sullo studio, non sul sesso."

Speravo ingenuamente che, una volta incontrata Natalie, mio padre avrebbe capito che non si tratta di una groupie da portare a letto e basta. Lei è diversa. È intelligente, stupenda, meravigliosa. Ha la testa a posto e, per qualche strano motivo, mi vuole.

Purtroppo mi sbagliavo. A mio padre non interessa minimamente conoscere la ragazza di cui mi sto innamorando.

Non vuole che sia d'intralcio alla mia carriera.

Irritato dal modo in cui ha iniziato questa conversazione, ribatto: "Natalie non mi distrae, anzi, mi sta aiutando con le materie in cui ho la sufficienza." Mi sposto leggermente sulla sedia e ammetto tranquillamente: "Le ho detto che sono dislessico. Sta ricopiando gli appunti che prende a lezione e…"

"Non lo fanno già i tuoi professori?" Non sembra per nulla colpito.

"Sì, ma i suoi sono più dettagliati. Mi ha anche preparato delle flashcard e ha fatto delle ricerche su altre metodologie per aiutarmi."

Non capisce quanto tutto ciò sia importante per me?

Non parlo mai con gli altri dei miei problemi con lo studio, anzi, li nascondo. Natalie è la prima persona con cui mi sono aperto del tutto. Nemmeno Sawyer, Luke e Cooper, i miei migliori amici, lo sanno.

Lui mi ignora completamente. "Per quello puoi assumere dei tutor. Puoi anche portarteli a letto se vuoi." La sua voce si fa più severa. "Quello che non puoi fare è innamorarti di loro." Scuote la testa come se avesse a che fare con un bambino capriccioso. "Non è il momento giusto. Non puoi rischiare di rovinare tutto."

Stringo il tovagliolo di carta fino a farlo diventare una pallina.

Io e mio padre ci scontriamo raramente. Dopo la morte di mia madre e prima che Amber entrasse nelle nostre vite, eravamo soli. La sua vita girava intorno a me. So che ha a cuore il mio interesse, ma voglio comunque che dia una possibilità a Natalie. Voglio che capisca quant'è importante per me.

Mi appoggio allo schienale della sedia. "Guarda, non avevo intenzione di innamorarmi, ma è successo. Natalie è importante per me. Non la lascerò andare. Posso gestire tutto, non sarà un problema."

Lui decide di cambiare strategia. "Ho parlato con Lang l'altro giorno."

Oh no. So esattamente cosa sta per dire. Mio padre è sempre due passi avanti a me.

Resto in silenzio e lui continua: "Hai fatto a pugni con Reed Collins durante l'allenamento?"

Stringo i denti. "Sì."

Inclina la testa, arrabbiato. "Correggimi se sbaglio, ma è lo stesso tipo a cui hai dato un pugno a una festa un mesetto fa?"

Mi affloscio sulla sedia. Visto che sa già tutto, non ha più senso mentire. "Sì, è lui."

"Perché?"

Alzo un sopracciglio. "Perché ho fatto a pugni con lui?"

Mio padre si sporge in avanti, appoggiando i gomiti sul tavolo.

"Quello che vorrei sapere è se Natalie c'entra con la tua decisione di prenderlo a pugni."

Cavolo.

Alzo le spalle. "Che importa? Reed è uno stronzo. Non sai quante volte ho avuto voglia di colpirlo."

"Ma non l'hai fatto." Mi punta un dito contro. "Sei riuscito a trattenerti e a sfogare la rabbia in un altro modo."

Stringo i denti.

"Credo che sappiamo entrambi perché la causa di questo tuo comportamento è importante. E scommetto che c'entra quella ragazza."

Sono con le spalle al muro. Ribatto: "E anche se fosse? Io e Reed non siamo mai andati d'accordo e non cambierà mai."

"Forse no, ma prima che lei entrasse nella tua vita, non hai mai fatto a botte con un tuo compagno di squadra."

Scuoto la testa e ripeto testardamente: "Reed è uno stronzo…"

"Sarà, ma rimane un tuo compagno di squadra. Non si fa a botte con i propri compagni di squadra, perché influisce sul modo in cui giocate. Dovete vincere il campionato nazionale. Come ci riuscirete se continuate a litigare?"

Respiro a fondo e cerco di controllarmi. "Natalie non ha niente a che fare con Reed Collins."

"Lang ti vede diverso e la cosa lo preoccupa. Non sembri concentrato come l'anno scorso."

Mi appoggio allo schienale, sconvolto. "Non c'è niente di cui preoccuparsi."

"Non lo dirò un'altra volta. Natalie sembra una brava ragazza, ma devi lasciarla."

Lo fisso mentre le sue parole riecheggiano nella mia mente.

"Avrai tempo per una relazione quando andrai a Milwaukee, se è questo quello che vuoi. Ti restano sette mesi e mezzo alla Whitmore, poi potrai andare avanti. E stando a quello che ha detto, lo farà anche lei. Non serve a nulla sprecare le proprie energie fuori dalla carriera, per qualcosa che probabilmente non funzionerà."

Non riesco più ad ascoltarlo e scatto in piedi. La sedia raschia contro il marmo del pavimento e per poco non si rovescia. "Mi importa di Natalie. È la prima ragazza che abbia mai significato qualcosa per me, e non ho intenzione di lasciarla."

Ogni aspetto di questa conversazione mi fa arrabbiare. Volevo soltanto che mio padre desse un'opportunità a Natalie, e lui non è disposto a farlo.

Beh, che vada a quel paese.

Mio padre si alza e mi guarda negli occhi. "Calmati e pensa a quello che ho detto." Abbassa la voce, cercando di sembrare ragionevole. "Ho a cuore soltanto i tuoi interessi, Brody. Voglio vedere il risultato di tutti questi anni di duro lavoro." Poi aggiunge in un tono più tranquillo: "Tua madre sarebbe così orgogliosa di tutto ciò che hai fatto. È importante che tu finisca l'università con successo. Voglio che tu sia imbattibile in pista. Non è questo il momento di rallentare." Posa una mano sulla mia spalla.

Vorrei allontanarla, ma non lo faccio.

"Pensa a quello che ho detto. Non voglio che tu faccia un errore di cui finirai per pentirti per il resto della tua vita."

"Non lo farò." Esco dalla veranda. Sento la voce di Natalie non appena arrivo nell'atrio. Mi fermo mentre lei scende le scale. I nostri sguardi si incrociano. Lei sorride e sembra molto più rilassata rispetto a prima. Più tardi, devo ricordarmi di mandare un messaggio ad Amber per ringraziarla di aver messo Natalie a proprio agio. Non sa quanto lo apprezzi.

Finché mio padre non mi ha detto di lasciarla, non mi ero reso conto di quanto Natalie fosse diventata importante. Se Lang pensa che sia distratto, allora dovrò semplicemente impegnarmi di più. Posso destreggiarmi tranquillamente tra l'hockey, lo studio e la mia storia con Natalie.

Non ho voglia di sorridere, ma mi costringo a farlo. "Sei pronta ad andare?"

"Certo." Mi fissa e stringe gli occhi, come se capisse che qualcosa non va. L'ultima cosa che voglio è che intuisca di cosa ho parlato con mio padre. La turberebbe, e non voglio che succeda.

Sapevo che l'invito al brunch l'avrebbe resa nervosa. Sua madre è tranquilla e rilassata. Mio padre, invece, è l'esatto opposto: ha una personalità inquietante, perfezionata a proprio vantaggio lungo gli anni, prima sul ghiaccio e poi nella sala conferenze. Non penso che sia stato maleducato con Natalie, ma come lei, mi sentivo in imbarazzo.

Mi pento di averla portata qui.

Non farò mai più un errore del genere.

"Oh, ve ne andate già?" Amber sembra sinceramente triste, mentre Hailey le si agita in braccio.

Sorrido alla mia sorellina e mi sento un po' meno arrabbiato. "Sì, abbiamo entrambi del lavoro da finire prima di lunedì."

Natalie si avvicina a me e le prendo la mano.

I nostri sguardi si incrociano e ci parliamo con gli occhi. Ecco un'altra cosa che non mi era mai successa.

Le stringo la mano ancora più forte.

Mio padre ci raggiunge nell'atrio. Si gira verso Natalie e mi irrigidisco. Ho un po' paura che provi a farla ragionare, dal momento che io l'ho rifiutato.

Allunga la mano e Natalie gliela stringe.

"È stato un piacere conoscerti, Natalie," dice.

"Grazie per avermi invitato."

"In bocca al lupo per il lavoro. Ti auguriamo il meglio."

"Grazie."

Mio padre mi guarda e fa un lieve cenno con la testa. "Fammi sapere quali sono i tuoi impegni."

"Ti manderò un messaggio," rispondo seccamente.

Mi infastidisce che pensi di poter decidere chi devo tenere nella mia vita. Ho ventitré anni. Spero che un giorno capisca che non cambierò idea. Natalie rimarrà con me, che a lui piaccia o meno.

CAPITOLO TRENTAQUATTRO

BRODY

La settimana successiva trascorre rapidamente. Passiamo molto tempo a studiare insieme. Giuro, trascorro tanto tempo al terzo piano della biblioteca con Natalie quanto in pista. E finito l'allenamento, mi assicuro di rimanere concentrato solo sui libri.

Contrariamente a quanto pensi mio padre, per me è importante concludere quest'anno in modo positivo. So benissimo che ne va del mio futuro. Non ho affatto perso di vista i miei obiettivi e ciò che devo fare per raggiungerli. L'unica differenza è che ora Natalie fa parte dei miei piani.

Io e Reed non abbiamo più litigato dall'ultima volta. Non ho intenzione di prenderlo a pugni, ma non sto certo rintanato in un angolo nel tentativo di evitarlo. Se proprio ha bisogno di un'altra lezione, di qualcuno che gli faccia abbassare la cresta, sarei più che felice di aiutarlo.

Che si vada a quel paese.

Non voglio più bruciarmi i neuroni pensando a Reed Collins, quindi mi concentro su Natalie.

Trascorro più tempo possibile con lei, ma non è mai abbastanza per saziare il mio crescente bisogno di stare insieme.

Casualmente finisco sempre per passare la notte a casa sua. So che non vuole stare nel mio appartamento, e non la biasimo: spesso neanch'io voglio stare lì. Praticamente ogni sera c'è una festa con gente svenuta sul divano e bottiglie di birra ovunque. Non ne posso più. Cooper e Sawyer mi dicono che ho perso interesse per le ragazze, ma Luke mi capisce. Lo vedo quasi sempre uscire dalla stanza di Zara alle cinque di mattina per andare all'allenamento, proprio come me.

Vorrei che mio padre capisse quanto Natalie mi ha cambiato la vita. Abbiamo parlato qualche volta al telefono e il viaggio a Milwaukee è già pianificato, ma non abbiamo ancora discusso di Natalie. È palese che stiamo entrambi evitando l'argomento.

Spero che, concedendogli un po' di tempo, senza fargli pressioni, comprenderà che non ho intenzione di mandare tutto all'aria perché sto uscendo con una ragazza. Il mio piano rimane tale e quale. La storia con Natalie mi ha preso completamente alla sprovvista, e ora che è nella mia vita, non riesco a immaginare di stare senza lei.

Giro la testa e la fisso. Cavolo, è bellissima, da togliere il fiato. I suoi lunghi e morbidi capelli sono stesi sul cuscino color avorio. Le sue labbra sono carnose, da baciare. Sono tentato di chinarmi a mordicchiargliele.

A volte non riesco a credere che voglia stare con me. Natalie potrebbe avere tutti gli uomini del mondo. È intelligente e bellissima. E quella sua bocca…

Quanto amo la sua bocca da saputella!

Mi ha sempre attratto. Ripensando ai momenti in cui ci provocavamo a vicenda, credo fossero tutti preliminari che hanno portato a dove siamo ora.

Mi avvicino a lei e la bacio delicatamente per svegliarla. Non è sdolcinato?

Certo.

Ma non m'importa.

Sono un ragazzo sdolcinato adesso.

La riempio di baci sul viso finché non si sveglia e mi guarda. Sorride.

"'Giorno," dice con voce bassa e roca.

"'Giorno," sussurro.

Le mordicchio il labbro inferiore e lo tiro finché lei non si mette a ridere.

Le mie mani scivolano sui suoi seni e li stringo. Lei geme inarcando il suo corpo. Quanto mi piace quando fa così.

"Prendi un preservativo," gemo. "Ho bisogno di stare dentro di te." Guardarla contorcersi al mio tocco me lo fa diventare subito duro.

Lei guarda l'orologio sul comodino. "Non abbiamo tempo. Devi uscire per l'allenamento tra cinque minuti."

Scuoto la testa e decido in fretta: "Stamattina lo salto." Passerò le prossime due ore a fare l'amore con lei.

Lei aggrotta le sopracciglia. "Brody, non voglio che il coach si lamenti ancora di te."

Le bacio un angolo della bocca e poi l'altro. "Tranquilla. Non lo farà." Va bene, forse Lang si arrabbierà, ma ora non me ne frega niente. Ho cose più importanti da fare.

Mi accarezza la guancia. "Non vado da nessuna parte. Vai all'allenamento. Sarò qui al tuo ritorno."

Brontolo.

Dannazione. Non voglio lasciarla, ma forse ha ragione. Dovrei andare. "Prometti che non ti muoverai."

Mi rivolge un sorriso assonnato. "Lo prometto. Sono tutta tua. Adesso vai." Mi scaccia via con la mano e si accoccola sotto le coperte. È proprio sexy così spettinata. "Vai. Non voglio farti fare tardi." Il suo sorriso si fa seducente. "E quando tornerai, farò in modo che ne sia valsa la pena."

Alzo le sopracciglia e getto via il piumino, alzandomi dal letto.

Natalie ridacchia.

Serro gli occhi puntandole il dito contro. "Se ti muovi da lì, sarai in grossi guai."

"Non muoverò un muscolo," dice.

Mi chino e la bacio. Lei mi stringe le braccia intorno al collo e apre la bocca. Le nostre lingue si intrecciano per un istante, poi a malincuore mi allontano.

"Ricordati," mormoro. "Hai fatto una promessa." La bacio di nuovo e mi vesto velocemente.

Proprio mentre sto per uscire dalla sua stanza, lei dice: "Brody…"

Mi giro e Natalie sposta le coperte, mostrandomi il suo corpo nudo. Apre le gambe e si passa la mano sul petto, scendendo lungo il ventre fino al pube, poi si ferma.

Ce l'ho duro come il marmo.

Sospiro fissando il suo splendido e morbido sesso.

Le sue dita scendono sfiorando delicatamente le labbra prima di tracciare dei cerchi sul clitoride. Inarca la schiena e chiude gli occhi.

Gemo: "Mi fai morire, Davies." Non riesco a toglierle gli occhi di dosso. È troppo bella.

"Questa è una piccola anteprima di ciò che troverai al tuo ritorno." Sorride leggermente. "Per motivarti."

"L'unica cosa che hai fatto," mormoro, "è stata farmi venire un'erezione."

Lei ridacchia. "Beh, nessuno si metterà contro di te quando la vedrà."

Stringo gli occhi. "Sei cattiva, lo sai?"

"Ci vediamo tra due ore, ciccipotto," canticchia allegramente per poi rintanarsi sotto le coperte.

Cavolo, quanto la a…

Sono sconvolto dal mio pensiero.

Credo di amarla davvero.

CAPITOLO TRENTACINQUE

NATALIE

Dovrei incontrarmi con Brody in biblioteca tra venti minuti e sono in ritardo. Afferro la borsa dal tavolo ed esco di casa, ma mi scontro con un corpo duro. Indietreggio e delle grandi mani mi afferrano le braccia, aiutandomi a non cadere all'indietro.

Sgrano gli occhi vedendo chi mi trattiene. John McKinnon è l'ultima persona che mi aspettavo di trovare sulla soglia di casa mia. Ritrovo l'equilibrio e mi allontano. Lui inclina la testa. "Salve, Natalie."

"Salve, signor McKinnon." Mi sforzo di non sembrare nervosa. "Sta cercando Brody?" gli chiedo, sperando che sia qui per questo.

Sto per dirgli che non è a casa mia, ma John dice: "No, in realtà sono venuto per parlare con te. Hai qualche minuto?"

Sposto il peso da un piede all'altro, intimidita. "Stavo andando a incontrare una persona," dico in tono evasivo. L'ultima cosa che voglio è parlare da sola con lui. Intuisco già che porta brutte notizie.

Sorride, ma non con gli occhi. "Sono certo che mio figlio capirà se ritardi di qualche minuto."

Non mi muovo, e lui aggrotta le sopracciglia come se il mio comportamento lo divertisse. "Posso entrare?"

Mi guardo alle spalle mordicchiandomi il labbro inferiore. Zara è a lezione, sono completamente sola.

"Natalie," dice con impazienza. "È importante che parliamo di Brody. Dedicami dieci minuti e poi me ne andrò."

Annuisco e mi sposto per farlo passare. Lui entra in casa e si accomoda sul divano. Lo seguo a malincuore, ma resto in piedi lontano da lui. Il mio primo pensiero è quello di riuscire a seminarlo in caso fosse necessario scappare. Che pensiero ridicolo! È il padre di Brody, non un borseggiatore in un vicolo buio, eppure mi sento vulnerabile e a disagio.

Indica la sedia di fronte al divano. "Perché non ti siedi? Staresti più comoda."

Scuoto la testa. Anche se mi sedessi, mi sentirei comunque a disagio. "Se non le dispiace, preferirei che mi dicesse perché è qui."

Lui annuisce, quasi in segno di rispetto. "Capisco." Si sporge in avanti e poggia i gomiti sulle ginocchia. Mi fissa abbastanza a lungo da farmi contorcere le budella. "Credo che io e te vogliamo la stessa cosa."

"Cioè?" Alzo le sopracciglia.

Lui continua a fissarmi. "Che Brody raggiunga il suo pieno potenziale."

Sentendomi confusa, dico: "Certo che lo voglio. Brody è un giocatore di talento." Non conosco bene l'hockey, ma so che è uno dei migliori del Paese. Ha fatto dei sacrifici enormi per arrivare alla Hockey League. "Andrà lontano," aggiungo convinta.

Lo sguardo di John si addolcisce. "Sì, ma deve restare concentrato. Questa è la sua ultima stagione sportiva all'università prima di entrare nella Hockey League. Hai idea della forza e della disciplina che servono per giocare da professionista? È un ambiente davvero brutale. Ai giocatori viene richiesto uno sforzo sia fisico che mentale."

Scuoto la testa. "Signor McKinnon, non capisco perché mi sta dicendo tutto questo."

Lui sospira e unisce le mani. Le fissa per un attimo, poi torna a guardarmi. "Natalie, mi sembri una ragazza intelligente. È facile intuire cosa ci trovi in te mio figlio, ma..."

Ancor prima che concluda la frase, comprendo il motivo della sua visita a sorpresa.

"... lo distraggo," sussurro concludendo la frase. Il mio cuore batte all'impazzata.

"Mi dispiace dirlo in modo così schietto, ma è così." Si ferma per un istante. "Ho ragione a pensare che tu e Brody vi siete affezionati l'uno all'altra?"

"Sì," ammetto tristemente. In poco più di un mese Brody è diventato molto importante per me, ben più di quanto immaginassi.

"E ti ha parlato delle sue difficoltà."

"Se sta parlando della dislessia," dico, "allora sì."

"L'ho visto avere problemi con lo studio per tutta la vita. Ho assunto i tutor migliori che si potessero trovare, ma non è cambiato nulla. Non riuscivo ad aiutarlo. Hai idea di come si senta un genitore quando suo figlio si impegna sodo e riesce a malapena a ottenere una sufficienza?"

"No," dico con un sussurro.

Fa una smorfia, poi dice: "Spera che non ti succeda mai. Non c'è niente di più doloroso che vedere tuo figlio fare fatica per ottenere qualcosa che gli altri riescono ad avere senza sforzarsi."

Mi sale il magone. Non posso immaginare come Brody e suo padre si sentissero all'epoca. Ho bisogno di sedermi.

"Brody deve superare questa stagione e continuare a migliorare. L'anno prossimo sarà drastico per lui e deve rimanere concentrato sullo sport."

"Lo fa già," mormoro.

John si appoggia allo schienale alzando un sopracciglio. "Davvero?"

"Sì."

"Eppure ha fatto a pugni due volte da quando sei entrata in scena. Persino durante un allenamento, per poi essere cacciato."

Mi ingobbisco cercando di proteggermi dalle sue parole taglienti. Non so cosa rispondere. Ora mi sento in colpa, proprio come quando Brody mi ha raccontato del litigio con Reed. È tutta colpa mia.

"Quello che mi preoccupa è che i Milwaukee Mavericks possano pensare che non sappia lavorare in squadra. Ha già un contratto con loro, ma potrebbero annullarlo se percepissero che qualcosa non va.

Oppure potrebbero relegarlo in panchina, non facendolo giocare quasi mai."

Mi sento male. Brody ama l'hockey così tanto che la cosa lo ucciderebbe.

"Sembri avere a cuore i suoi interessi," dice John. "Non credo che sia tua intenzione creargli tutte queste difficoltà."

"Certo che no. Non farei mai nulla che possa ferire Brody."

"Ti capisco, Natalie." Si sporge in avanti. "Non sto dicendo che è colpa tua. È stato Brody a decidere di litigare con Reed Collins. Ma il problema è questo: non sta prendendo buone decisioni per il suo futuro."

Resto zitta, e lui continua. "Credo che entrambi sappiamo cosa bisogna fare, non è vero?"

Nascondo la testa tra le mani. "Io... non ne sono sicura," dico tristemente. Tengo molto a Brody. Come posso lasciarlo andare?

Quando John si alza, spero che se ne vada in silenzio. Le lacrime che trattengo mi bruciano gli occhi. Invece di andarsene, si avvicina a me. Non alzo lo sguardo e lui mi posa una mano sulla spalla. "Se tieni veramente a mio figlio, farai ciò che è meglio per lui." Mi stringe la spalla finché non incontro il suo sguardo. "Confido che questa conversazione rimarrà tra noi due."

Annuisco a malincuore.

Allontana la mano e se ne va chiudendo la porta.

Resto seduta per un tempo indefinito, riflettendo su tutto ciò che il signor McKinnon ha detto. Solo quando ricevo un messaggio da Brody sul cellulare, mi ricordo che dovevo incontrarlo in biblioteca.

CAPITOLO TRENTASEI

NATALIE

Trovo Brody al terzo piano della biblioteca, nell'angolo che col tempo è diventato il nostro. I suoi libri sono sparsi sul tavolo e sta guardando un altro dei miei mazzetti di flashcard. Ogni capitolo è contrassegnato con un colore diverso e ho fatto in modo di scrivere in grande affinché riesca a decifrare le parole.

Sto solo cercando di aiutarlo, eppure secondo suo padre sono solo un peso per il suo futuro. Sono ancora turbata dalle sue parole. Mi siedo davanti a lui e poso la borsa sul tavolo senza incrociare il suo sguardo.

"Pensavo dovessimo vederci alle quattro," dice Brody aggrottando leggermente le sopracciglia.

"Scusa, ho avuto un contrattempo," rispondo in modo evasivo.

Sento il suo sguardo fisso su di me mentre tiro fuori i libri e il computer, e so che sta aspettando una spiegazione, ma non posso dirgli la verità. Non posso dirgli che suo padre è venuto a farmi visita chiedendomi di troncare la nostra relazione.

Non sono riuscita a pensare ad altro lungo la strada per la biblioteca. Se raccontassi tutto a Brody, non farei altro che causare problemi tra lui e suo padre, e sarebbe terribile. Non ha altri parenti.

Lui e suo padre sono sempre stati vicini e non posso rovinare il loro rapporto, a prescindere da quanto tenga a lui.

Il signor McKinnon vuole il meglio per suo figlio e lo voglio anch'io. L'unica differenza è che lui non approva la nostra relazione.

Sto male.

L'ultima cosa che voglio è essere un peso per Brody.

"Nat?" mi chiama Brody, riportandomi alla realtà.

Evidentemente si è accorto che qualcosa non va, dato che non mi ha chiamato per cognome come fa di solito. Questo piccolo gesto mi commuove quasi fino alle lacrime. Faticosamente riesco a tenere a bada le mie emozioni, sollevo la testa e incrocio il suo sguardo preoccupato.

Sorrido leggermente sperando di rassicurarlo. "Ehm, mi ha chiamato Stacy, la direttrice della società dove ho fatto il tirocinio l'estate scorsa. Voleva sapere cos'ho intenzione di fare dopo la laurea."

"Oh," si tira su, interessato.

Annuisco. "Abbiamo parlato per un quarto d'ora. Scusa."

Lui si sporge in avanti e mi afferra le dita. Fisso le nostre mani e mi accorgo di quanto sia affettuoso. Ci teniamo per mano non appena possiamo. Spesso Brody mi cinge le spalle con un braccio quando camminiamo per il campus o mi tiene stretta a sé mentre siamo in coda.

"Ma è meraviglioso! Che le hai detto?" Sembra davvero felice per me.

"Le ho detto che ero interessata." Mi schiarisco la gola e continuo a mentire. "E che mi piacerebbe incontrarla per parlarne meglio."

Il suo sguardo si fa più intenso. "Non avevi detto che avevano filiali in tutto il Paese?"

Guardo altrove. "Sì, nelle grandi città, credo." Ho parlato con Stacy, ma non ho ancora deciso niente. È stata la prima scusa che mi è venuta in mente.

"Buono a sapersi." Mi fa l'occhiolino. "Potrebbe essere utile in futuro."

Mi sale il magone. Devo cambiare argomento prima che il discorso vada avanti. Non parlerò della visita di suo padre prima di aver capito cosa fare. "Hai studiato le flashcard che ti ho dato?"

"Le tiro fuori non appena posso," risponde.

"E se ti interrogassi?"

"Va bene."

Passiamo l'ora successiva a studiare le flashcard. L'esame riguarda molti argomenti e alcuni concetti sono complicati. Gli ho dato gli appunti più di una settimana fa, in modo che avesse abbastanza tempo per studiarli evitando di ridursi all'ultimo momento.

Brody si appoggia allo schienale, solleva le braccia e si stiracchia. La maglietta stampata che indossa si alza mostrando i suoi addominali scolpiti. Fisso la sua pelle abbronzata.

"Dovremmo fare una pausa," dice chiudendo il libro.

Lo guardo e lui mi rivolge un sorriso seducente. Mi ha sorpreso a fissare il suo corpo scolpito. Prima ancora che gli possa rispondere, mi afferra la mano e mi fa fare il giro del tavolo finché non gli finisco in braccio, poi mi stringe tra le sue braccia e mi bacia.

Non riesco a resistergli, soprattutto dopo quello che è successo con suo padre, e rispondo al bacio. La sua lingua si intreccia con la mia e le sue mani mi sfiorano il viso.

Mi stacco dopo alcuni minuti.

Potrei passare il resto della serata a baciare Brody, ma non voglio distrarmi. È importante che questo esame vada bene, altrimenti i suoi voti calerebbero ancora di più e finirebbe in panchina. "Dovremmo riprendere a studiare," gli ricordo.

"Non ancora," protesta. "Non ti ho vista per tutto il giorno. Mi sei mancata."

Le sue parole mi fanno male al cuore. "Va bene," mi arrendo. "Ma solo qualche altro minuto. Devi superare questo esame a pieni voti."

Lui sospira. "Non succederà. Mi andrebbe bene anche un sette."

"Ci riuscirai, se studiamo un po' di più. So che puoi farcela."

"Preferirei studiare te," mormora per poi sfiorarmi il collo con le labbra. Chiudo gli occhi e inizia a mordicchiarmi.

"Voglio stare da solo con te," ringhia infilando le mani sotto la mia camicia e toccandomi i seni.

Gemo mentre lui palpa la carne morbida e mi stuzzica i capezzoli.

"Brody, devi concentrarti." Riesco a malapena a parlare.

"Fidati, tesoro, sono concentrato."

Mio malgrado, le parole di suo padre risuonano nella mia testa. Questo è proprio quello di cui parlava John. Invece di studiare per un esame importante, Brody preferisce limonare con me.

Anche se non farei mai nulla per ferirlo, non riesco a fare a meno di chiedermi se effettivamente ha ragione. Sono soltanto una distrazione che lo distoglie da ciò che è veramente importante? Sto mettendo a rischio il suo futuro?

Gli allontano le mani da sotto la camicia e mi alzo. Il mio corpo trema mentre mi accascio sulla sedia di fronte a lui. "Devi studiare," gli ripeto. "Devi andare bene. È importante."

Mi guarda irritato. "Calmati, Davies. Non serve che me lo ricordi. Lo so già." E aggiunge: "Mio padre mi sta già abbastanza addosso. Non ho bisogno che lo faccia anche tu."

Trasalisco. Le sue parole sono come uno schiaffo in faccia.

Non riesco a incrociare il suo sguardo e fisso il libro aperto davanti a me. "Scusami," sussurro. "Voglio solo che tu vada bene, tutto qui."

Lui sospira. Le sue dita scivolano sul tavolo fino a intrecciarsi con le mie. Le porta alle labbra e mi dà un bacio delicato sulle nocche. "No, scusami tu. Non volevo risponderti in modo brusco. So che stai solo cercando di aiutarmi e lo apprezzo. Sono molto sotto pressione in questo momento."

Lo guardo. "Lo so." Il mio cuore è sul punto di spezzarsi.

Forse suo padre ha ragione.

Forse sono solo d'intralcio.

CAPITOLO TRENTASETTE

BRODY

Prendo Natalie per mano, usciamo dal campus e ci dirigiamo verso la mia macchina, parcheggiata vicino alla Campbell Hall.

"Hai fame?" le chiedo. "Prendiamo qualcosa da mangiare?" Ho sempre fame. Tra i due allenamenti al giorno e la sala pesi in palestra, brucio un sacco di calorie. Certo, non mangio una quantità spropositata di cibo come fa Michael Phelps quando si allena, ma mi ci avvicino.

Lei non risponde. La guardo e le stringo la mano. "Natalie?" Ultimamente sembra persa nel suo mondo. Sento che mi sta nascondendo qualcosa che la fa stare in pensiero.

Non appena dico il suo nome, sobbalza. "Scusa." Sorride leggermente. "Ero distratta."

"Andiamo a mangiare da qualche parte?" Guardo il cellulare. "Abbiamo tempo per andare a La Fuente."

"Oh." Scuote la testa. "Non ho molta fame, ma possiamo andarci se vuoi."

So che adora quel posto, il suo atteggiamento mi sorprende. Alzo le spalle. "Nah, mangiamo a casa tua. Non fa niente."

"Okay." Sorride di nuovo ma in modo distratto, come se fosse su un altro pianeta. Non mi piace.

Una volta arrivati alla macchina, apro la portiera del lato passeggero e lei sale a bordo. Giro intorno alla macchina e faccio lo stesso. Lancio un'occhiata a Natalie mentre usciamo dal parcheggio. Sta fissando fuori dal finestrino. Non riesco a vederla in viso ma noto la sua espressione triste.

"Ehi." Le prendo la mano. Amo toccarla. È come una droga. "Cosa succede?" È ovvio che qualcosa la stia turbando.

Lei fissa le nostre mani per un istante, poi mi guarda negli occhi. "Ho troppe cose a cui pensare per l'università."

Annuisco. La capisco. Mi sento così anch'io. L'ultimo anno è stressante e so che Natalie è indecisa sul proprio futuro. "Vuoi parlarne?"

Lei alza le spalle e dice: "No, non aiuterebbe."

La sua risposta mi preoccupa. Parcheggio di fronte al suo condominio e, benché sia l'ultima cosa che voglio dirle, chiedo: "Hai bisogno di stare un po' da sola? Ti aiuterebbe?" Forse la sto assillando. Questa faccenda delle relazioni è ancora una novità per me. Sto cercando di imparare facendo pratica e sperimentando.

Natalie non è una di quelle ragazze appiccicose che si attaccano e poi non si staccano più. È una delle caratteristiche che mi piacciono di lei. Se dipendesse da me, starei con lei tutto il tempo. Quando siamo insieme sento di poter finalmente respirare, di poter essere me stesso. È una delle poche persone che mi vedono per quello che sono realmente.

Non voglio smettere di sentirmi così, quindi, se vuole che mi faccia da parte per un po', la accontenterò. Non voglio, ma lo farò.

Natalie scuote la testa e sospira.

Grazie al cielo.

Non voglio lasciarla. Il tempo che trascorriamo insieme è troppo prezioso.

Alcuni minuti dopo apre la porta del suo appartamento silenzioso. Zara dev'essere a lezione o con Luke. Loro sì che sono sempre appiccicati, ma non posso di certo prendere in giro Luke, lo capisco perfettamente.

Natalie posa la borsa sul tavolo della cucina. Non so come comportarmi. Cerco di farla parlare o la lascio sulle sue fingendo che vada tutto bene?

Improvvisamente lei mi abbraccia e mi stringe forte. Ricambio l'abbraccio e in qualche modo la sua presa si fa ancora più stretta, come se stessi per partire per l'altro capo del mondo per un anno intero.

Scaccio via la sensazione di disagio e rido. "Ehi, che succede?"

Lei tira la testa all'indietro e sorride ma c'è qualcosa che non va, sembra triste. Non so cosa pensare. Nel caso avesse un problema, vorrei che me lo dicesse e basta. Preferisco sapere le cose subito.

Invece di rispondere, si stacca e mi trascina verso la sua camera. Continua a fissarmi mentre mi spinge sul letto e mi toglie la maglietta per poi passare ai pantaloni.

Adoro quello che sta per succedere, ma la fermo. "Natalie?"

Lei alza lo sguardo.

"Che c'è?" Sto impazzendo. Ho bisogno di una risposta che lei non sembra volermi dare. "È successo qualcosa con tuo padre?" Non ci sto capendo più niente. Deve rispondermi.

Scuote la testa. "Va tutto bene. Voglio soltanto stare con te."

Non me la bevo. Sento che c'è qualcosa che non va, ma non capisco cosa.

Apre il bottone e abbassa la cerniera finché non riesce a infilare la mano nei miei boxer.

Bene… se sta cercando di distrarmi dal farle altre domande, ci sta riuscendo benissimo. Non appena avvolge le dita intorno al mio membro, gemo e mi piego all'indietro, appoggiandomi sui gomiti.

Inizia a toccarmi, e non ci vuole molto per farmi eccitare. Il più delle volte basta mi basta un suo sguardo. L'intesa tra noi è innegabile, ma c'è molto altro.

Sospiro quando lo prende in bocca. La sua lingua gira intorno alla punta prima di andare più a fondo. Anche se vorrei sdraiarmi e godermi il momento, mi costringo a tenere gli occhi aperti. Non c'è niente di più eccitante che vedere Natalie in ginocchio, davanti a me.

Non durerò ancora a lungo, il che mi rode perché vorrei che

questo momento durasse *per sempre*. In realtà, mi accontenterei di altri cinque minuti di paradiso, ma non succederà.

Persino due sono un po' troppi. Mi tiene il membro in pugno mentre fa scorrere le dita su e giù allo stesso ritmo della sua bocca. Quando avvicina l'altra mano per toccare e giocare con i miei testicoli, sento che sto per esplodere.

Non sono mai venuto nella bocca di Natalie. So benissimo che ad alcune ragazze non piace e per questo non ci ho mai nemmeno provato.

"Natalie," gemo, cercando di staccarla da me. "Sto per venire."

Lei apre gli occhi pieni di lussuria e lo tira fuori dalla bocca. Gemo sentendo l'aria fresca della stanza.

"Voglio che tu mi venga in bocca," mormora.

Poi torna a succhiarmelo.

Infilo le dita tra i suoi capelli lunghi e la guardo. Quando arriva sulla punta, la lecca, sta diventando sempre più difficile riuscire a mantenere il controllo.

Stringe i miei testicoli guardandomi negli occhi provocandomi un orgasmo intenso e abbondante.

Non riesco a distogliere lo sguardo da Natalie mentre continua a succhiare. Non credo di aver mai visto niente di più sexy. Il mio orgasmo dura per quelli che sembrano giorni. Lei non mi molla ancora, nemmeno quando crollo e mi rilasso.

Non riesco più a resistere e la trascino contro di me mentre mi sdraio sul letto. La stringo forte. Non voglio lasciarla andare. "Piccola, è stato meraviglioso."

Lei sorride mentre la bacio infilandole la lingua in bocca. Quanto adoro sentire il suo corpo sotto il mio.

"Devo ricambiare," mormoro.

Lei ridacchia. "Fai pure."

Mi metto a sedere e la spoglio velocemente. Non posso fare a meno di ammirare quanto sia bella Natalie. È perfetta.

La soddisfazione post-orgasmica mi fa venire voglia di dirle quello che provo, ma temo che non sia pronta a sentirlo. Forse è troppo presto e non voglio spaventarla, quindi decido di farglielo capire con le mani e con la bocca.

Scendo lungo il suo corpo, le bacio i seni, l'addome e la pancia, poi risalgo fino a succhiarle un capezzolo. Quando Natalie inarca la schiena e si contorce sotto di me, cambio lato e passo all'altro. Lei geme e passa le dita tra i miei capelli, sfiorando con le unghie il mio cuoio capelluto. Questo misto di piacere e dolore è fantastico.

Tutto ciò che facciamo è fantastico.

Mi sento meravigliosamente, come se avessi finalmente trovato l'unica persona che mi fa sentire completo, colei che mi vede per il ragazzo che sono e mi accetta con tutti i miei difetti.

"Brody..."

Il modo in cui geme il mio nome è musica per le mie orecchie.

Smetto di succhiarle il capezzolo turgido e bacio delicatamente il punto in cui si trova il suo cuore, poi scendo leccandola fino al pube. Le bacio dolcemente l'interno delle cosce e il basso ventre.

"Brody, ti prego..." geme di nuovo.

Natalie allarga le gambe. Voglio affondare la bocca nel suo sesso, ma ho intenzione di farla impazzire quanto lei fa impazzire me. Voglio che si renda conto che sono l'unico che può farla sentire così. Voglio che dipenda da me quanto io dipendo da lei.

È possibile?

Non ne ho idea ma ho intenzione di provarci.

Mi sposto tra le sue cosce, le prendo una gamba lunga e magra e le sfioro delicatamente il polpaccio prima di inondarla di baci sulle cosce. Faccio lo stesso con l'altra, fino a raggiungere il suo sesso. Le mordo delicatamente il seno e lei si inarca contro il mio corpo. La mia lingua scorre lungo il suo sesso.

Geme quando mi sposto sulla pelle delicata dell'interno cosce. La lecco tutta, poi indietreggio leggermente e la osservo.

È davvero meravigliosa. Rosa, morbida e delicata. Potrei perdermi nel soffice calore del suo corpo.

"Brody, ti prego... smettila di stuzzicarmi," brontola Natalie.

"Non smetterò mai," mormoro alzando lo sguardo su di lei.

La spingo all'orgasmo con la lingua e con le labbra finché non urla il mio nome in continuazione.

È la sensazione più bella del mondo.

CAPITOLO TRENTOTTO

BRODY

Natalie ha qualcosa che non va.

È da un paio di giorni che si comporta in modo strano e quando le chiedo se c'è qualche problema, lei sorride e tergiversa.

Come posso aiutarla a risolvere il problema se non vuole nemmeno ammettere la sua esistenza?

Non ha senso. Pensa che possa leggerle nel pensiero?

Non posso.

Questa è la mia prima relazione, e non so cosa fare. Brancolo nel buio.

Per la disperazione, mi rivolgo all'unica persona che potrebbe darmi dei consigli decenti. Di certo non posso parlarne con Sawyer e Cooper: loro sanno soltanto come comportarsi alle orge.

Busso alla porta della stanza di Luke, poi la apro. "Ehi, hai un minuto?"

Lui si mette una maglietta. Dev'essere appena uscito dalla doccia. "Certo. Che c'è?"

Ora che sono qui, non so come iniziare il discorso senza sembrare un deficiente. Sposto il peso da un piede all'altro e mi gratto il mento cercando di prendere tempo.

È troppo tardi per andarmene e fingere che non sia successo?

Cavolo. Mi sento davvero a disagio, non avrei mai pensato che sarebbe stato così complicato chiedere dei consigli sentimentali al mio amico. Dopotutto non ho molti amici che sappiano gestire una relazione seria. Anzi, sanno come comportarsi con le ragazze, ma non con le fidanzate.

I miei migliori amici giocano a hockey e la maggior parte di loro non è impegnata in relazioni monogame; preferiscono andare a letto con chiunque, quando ne sentono il bisogno.

L'ho fatto anch'io, quindi li capisco, ma ho chiuso con quel capitolo della mia vita.

Non voglio rovinare la mia storia con Natalie. Mi piace troppo. Quindi, se questo vuol dire che devo fare la figura dell'idiota, lo sopporterò.

Luke è l'unico ragazzo che conosco che ha già avuto un paio di storie serie, sembra dunque essere l'unico a cui posso rivolgermi. Giusto?

A essere sinceri, non ho l'imbarazzo della scelta.

O Luke o Jack Schiff, il nostro portiere un po' pazzo.

Ma la pazzia può essere un prerequisito per quella posizione. Chi altro sarebbe abbastanza folle da farsi lanciare dei dischetti a velocità assurde?

Appunto.

È assieme a una ragazza altrettanto matta. Si frequentano da due anni ma sono stati richiamati entrambi per violenze domestiche, e anche lei sa essere pericolosa quando si arrabbia.

Luke è l'opzione migliore.

Resto zitto davanti a lui, che inclina la testa e mi fissa preoccupato. "Che c'è?"

Scuoto la testa e mi passo le dita tra i capelli. È più difficile di quanto pensassi.

Ride. "Brody?"

"Sei l'unico con cui posso parlarne." Abbasso la voce e chiudo la porta. "Non dirlo a nessuno, okay?"

"Oh, va bene," risponde lui, un po' confuso ma divertito.

"Si tratta di Natalie."

"Oh no." La sua espressione si fa seria. "Hai già rovinato tutto? C'è chi ha scommesso che non durerà più di un mese e mezzo."

"Non ho fatto nulla." O almeno credo. È quello il problema. Non so se è colpa mia. Mi raddrizzo e corrugo la fronte. "Aspetta... Una scommessa?" Stringo gli occhi. "Tu cos'hai scommesso?"

Sembra imbarazzato. "Tre settimane. Ho già perso."

Alzo gli occhi al cielo. "Sul serio?"

Lui fa spallucce. "Cosa vuoi che ti dica? Sei sempre stato un tipo da una botta e via. Sbaglio o avevi una specie di strategia per non andare a letto con la stessa ragazza due volte?"

Era tre volte, in sei mesi.

Ma capisco cosa intende.

"Non divaghiamo," ribatto.

"Va bene." Alza le spalle. "Che succede con Natalie?"

Scuoto la testa e mi passo di nuovo le dita tra i capelli. "Non lo so. Si comporta in modo strano. Ogni volta che le chiedo cosa c'è che non va, lei risponde che va tutto bene, ma non ci credo." Mi chiedo se abbia capito il mio ingarbugliato discorso.

Luke si siede alla scrivania e si gira verso di me, io mi siedo sul suo letto.

"Forse va davvero tutto bene." Si sporge in avanti e poggia i gomiti sulle ginocchia. "Forse è soltanto una tua sensazione."

A questo punto, tutto è possibile, ma il mio istinto mi dice che c'è qualcosa che non va. "Non saprei. Ultimamente sembra distante. A volte la sorprendo a fissarmi con uno sguardo strano. Continuo ad aspettare che sputi il rospo, ma non è ancora successo." Questa situazione mi sta uccidendo. Sono sempre in attesa, col fiato sospeso.

Restiamo in silenzio per un attimo, poi lui suggerisce: "Perché non andate a cena da qualche parte? Anzi, preparale qualcosa di buono." Mi punta un dito contro. "Alle ragazze piace quando ci mettiamo d'impegno. Magari potrete parlarne davanti a una bottiglia di vino."

Non è una pessima idea.

Voglio che Natalie capisca che non sono più un playboy, che si può fidare di me. Desidero che le cose funzionino tra noi, che la nostra sia una relazione seria.

Credo che Luke abbia ragione.

Annuisco. "Lo farò."

"Fammi sapere quando sarà. Io e Zara faremo in modo di lasciarvi da soli."

Annuisco e allungo la mano per ringraziarlo. "Grazie, amico."

"Figurati."

Mentre mi alzo, Luke aggiunge: "Natalie è perfetta per te. Non rovinare tutto."

Annuisco. Ha ragione: Natalie *è* perfetta per me, e l'ultima cosa che voglio fare è rovinare tutto e perderla.

CAPITOLO TRENTANOVE

BRODY

Verso il vino in due calici e accendo la candela che è sul tavolo, accanto a un bel mazzo di fiori selvatici, comprati durante la spesa per la cena.

Controllo tutto con attenzione.

Voglio che ogni cosa sia perfetta.

L'atmosfera dev'essere romantica ma non troppo sdolcinata.

Devo interrompere la sistemazione della tavola perché il timer per gli spaghetti suona.

Che ci crediate o no, non li ho mai cucinati prima di stasera. Ho dovuto leggere la ricetta e persino cercarla su Youtube per assicurarmi di non sbagliare. Sembrava semplice, quasi a prova d'idiota, ma non volevo correre rischi.

Assaggio uno spaghetto.

"Cavolo," borbotto. Mi sono ustionato le dita per infilarmelo in bocca. Lo mastico velocemente e controllo il sugo.

È buono.

Certo, è un sugo pronto, quindi è difficile cucinarlo male. Ma non facciamo i puntigliosi, questa ricetta è perfetta per uno alle prime armi come me. Mi serviva un piatto semplice da preparare in cui trapelasse il mio impegno e la mia abilità di non bruciare tutto sui fornelli.

Infilo il pane all'aglio in forno e verso l'insalata in una coppa.

Ricontrollo la tavola per la cinquantesima volta. Sembra tutto a posto. Non voglio gufare, ma sono stato davvero bravo.

Natalie sarà colpita dalle mie fantastiche abilità culinarie.

Lo sono io stesso.

Sto tirando fuori il pane dal forno quando la porta dell'appartamento si apre. È difficile da credere, ma il mio cuore inizia a battere all'impazzata. Non mi sembra vero di essere così nervoso. Eppure, questa serata deve filare liscia come l'olio. Devo far capire a Natalie quanto è importante per me.

Se andrà tutto bene, potrei persino dirle che l'amo.

Non riesco a crederci.

Natalie gira l'angolo bloccandosi quando mi vede in cucina.

"Che succede?" sussurra stupita.

Indico le pentole sui fornelli. "Ho preparato la cena per te." Mi correggo: "Per noi."

Lei osserva la cucina e poi il tavolo. Sospira e si copre la bocca con la mano.

"Ho esagerato con la candela, vero?" le chiedo nervosamente, pentendomi di averla messa sulla tavola assieme al mazzo di fiori.

Scuote la testa. "No, è perfetta. È tutto perfetto."

Mi rilasso. Attendere la sua reazione è stato esasperante. "Bene. Voglio che tutto sia perfetto per te."

Mi guarda negli occhi. "Non riesco a credere che tu abbia fatto tutto questo."

Mi avvicino e le prendo la borsa, posandola a terra, poi l'abbraccio. Mi stringe talmente forte da togliermi il respiro, ma mi piace da morire.

Le do un bacio in testa. "Volevo fare qualcosa di speciale."

"Grazie."

Indietreggio per guardarla negli occhi lucidi. Sembra felice ma c'è dell'altro. È tutta la settimana che mi preoccupa.

Dico, cercando di pensare ad altro: "Spero che tu abbia fame."

"Oh sì. Non ho avuto nemmeno il tempo di pranzare. Ero troppo impegnata," risponde Natalie.

Alzo le sopracciglia e la prendo in giro: "Cosa? Non hai avuto tempo per le patatine fritte? Impossibile!"

Lei sorride, e quella sua strana espressione scompare. "Ho studiato in biblioteca tutto il giorno."

Annuisco ripensando alla prima volta che abbiamo studiato insieme al terzo piano, anzi, a quello che è successo durante la pausa.

Cerco di non divagare con i pensieri. "Siediti. Vado a prendere i piatti."

"Va bene."

Si siede e beve un sorso di vino. Sul tavolo c'è anche la coppa dell'insalata. Poso il piatto di pasta e il pane all'aglio davanti a Natalie.

So che è stupita e felice per la sorpresa, ma continuo a percepire che c'è qualcosa che non va.

Forse pensa che non sia serio nei suoi confronti?

Non deve. Sa che non mi sono mai impegnato con nessuna. Se non fossi interessato a stare con lei e a portare la nostra relazione al livello successivo, la chiuderei qui.

Voglio Natalie.

So che stare con me non è facile. A Natalie non interessano le attenzioni che riceve da quando stiamo insieme. Le piace l'anonimato. Odia le groupie che mi girano intorno, nonostante non faccia nulla per incoraggiarle, anzi, le tengo lontane perché non voglio che lei si preoccupi. Non sono mica come Reed Collins. Non la tradirei mai. Non la ferirei mai come ha fatto lui.

L'importante è che siamo felici insieme. Il resto non conta. Ce la faremo.

Dopo mangiato, Natalie si alza per sparecchiare.

"Siediti, ci penserò dopo. Stasera farò tutto io."

Lei fa per dire qualcosa, ma io indico il suo calice di vino mezzo pieno. "Bevi. Torno subito."

Prendo i piatti e l'insalata e metto tutto nel lavandino. Ho comprato una torta al cioccolato al supermercato. Non avrei mai provato a preparare un dolce. Conosco i miei limiti.

La pasta mi è bastata, e il fatto che ne sia venuto fuori un piatto decente è una vittoria per me.

Mi siedo e le riempio il calice.

"Era tutto buonissimo", dice.

Sorrido. "Sono contento che ti sia piaciuto."

"Nessuno ha mai cucinato per me, quindi grazie," aggiunge a bassa voce.

Le prendo la mano. È giunto il momento fatidico. Ora o mai più. "So che non stiamo insieme da molto, ma voglio che tu sappia che tengo molto a te." Le stringo la mano per sottolineare le mie parole. "Voglio che tra noi funzioni. Voglio una relazione seria." Sono agitatissimo, proprio come quando scendo in pista alla prima di campionato. Sono così teso che potrei vomitare. "L'anno prossimo andrò a Milwaukee e voglio che tu sia lì con me."

Finisco di parlare e mi sento sollevato. Mi aspetto che aggiunga qualcosa, ma non lo fa. Si limita a fissarmi.

Non so cosa fare e dico: "Ti amo, Natalie."

Con il cuore in gola, aspetto che mi risponda ricambiando. I secondi passano lentamente, prolungando la mia agonia.

CAPITOLO QUARANTA

NATALIE

Ti amo.

Le sue parole risuonano nella mia mente e mi viene da vomitare. Mi tocco la pancia cercando di calmarmi.

Cosa dovrei rispondergli?

So cosa voglio dire.

Voglio alzarmi e dirgli che anch'io lo amo, ma non posso. Da un paio di giorni rimugino su quello che ha detto suo padre e odio ammetterlo, ma credo che abbia ragione.

Brody dovrebbe concentrarsi sull'hockey e sugli studi prima di andare a Milwaukee. La nostra storia lo sta soltanto distraendo.

Malgrado il mio cuore spezzato, dico con calma: "Brody, tengo molto a te."

Lui si irrigidisce e sbatte le palpebre come se non avesse sentito bene, poi ripete con voce roca: "Tu... tieni a me?"

"Sì." Annuisco. All'improvviso mi manca il respiro. "Molto." Allontano la mia mano dalla sua e la poso sul mio ventre continuando a fissarlo. "Ma stiamo bruciando le tappe." Deglutisco e mi costringo a continuare. Ora o mai più. "Non sono pronta."

"Non sei pronta per... questo?" ripete sgranando gli occhi. "Per avere una storia con me?" mi chiede alzando sempre di più la voce.

Voglio nascondermi il viso tra le mani e piangere, ma non posso. Devo chiuderla qui. Suo malgrado, Brody mi ha dato la scusa perfetta per farlo.

"Non credevo volessi una relazione seria." Scuoto la testa. "Non so cosa succederà l'anno prossimo o dove sarò. Potrei essere ovunque. Dovrò trasferirmi dove riuscirò a trovare un lavoro. E dato che tu andrai a Milwaukee…" La conclusione è ovvia.

"Potremmo stare comunque insieme."

Alzo le spalle. "Le relazioni a distanza sono difficili, tendono a non durare più di sei mesi. Sarebbe uno sbaglio."

Brody allontana le mani dal tavolo e incrocia le braccia, ha lo sguardo ferito. "Credevo che provassimo gli stessi sentimenti," mormora.

"Mi dispiace. Non sono pronta per un impegno del genere. La mia vita è troppo incasinata e piena di incognite."

Lui sospira, poi annuisce. "Va bene. Potremmo prendercela con più calma. Non pensavo stessi bruciando le tappe."

Abbasso lo sguardo. Devo darci un taglio netto, ma non posso guardarlo negli occhi. Sto malissimo, e da un momento all'altro potrei crollare rivelandogli la verità.

"Penso che dovremmo prenderci una pausa. È inutile impegnarsi seriamente se l'anno prossimo te ne andrai a Milwaukee." Mi costringo ad alzare lo sguardo. "Sappiamo entrambi che una volta che giocherai nell'Hockey League, le donne cadranno ai tuoi piedi. Riuscirai davvero a resistere alla tentazione?" Mi fermo per un secondo. "Vuoi farlo?"

Brody spalanca la bocca. È come se gli avessi dato uno schiaffo.

"Fai sul serio?" sussurra. "È questo che pensi di me?"

Inclino la testa. "Andiamo, per tutta la vita sei andato a letto con chiunque. Hai persino perso il conto delle donne con cui l'hai fatto."

Lui scuote la testa. "Non riesco a credere che tu me lo stia rinfacciando. Stavo solo cercando di essere sincero con te." Ha un'espressione sofferente.

"Anch'io."

Allunga la mano sul tavolo, disperato. "Che ti succede, Natalie?"

Le lacrime che trattengo mi bruciano gli occhi. Non so quanto potrò resistere ancora.

Alzo le spalle. "Ci ho pensato molto ultimamente, e credo che alla lunga la nostra relazione non funzionerebbe. Non voglio far perdere tempo a entrambi."

Allontana la mano, turbato. "Beh, grazie per la sincerità."

"Mi dispiace tanto. Voglio che tu sappia che sei un ragazzo meraviglioso."

Ridacchia mentre si alza. "Certo. Sono un bravo ragazzo, ma non vado bene per te."

"Non ho detto quello," sussurro in preda alla disperazione.

"Era implicito."

Mi alzo in preda al panico. So che quello che sto facendo è il meglio per Brody, eppure non è facile. L'ultima cosa che voglio è ferirlo, ma non ho alternative.

"Brody, aspetta…"

"Me ne vado." Si infila la giacca. "Ci vediamo."

Annuisco disperata.

Non c'è altro da dire.

Se ne va. Finalmente posso piangere.

"Ti amo anch'io," sussurro nell'appartamento vuoto, consapevole del fatto che non saprà mai la verità.

Per spezzare il suo cuore, ho dovuto spezzare il mio.

CAPITOLO QUARANTUNO

BRODY

"*B*evi un'altra birra, amico," dice Sawyer. "Ti farà stare meglio."

Mi passa una lattina di birra lager. L'afferro al volo dal divano, la apro e ne bevo un po'. Niente potrebbe farmi stare meglio, ma non glielo dico perché mi sento già una femminuccia.

La serata è andata malissimo. Ho detto a Natalie che la amo e lei mi ha risposto che dovevamo lasciarci.

Rido per nascondere la voglia di piangere.

Pensavo davvero che tra di noi ci fosse qualcosa di speciale. Come ho potuto illudermi così tanto? Non ha senso. Continuo a ragionarci su, ma invano.

L'unica cosa certa è che strangolerò Luke. È tutta colpa sua.

Preparale la cena, ha detto.

Poi ne parlerete, ha detto.

E lei mi ha lasciato.

Sono così assorto nei miei pensieri da non accorgermi che delle unghie fucsia mi stanno sfiorando pigramente il braccio.

"Ehi, Brody," una voce mormora al mio orecchio. "Da quanto tempo."

Lancio un'occhiata alla bionda con la maglietta attillata. Stringo gli occhi cercando di ricordare il suo nome. È una di quelle ragazze che praticamente vivono nel nostro appartamento.

Le sorrido leggermente, cercando di non ricordare il motivo. "Ho avuto da fare."

Lei fa schioccare la lingua e mi guarda con desiderio. "Dov'è la tua ragazza?"

"Non ce l'ho." Forse è proprio lì che ho sbagliato. Ho sempre seguito delle regole rigide. Per la prima volta nella mia vita ho deciso di fare di testa mia, e adesso sono distrutto perché lei mi ha scaricato.

Mai più, mi riprometto. *Niente* vale tutto questo dolore.

La bionda mi si piazza in braccio sfiorandomi il petto. "Peccato," mormora, anche se palesemente non lo pensa davvero. "Posso aiutarti a dimenticarla."

Bevo un altro sorso di birra. Non m'interessa quello che offre.

Proprio nel momento in cui apro la bocca per dirglielo, sento: "Che diavolo stai facendo, McKinnon?!"

Mi volto verso il punto da cui proviene l'urlo.

Zara.

Luke è dietro di lei, sembra che la stia trattenendo. Mi fissa con la fronte corrugata.

Lui fissa me?

Ah!

Gliela farò vedere. Si pentirà di avermi consigliato di prepararle la cena.

Stronzo.

La ragazza sorride timidamente e saluta Zara. Luke stringe la presa sulla sua fidanzata mentre lei ringhia cercando di liberarsi. Sento che si scatenerebbe l'inferno se Zara riuscisse a metterle le mani addosso.

"Se non ti allontani immediatamente da lui, ti farò rimanere pelata, sgualdrina!" urla Zara.

La bionda si avvinghia attorno al mio collo sbattendomi il seno in faccia, poi si rivolge a Zara e sogghigna: "Provaci, stronza."

Imprecando a più non posso, Zara lotta per liberarsi dalla presa di

Luke, anche se inutilmente. "Giuro, Amanda… quando ti metterò le mani addosso, rimpiangerai di averlo guardato!"

Amanda.

Giusto.

La bionda con la vocetta infantile.

Stasera, però, non parla con la vocetta infantile. Si limita a lanciare insulti.

"Te ne dovresti andare," le dico. La verità è che non avevo intenzione di spassarmela. C'è solo una ragazza che mi interessa, e mi ha scaricato quasi un'ora fa.

Amanda mette il broncio, ma non mi smuove minimamente.

"Ne sei sicuro?" Amanda continua a toccarmi ignorando Zara che si dimena e impreca a due metri da noi.

"Sicurissimo."

Andare a letto con lei non lenirà il dolore che mi ha causato Natalie, anzi, domattina starò ancora peggio.

"Va bene," sbuffa Amanda.

Con calma, preme il sedere contro il mio pacco prima di alzarsi e stiracchiarsi come se avesse tutto il tempo del mondo. Poi mette in mostra il seno e fa un sorriso sexy a Luke. "Quando ti stanchi di Pazzerellina, sai dove trovarmi."

Oh no.

Mi viene da ridere. Gli occhi di Zara lampeggiano di rabbia mentre cerca di nuovo di colpire Amanda. "Brutta stronza, giuro che se ti avvicini a lui ti faccio a pezzi!"

Stringendo i denti, Luke blocca ancora più fermamente Zara e le mormora qualcosa all'orecchio. Lei si calma mentre lui le bacia la guancia.

Quando finalmente Amanda se ne va, Luke scherza: "Posso lasciarti andare o devo tenerti ferma un altro po'?"

Zara brontola sottovoce che deve picchiare Amanda. Non ne dubito, perché è una tosta. Credo che Luke abbia trovato pane per i suoi denti.

Lui ridacchia e la bacia di nuovo prima di allentare la presa. "Rilassati, piccola. È tutto a posto. Non hai nulla di cui preoccuparti."

Proprio mentre Zara si tranquillizza sorridendo leggermente, il suo sguardo si posa su di me, e improvvisamente si riaccende. "Che stavi facendo con Amanda?! Tre ore fa ti ho fatto entrare nel mio appartamento per preparare la cena a Natalie e ora sei qui," dice indicando la direzione in cui se n'è andata Amanda, "a spassartela con quella sgualdrina?"

Una parte di me non vuole parlare di quello che è successo con Natalie. È ancora troppo presto. Tuttavia, se non lo dico, faccio la figura del cattivo, del playboy stronzo, cosa che non sono.

"Non ha funzionato," dico a denti stretti. "Natalie mi ha scaricato."

"Cosa?" Mi guarda sconvolta. "Non è vero."

"No." Sospiro, depresso.

Zara incrocia le braccia, confusa quanto me. "Come hai fatto a rovinare tutto? Le piacevi davvero."

Ridacchio. "Le ho preparato la cena e le ho detto che l'amavo. Dimmi tu come ho fatto a rovinare tutto."

Entrambi sgranano gli occhi e mi viene da ridere. "Cosa?!" esclama lei.

Mi sento in imbarazzo per quello che ho appena ammesso e bevo un sorso di birra cercando di sentirmi meglio, ma non funziona.

"Brody..." Luke sposta il peso da un piede all'altro. "È terribile."

"È un eufemismo," borbotto.

"Ma non ha senso." Zara corruga la fronte scuotendo la testa. "A Natalie piaci. Lo so. A essere sincera, tutti gli anni che avete passato a provocarvi sembravano una specie di bizzarro rituale di accoppiamento. Non mi ha sorpreso il fatto che alla fine vi siate messi insieme, ma il tempo che ci avete impiegato."

Alzo le spalle. Lo pensavo anch'io, tranne per la parte del bizzarro rituale di accoppiamento. "Natalie mi ha scaricato, Zara," ripeto a bassa voce. "Non so cos'altro dirti. Ha detto che non era pronta a fare sul serio."

Solo ora capisco che il suo strano comportamento dell'ultima settimana aveva perfettamente senso. Sentivo che qualcosa in lei non andava.

Purtroppo, non sapevo quanto avessi ragione.

CAPITOLO QUARANTADUE

NATALIE

"’hai scaricato?" mi chiede Zara sedendosi alla scrivania della mia camera e fissandomi in un modo che metterebbe in soggezione chiunque. "Così?" Schiocca le dita per dare enfasi alle sue parole. Non serve. Ho capito. È infastidita da me. La mia amica non capisce perché ho troncato in modo così repentino con Brody.

Tocco nervosamente l'orlo della mia camicia e distolgo lo sguardo. Zara mi conosce dalla quarta elementare. Temo che se continuerà a torchiarmi abbastanza a lungo, e così duramente, capirà che sto mentendo. Devo impedirglielo. "Sì."

Aggrotta le sopracciglia e scuote la testa. "Perché l'hai fatto?"

Zara vuole delle risposte, e sento che non mi lascerà in pace finché non le avrà ottenute. È davvero testarda.

Mi costringo a guardarla e ripeto la stessa bugia che ho detto a Brody ieri sera. "Perché è meglio così. Andrà a Milwaukee dopo la laurea. Sarà impegnato con la Hockey League e a viaggiare per le trasferte. E poi diciamocelo, le relazioni a distanza non funzionano quasi mai. Non serve a nulla affezionarsi o posticipare l'inevitabile."

Molti sarebbero d'accordo con me. Ogni relazione ha le sue difficoltà. Evidentemente Zara non mi crede.

Sbotta: "Quante stronzate."

"Cosa?" Mi raddrizzo sul letto e cerco di non giocherellare più con le dita.

"Mi hai sentita. Stai dicendo un mucchio di stronzate. Siamo amiche da dodici anni e so quando menti. Hai un tic." Inclina la testa. "Distogli lo sguardo e giocherelli con le dita." Mi punta un dito contro. "Lo stai facendo proprio in questo momento." Incrocia le braccia sul petto. "Quindi smettila con le bugie. Voglio sapere la verità."

Mi mordo il labbro e scuoto la testa. "Non te lo posso dire," sussurro. Purtroppo parlarne non cambierà nulla.

Zara si avvicina sedendosi sul letto accanto a me. La sua voce si addolcisce. "Perché?"

Scuoto la testa e guardo le mie dita intrecciate. Mi viene da ridere. Ha ragione per quanto riguarda il tic. Le lancio un'occhiata e prendo una decisione. Sto cercando di fare quello che è meglio per Brody, ed è questo che conta. "Non serve parlarne, Zar. Doveva andare così."

"Spiegami il motivo, perché non ci sto capendo nulla." Resto in silenzio e lei mi incalza. "Alla tua festa era evidente che ti stavi innamorando di lui. Cos'è successo da allora?"

La festa di compleanno organizzata da Brody mi ha completamente cambiato la vita. Quella sera ha trasformato tutto, sia per me che per noi.

Vorrei che lasciasse perdere, ma so che non demorderà.

Sospiro e dico: "Un paio di giorni fa, il padre di Brody è venuto a parlarmi."

Spalanca gli occhi. "Oh. Non l'avrei mai immaginato."

Rido per non piangere. Sono disperata. "Beh, neanch'io."

"Brody non lo sa, vero?"

"No, e non glielo posso dire. Non voglio creare problemi tra loro."

"E cosa ti ha detto suo padre?"

Cerco di tenere ferme le mie dita, ma non ci riesco. Continuano ad agitarsi. "Mi ha detto che Brody deve concentrarsi sugli studi e sulla sua carriera agonistica. Ha detto che sono una distrazione che suo figlio non può permettersi al momento." Lancio un'occhiata a Zara.

Ha la bocca spalancata. "Mi ha parlato dei suoi litigi con Reed e del fatto che l'hanno cacciato dall'allenamento."

Chiude la bocca, è arrabbiata. "Ovviamente è colpa tua?"

Alzo le spalle e sospiro, poi ammetto: "Sì, forse sì. Almeno in parte." Ricordo benissimo la biblioteca, le nostre pause sexy e quella volta che voleva saltare l'allenamento per fare l'amore con me. Non sarebbe mai successo se non fosse stato per me.

Lei alza le sopracciglia, irritata. "Ti sta davvero dando la colpa di questo?" Si sta arrabbiando con me invece che con il padre di Brody. "Ma fammi il piacere, Nat! Brody è un adulto. È in grado di prendere decisioni da solo. Se sceglie di fare una cosa, giusta o sbagliata che sia, la responsabilità è sua, non tua." Il suo tono si fa sprezzante. "Suo padre non aveva il diritto di incolparti."

Una parte di me è d'accordo con lei. Brody ha ventitré anni ed è in grado di prendere decisioni autonomamente e di accettarne le conseguenze. Ma se stare con me lo porta a prendere decisioni sbagliate, non è meglio stare distanti?

"Brody ha già perso abbastanza, Zara." Non scendo nei dettagli perché non sta a me farlo. Aggiungo: "Questa stagione sportiva è molto importante e non voglio che si rovini la carriera."

Lei si arrabbia ancora di più. "Suo padre ti ha detto di lasciarlo, vero?" Dal tono non sembra proprio una domanda, ma sappiamo entrambe che sarebbe finita così. "Ha fatto in modo che ti sentissi in colpa per farti sparire dalla sua vita." Sembra sul punto di perdere le staffe.

"Già," ammetto con riluttanza. Averne parlato con lei non ha cambiato nulla, ma mi sento meglio.

Zara salta giù dal letto e inizia a camminare per la stanza. Sembra turbata quanto me. "Che stronzo! Non posso credere che te l'abbia detto davvero." Si gira verso di me e il suo sguardo si incupisce. "Brody non ne sa nulla. Pensa che non t'importi nulla di lui."

Mi copro il viso con le mani ripensando al suo viso sofferente e confuso. Lasciarlo andare è stata la cosa più difficile che abbia mai dovuto fare. "Ti prego, Zar, non mi far sentire peggio di quanto non stia già."

"Beh, è vero," ribatte lei. "Gli hai spezzato il cuore." Si ferma. "Brody merita di sapere la verità. Tutta la verità."

"Non è giusto," sussurro disperata. "Non capisci che sto soltanto facendo quello che è meglio per lui?"

"Hai mai pensato che forse sei *tu* quello che è meglio per lui?"

La fisso in silenzio soppesando quello che ha detto.

CAPITOLO QUARANTATRÉ

NATALIE

Attraversando di corsa il campus mi mordicchio il labbro. Per ovvi motivi, ho paura della lezione di finanza delle dieci. Non ho più visto Brody da quando se n'è andato dal mio appartamento alcuni giorni fa. Siamo stati insieme per poco più di un mese, ma la sua assenza ha lasciato un vuoto enorme nella mia vita che sembra impossibile riempire.

La lezione sta per iniziare, quindi entro in aula e mi siedo in fondo. Tiro fuori i libri e mi guardo intorno alla ricerca di Brody. Ora che non stiamo più insieme, mi aspetto che tutto torni com'era prima, quindi Kimmie dovrebbe essere seduta accanto a lui.

Il mio sguardo si posa su di lei, ma lui non c'è.

Dopo alcuni minuti mi accorgo che non è in classe. È una delle materie in cui ha la sufficienza, non può permettersi di saltare la lezione. Trascorso un quarto d'ora è evidente che non verrà più a lezione.

Mi preoccupo: non è da lui. In passato non ne facevo peso, ma Brody tiene molto ai suoi voti. È andato molto bene all'ultimo test di finanza, riuscendo a ottenere un sette. Ci siamo lasciati e probabilmente lui non vuole vedermi, ma non credo che rischierebbe mai di farsi mettere in panchina.

Non appena la lezione finisce, mi precipito fuori dall'aula e dall'edificio. Estraggo il cellulare e lo fisso, indecisa se chiamarlo per assicurarmi che stia bene, anche se non penso risponderebbe. A malincuore, ripongo il cellulare in tasca e riprendo a camminare.

Continuo a pensare a quello che ha detto Zara. Ho fatto bene a lasciarlo andare? O avrei dovuto confidargli della visita di suo padre?

Non lo so.

Anche se non sembra, ho agito mossa dalle migliori intenzioni. Voglio solo il meglio per Brody. Se c'è qualcuno che merita una carriera di successo, è lui. E l'ultima cosa che voglio è essere d'intralcio.

Mentre rifletto sul da farsi, un viso familiare attira la mia attenzione. La sua presenza è così inaspettata e fuori luogo nel campus che mi fermo. Sbatto le palpebre, chiedendomi se ho le allucinazioni. Ci fissiamo, poi mio padre si alza dalla panchina e mi saluta timidamente.

Mi sistemo la borsa e mi costringo ad avvicinarmi a lui. Non parlo con lui dall'incidente al ristorante con la sua fidanzata.

Non capisco cosa ci faccia qui.

"Ciao, Nat," dice quando mi fermo a pochi metri da lui.

"Ciao." Sposto il peso da un piede all'altro, desiderando che ci sia un modo per colmare il silenzio tra noi. Odio il fatto che siamo arrivati a questo punto.

"Hai un po' di tempo per parlare?" Sembra speranzoso.

Ho la tentazione di mentire, di dirgli che sto andando a lezione… ma non posso. Per quanto io sia ancora arrabbiata, lui è qui. Sta facendo un enorme sforzo. Posso davvero ignorarlo?

Forse è proprio così che doveva andare. Abbiamo avuto entrambi un po' di tempo per calmarci. Nonostante tutto, odio il fatto che non ci parliamo. Prima della separazione eravamo molto uniti. L'abisso che si è creato tra di noi mi fa soffrire.

Annuisco. "Ho un po' di tempo."

Sorride, sollevato e più tranquillo. "Bene. Vuoi andare da qualche parte o," dice indicando la panchina, "parlarne qui? Decidi tu."

Mi guardo intorno. Molti studenti ci passano davanti per andare a lezione o per fermarsi a pranzo. Questo è l'ultimo posto al mondo in cui vorrei avere una conversazione a cuore aperto con mio padre. Penso che abbiamo bisogno di privacy.

Indico la direzione in cui stavo correndo. "Ci sono dei tavoli vicino alla Hamlin Hall, ai margini del campus. Possiamo parlare lì." Alzo le spalle. "È più riservato."

"Va bene," dice mio padre.

Camminiamo in silenzio. La situazione è a dir poco imbarazzante. Il nostro rapporto non è più come quello di una volta, tranquillo e felice. Al contrario, è teso e soffocante.

Arriviamo alla Hamlin Hall. Sul parco, nel retro dell'edificio, si trovano tavoli sparsi qua e là, utilizzati dagli studenti per pranzare o studiare. Ne scelgo uno isolato, appoggio la borsa e mi siedo. Mio padre si sistema di fronte a me. Si agita per alcuni minuti, poi appoggia i gomiti sul tavolo e unisce le mani. Le fissa come se si stesse facendo coraggio.

Se non fossi così nervosa, sorriderei. Immagino di non essere l'unica con un tic.

"Innanzitutto voglio scusarmi per quello che è successo al risto-rante," dice guardandomi negli occhi. "Col senno di poi, mi rendo conto che invitare Bridgette a mangiare il dessert con noi, senza dirtelo, è stato un errore. Non ho pensato ai tuoi sentimenti, e mi dispiace."

Scuoto la testa e gli chiedo: "Cosa pensavi che sarebbe successo?" Pensava davvero che la sua fidanzata rovina-famiglie si sarebbe seduta al tavolo con noi e che avrei magicamente smesso di essere triste e arrabbiata?

Apre la bocca e la richiude, alzando le spalle. Batte le dita sul piano di metallo del tavolo "Non lo so," mormora. "Ma non pensavo che avresti reagito così."

Mi allungo verso di lui, triste e arrabbiata. Sono in questo stato d'animo da quando se n'è andato. È estenuante. Invece di perdere completamente la pazienza, respiro a fondo. "So che tu hai voltato pagina, papà, ma io non l'ho fatto. Sto ancora elaborando il fatto che tu e la mamma non tornerete insieme." Deglutisco e mi costringo a continuare. "La mia famiglia si è spaccata e tu vai avanti con la tua vita come se non fosse successo niente."

"Mi dispiace, Nat." La sua mano scivola lentamente sul tavolo fino a quando riesce a intrecciare le sue dita nelle mie. Non le allontano e lui stringe forte. "Sei l'ultima persona che vorrei far soffrire. Sei tutto per me."

Si potrebbe pensare che dopo dieci mesi il dolore per la loro separazione si sia smorzato, ma è così. Non vorrei commuovermi, ma è difficile trattenere le lacrime.

Anche se so che non succederà, non posso fare a meno di dire con malinconia: "Vorrei che ci fosse un modo per te e la mamma di risolvere le cose."

Mi stringe di nuovo le dita. I suoi occhi diventano lucidi e colmi di emozioni. È difficile guardarli, ma è una bella sensazione. È come strappare un cerotto. "Anch'io lo vorrei. Non è stato facile andarmene. Ci ho pensato per anni, Nat. *Anni,*" sottolinea. Mi guarda cercando la mia comprensione. "È successo molto prima che Bridgette entrasse nella mia vita." Si ingobbisce. "Avrei dovuto andarmene prima, ma tu vivevi ancora a casa e speravo che io e tua madre potessimo risolvere i nostri problemi."

È un momento difficile. Gli sono grata per la sua sincerità, ma ascoltarlo e soprattutto accettare quello che dice non è semplice. Distolgo lo sguardo. Non so cosa dire.

"Capisco che questo è stato un anno difficile per te, e se potessi tornare indietro e cambiare le cose, lo farei. Odio il fatto che le mie decisioni ti abbiano fatto soffrire." Mio padre ansima e la sua voce si spezza. "Mi manca passare del tempo con te e parlare della tua vita. Mi sto perdendo così tanto. Desidero averti di nuovo vicina, come prima."

"Lo voglio anch'io," sussurro. Anche se sono ancora arrabbiata con lui, mi è mancata la sua presenza.

"So che la mia relazione con Bridgette è un punto dolente per te, ma spero che le cose miglioreranno prima o poi."

Non gli rispondo che la probabilità di miglioramento è molto bassa. È qui con me e sta cercando di risolvere i nostri problemi.

Sento che devo venirgli incontro e, per quanto doloroso sia, essere aperta all'idea di mio padre e Bridgette. "Le ho detto che non dobbiamo correre," dice mio padre, prendendomi alla sprovvista.

La cosa mi fa commuovere. Ha dato la priorità ai miei sentimenti. "E come l'ha presa?" Sono una brutta persona se spero che si sia arrabbiata e lo abbia mollato?

Forse, ma non m'importa.

"Ha capito il motivo. Non vuole essere d'intralcio al nostro rapporto." Sorride leggermente. "Penso fosse solo un po' troppo impaziente di conoscerti." Poi scuote la testa e ammette: "Avrei dovuto fermarla, ma non l'ho fatto. È colpa mia."

Per quanto mi faccia male ammetterlo, anche a me stessa, forse quella donna non è poi così male, anche se mi riservo il diritto di tornare sui miei passi.

"Passiamo del tempo insieme," dice papà.

Anche se è infantile e non ne vado fiera, chiedo: "Da soli?"

Lui sorride, poi sospira. "Sì, da soli. Finché non sarai pronta non parlerò di Bridgette, va bene?" Osserva le nostre mani intrecciate. "Però devi capire che la amo, Nat. Prima o poi la sposerò. Ma dato che non sei pronta, rimandiamo." Mi lancia un'occhiata severa. "Per il momento."

Preferirei che tornasse a casa e cercasse di risolvere i problemi con la mamma, ma capisco che non succederà.

Annuisco. "Va bene."

"Bene." Lancia uno sguardo al suo orologio. "Sei sicura di non voler pranzare? Ho un po' di tempo prima di dover tornare a lavoro."

Per la prima volta da quando ho rivisto papà, mi torna in mente la preoccupazione per l'assenza di Brody dalla lezione. Scuoto la testa. "No, mi dispiace. Devo fare una cosa." Mi alzo dalla panchina, prendo la borsa e gli chiedo: "Come sapevi dove trovarmi?"

Il campus della Whitmore è grande. Trovare qualcuno qui è un'impresa.

"Me l'ha detto il tuo amico Brody."

Mi blocco. "Brody?"

"Sì, è venuto a trovarmi in ufficio. Devo ammettere che all'inizio ero sorpreso, ma mi ha aiutato a capire quanto il divorzio ti abbia fatto soffrire." Si schiarisce la gola. "Mi vergogno di dirlo, ma non me n'ero reso conto. Pensavo che, essendo più grande, sarebbe stato più facile per te. Ma non è stato così, vero?"

Scuoto la testa. Non importa quanti anni hai, ma quando la tua famiglia si spacca, fa male. Tuttavia, non è a questo che sto pensando. Le ginocchia mi cedono e mi accascio sulla panchina. "Brody è venuto a trovarti?" Non riesco a credere che l'abbia fatto.

Annuisce. "Sì."

"Quando?" Riesco a malapena a parlare. Il cuore mi batte all'impazzata nel petto.

"Ieri. Abbiamo parlato per circa trenta minuti."

Brody è andato da lui il giorno dopo la nostra rottura? Non ha senso. Perché l'ha fatto?

Inizio a piangere. Non riesco a farne a meno.

"Nat?" mi chiede papà, preoccupato. "Cosa c'è che non va?"

Scuoto la testa e mi asciugo le lacrime con il dorso della mano. "Niente."

"Quel ragazzo si preoccupa davvero per te," aggiunge. "È il tuo fidanzato?" Mi osserva attentamente. Sicuramente sta cercando di capire cosa sta succedendo.

"No," sussurro. "Non lo è". È come ricevere una pugnalata al cuore. Sto malissimo. Mi alzo di nuovo dalla panchina e afferro la borsa. "Devo andare, papà. Mi dispiace."

Lui si alza insieme a me, preoccupato e confuso. "Sei sicura di stare bene?"

Penso così tanto a Brody che riesco a malapena a sentire mio padre. "Starò bene." Mi allontano, ma poi mi giro e gli chiedo: "Potresti prestarmi la tua macchina?"

"Certo." Senza nemmeno esitare, prende le chiavi dalla tasca e me le lancia.

Le prendo e inizio a camminare all'indietro. "Come farai a tornare al lavoro?"

"Chiamerò un Uber."

Sorrido. "Sai come si fa?"

Alza le spalle. "Quanto può essere difficile?"

Sorrido di nuovo. "Grazie, papà."

Mi indica la strada. "Ho parcheggiato a un isolato da Denison. Ora sbrigati. Ci vediamo più tardi, quando mi riporterai la macchina. Forse allora potrai spiegarmi cosa sta succedendo."

"Lo farò!" urlo cominciando a correre.

Spero solo che quando troverò Brody, mi ascolterà e mi darà la possibilità di spiegare. Forse è troppo tardi per tornare insieme, ma deve sapere che i miei sentimenti sono molto più profondi di quanto non gli abbia lasciato intendere.

CAPITOLO QUARANTAQUATTRO

NATALIE

Con le farfalle che mi ronzano nello stomaco, parcheggio la Honda Accord di mio padre. Mentre guidavo ho riflettuto su cosa dire a Brody, ma ora che sono davanti a casa sua non ricordo più nulla.

Ho paura che non mi darà la possibilità di spiegarmi, e non lo biasimerei. Se penso alla sua espressione ferita di due giorni fa, sto ancora male.

Sento di aver rischiato molto venendo qui.

Di aver sbagliato.

Ma non posso *non* dire a Brody quello che provo. Non posso lasciare che pensi che non m'importi di lui. Tengo a lui così tanto che mi fa soffrire.

Chiudo gli occhi e respiro a fondo.

Okay. Posso farcela. Posso…

Qualcuno bussa al finestrino.

Apro gli occhi e a stento trattengo un urlo.

Sollevo la mano al petto e guardo il ragazzo vicino alla macchina, che mi fissa alzando le sopracciglia.

"Natalie? Che ci fai qui?" mi chiede.

Deglutisco e abbasso il finestrino. "Ciao." Sono così nervosa che riesco a malapena a rispondere. "Sono venuta a parlare con Brody."

Luke si raddrizza e incrocia le braccia. Il suo sguardo si incupisce. Siamo sempre stati in buoni rapporti, ma al momento mi guarda come se fossi un insetto schiacciato sul suo parabrezza. Credo che se volesse mi direbbe di andare a quel paese.

"Non è una buona idea," dice.

"Perché?" Sto per impazzire, e le sue parole mi fanno stare peggio.

"Brody ha molte cose per la testa al momento." Il disprezzo nella sua voce mi fa venire i brividi. "Non gli confondere ancora di più le idee. Hai già fatto un macello."

Spalanco la bocca. Mi sento angosciata e in colpa, e protesto: "Non ho…"

"Sì, invece," mi interrompe lui. "L'hai fatto, che tu te ne renda conto o no."

Deglutisco e cerco di spiegare: "Ma…"

Lui non ha intenzione di starmi a sentire, quindi scuote la testa e fa un passo indietro. "Brody è a Milwaukee. Sta cercando un appartamento per l'anno prossimo. Non tornerà prima di domenica sera. La cosa migliore che tu possa fare è lasciarlo stare e andare avanti."

Oh no!

Credevo che il peggio fosse incontrare Brody e farmi mandare all'inferno, ma non avere nemmeno l'opportunità di parlargli è ancora più terribile. Deve sapere la verità.

Dimenticandomi di Luke, appoggio la testa al volante nel tentativo di fermare le lacrime che mi bruciano gli occhi.

E ora?

Devo parlargli di persona, non al telefono.

"Natalie?"

Mi giro lentamente e incrocio lo sguardo preoccupato di Luke. Le sue dita premono contro il finestrino.

"Devo parlargli," singhiozzo. "Devo spiegargli cos'è successo."

"Gli piacevi davvero," dice Luke a malincuore. "Non l'ho mai visto così interessato a una ragazza. E tu…"

Chiudo gli occhi, come se bastasse a lenire il mio dolore, ma non funziona. "Lo so," sussurro. "So quello che ho fatto. Non volevo farlo soffrire."

"Ma l'hai fatto lo stesso," dice.

Ha ragione. "Pensavo di fare la cosa giusta lasciandolo andare."

Luke mi chiede incuriosito: "Lo pensi ancora?"

"No."

"Sei una delle poche persone con cui Brody si è aperto e confidato, sappilo." Le sue parole sono un'altra pugnalata al cuore. Luke e Zara sono perfetti insieme: entrambi dicono le cose come stanno.

"Lo so già." La sua schiettezza mi fa soffrire ancora di più.

Luke sospira e si raddrizza. "Brody e suo padre sono al Park Hotel a Milwaukee."

Lo fisso. Lui fa spallucce e alza un sopracciglio. "Adesso sai dov'è. Sta a te fare la prossima mossa."

Alzo la testa, annuisco e accendo il motore.

CAPITOLO QUARANTACINQUE

BRODY

"Cosa pensi dell'ultimo appartamento che abbiamo visto?" dice mio padre prima di bere un sorso di whisky. "Carino, vero?"

Siamo arrivati a Milwaukee ieri sera sul tardi e stamattina abbiamo fatto colazione con l'allenatore della difesa dei Mavericks. Hanno giocato insieme a Chicago prima che mio padre passasse alla squadra di Detroit. Il resto della giornata l'abbiamo passato con Dana, l'agente immobiliare che ci ha accompagnati alla ricerca dell'appartamento. Siamo tornati all'hotel quasi un'ora fa e ci siamo fermati al bar per bere qualcosa.

Annuisco, ma in realtà non lo sto ascoltando.

Pensavo che questo viaggio mi avrebbe aiutato a non pensare a Natalie e a concentrarmi sul futuro, ma non ho fatto altro che tenere il broncio. Ieri l'ho vista di sfuggita nel campus e per poco le mie ginocchia non hanno ceduto. Volevo prenderla e...

Cosa? Cosa avrei dovuto dare?

Farla ragionare?

Pretendere che riconoscesse i suoi sentimenti nei miei confronti?

No. Non potevo fare nessuna delle due cose.

Dovrò starle lontano finché non accetterò che i suoi sentimenti non sono forti come i miei. Andar via sembrava il modo migliore per farlo.

Al contrario, la distanza non ha fatto altro che farmi capire che dopo la laurea andrò avanti con la mia vita e non la rivedrò mai più. Non ci incroceremo più nel campus, o a una festa, o a lezione.

Quel capitolo della mia vita finirà.

Qualcuno dovrebbe spiegarmi come potrei allontanarmi da lei, dall'unica donna che mi fa sentire davvero vivo.

"Brody."

Mi costringo a tornare al presente. "Sì?"

Mio padre mi fissa prima di bere un altro sorso. "Devi darti una svegliata e concentrarti sulle cose importanti."

Distolgo lo sguardo e osservo le vetrine sulla strada trafficata davanti all'hotel. Il tempo è stato grigio e piovoso per la maggior parte della giornata, e corrisponde perfettamente al mio umore.

Alza un sopracciglio. "È proprio per questo che non volevo che avessi una relazione stabile a questo punto della tua carriera. Non ti serve una ragazza, non è altro che una distrazione."

Mi passo le dita tra i capelli e ribatto, irritato dalle sue parole: "Potremmo evitare di parlarne?" Mio padre è l'ultima persona con cui voglio affrontare l'argomento.

"Starai meglio senza di lei, Brody. Ho cercato di dirtelo prima, ma ti sei rifiutato di ascoltarmi." Mi punta un dito contro. "Niente relazioni. Vedrai, sarai più tranquillo così."

Mi ci vuole un attimo per elaborare quello che ha detto. "Di cosa stai parlando?"

Dopo la discussione al brunch in cui mi ha detto di lasciare Natalie, ho fatto di tutto per non dire il suo nome, e ovviamente non gli ho raccontato della nostra rottura. Non avevo voglia di sentirmi dire *te l'avevo detto*.

"Ti ha lasciato, non è vero? È per questo che sei di cattivo umore?" Mio padre posa il bicchiere sul bancone. "Ascolta, il miglior modo per dimenticare una donna è andare a letto con un'altra. Stasera esci a divertirti un po'. Sei nella città perfetta per farlo."

Le sue parole non fanno altro che farmi arrabbiare ancora di più. "Come fai a sapere che Natalie mi ha lasciato?"

Lui si guarda intorno, poi torna a fissarmi e alza le spalle. "Non saprei. Me l'avrai detto qualche giorno fa."

Scuoto la testa guardandolo negli occhi. Sta mentendo. "Non te l'ho detto."

Si appoggia allo schienale dello sgabello, allontanandosi leggermente da me. "Sì, invece."

Mi sporgo in avanti e appoggio le braccia sul bancone di vetro. La mia voce si fa più severa. "*Non te l'ho detto*. Dopo quello che è successo al brunch, non ti avrei più parlato di lei."

"E allora come avrei fatto a saperlo?"

C'è qualcosa che mi sta nascondendo. Lo intuisco.

"Non saprei," borbotto, anche se mi sta balenando in mente un'idea a cui non voglio credere. Ripenso ai giorni immediatamente precedenti la nostra rottura, e alla sensazione che ci fosse qualcosa che non andava in Natalie. L'ultima volta che abbiamo fatto l'amore era stranamente intensa. Natalie sembrava disperata, e dopo mi aveva stretto forte, come se non riuscisse a sopportare l'idea di lasciarmi andare. Al momento non avevo dato molto peso alla cosa. Ero troppo felice.

A posteriori, il suo comportamento ha senso. Tutti i pezzi del puzzle ora si incastrano alla perfezione.

Stringo gli occhi. "Cos'hai detto a Natalie?"

Un'espressione di fastidio attraversa il volto di mio padre. "Di cosa stai parlando?"

"Hai parlato con Natalie, vero?" So che l'ha fatto. Sono proprio un idiota. Come ho fatto a non accorgermene prima?

Lui sgrana gli occhi e mi punta un dito contro. "Ti avevo detto di non farti coinvolgere da nessuna! Ti avevo detto che sarebbe stata solo una distrazione e tu non mi hai ascoltato." Scuote la testa e borbotta: "Hai fatto a botte con un compagno di squadra, sei stato cacciato dall'allenamento, hai fatto una pessima figura in pista... Quella ragazza doveva andarsene, e mi sono occupato del problema prima che potesse fare altri danni."

Incurante degli avventori seduti vicino a noi, sbatto i pugni sul tavolo, infuriato. "Non avevi il diritto di interferire nella mia relazione!"

Molti si girano sulle poltrone e ci fissano sorpresi, ma non m'importa.

"Ne avevo *tutto* il diritto!" urla mio padre. "Non mi stavi ascoltando!"

"Ho ventitré anni! Sono più che capace di decidere da solo. Non avresti mai dovuto immischiarti nella mia storia con Natalie. Non c'entri nulla!"

Lui spalanca le braccia. "Cosa avrei dovuto fare, eh? Restare in disparte e lasciare che mandassi all'aria tutto quello per cui abbiamo lavorato in questi anni?" Scuote la testa. "Non l'avrei mai fatto. Questa ragazza ti ha fatto impazzire. Qualcuno doveva intervenire e salvarti."

"Natalie è la cosa migliore che mi sia mai capitata," ringhio. "E tu hai rovinato tutto." Mi alzo. Non riesco a restare seduto un altro momento di più.

"Siediti, Brody," dice mio padre a denti stretti. "Non abbiamo finito di parlare."

La mia mascella si contrae mentre cerco di controllare la rabbia. Io e mio padre siamo sempre stati in sintonia. Dopo la morte della mamma, eravamo solo noi due, ma stavolta ha esagerato e non credo di poterlo perdonare. "Sì, invece."

Si alza e ci guardiamo. "Siediti," dice. "E parliamone da adulti. Visto che continui a dirmi che hai ventitré anni e puoi gestire la tua vita, comincia a comportarti da adulto."

Sollevo il mento. "Certo, sediamoci e parliamo di come hai agito alle mie spalle e hai messo fine alla mia relazione."

Alza gli occhi al cielo. "Non credi di stare esagerando? Era solo una storiella da niente. Ti sei affezionato e ci sei rimasto male. Tra un paio di giorni ti passerà. Fine della storia."

Stringo i pugni e faccio un passo verso di lui. "Era più di una storiella, e lo sai benissimo."

Alza un sopracciglio. "Ah sì?" Allunga la mano e la posa sulla mia spalla. Vorrei allontanarla, ma non lo faccio. "Non l'ho costretta a fare nulla. Ho lasciato che fosse lei a decidere, e lei ha scelto di lasciarti. Era la decisione giusta da prendere, e lei l'ha capito."

Sto male, perché c'è un briciolo di verità nelle sue parole. Natalie poteva dirmi ciò che mio padre voleva, ma ha scelto di non farlo. Me l'ha nascosto e mi ha spezzato il cuore.

"È meglio così, Brody," dice a bassa voce. "Col passare del tempo saresti stato peggio."

Spingo via la sua mano, infuriato. "Vaffanculo, papà."

I suoi occhi si spalancano mentre gli passo accanto. "Dove stai andando?"

"Faccio le valigie e prendo un volo per tornare a casa."

Devo incontrare Natalie e capire cosa prova. La amo, ma non capisco come abbia potuto lasciarmi. A parti inverse, io non l'avrei fatto. Niente e nessuno avrebbe mai potuto costringermi ad allontanarmi da lei.

CAPITOLO QUARANTASEI

NATALIE

Appena il taxi si ferma davanti al Park Hotel, do dei soldi all'autista e gli dico di tenersi il resto. Sei ore fa, in tutta fretta ero tornata a casa, avevo cercato dei voli per Milwaukee, e senza pensarci troppo ho comprato il primo biglietto disponibile, infilato uno spazzolino e dei vestiti in un borsone e chiamato un taxi. Tre ore dopo, ero seduta in aereo. Se pensavo di essere nervosa andando a casa di Brody, ero terrorizzata durante il volo di due ore verso nord. Ero a malapena riuscita a pensare a un piano quando la hostess ci ha comunicato di prepararci per l'atterraggio. Non avevo bagagli da ritirare, quindi sono uscita e ho chiamato un taxi.

E ora eccomi qui, con il respiro mozzato dall'ansia.

Sistemo il borsone sulla spalla, attraverso le porte di vetro girevoli e mi dirigo verso l'elegante reception all'altra estremità dell'atrio.

Una donna vestita con un tailleur grigio e perfettamente truccata mi sorride. "Benvenuta al Milwaukee Park Hotel. Ha prenotato una stanza?"

Respiro a fondo sperando di calmarmi. Ora che mi trovo qui, tremo dalla testa ai piedi. "No. Un mio amico è qui e speravo che potesse dirmi in che stanza si trova," dico con voce speranzosa.

Sono disposta a implorarla, se necessario.

Se si rifiuta di aiutarmi, sono fregata. Cosa farò? Dovrò accamparmi nell'atrio e sperare che Brody si faccia vivo? Mi guardo intorno. È proprio un posto elegante. Probabilmente mi cacceranno nel giro di quindici minuti.

La receptionist mi guarda con aria compassionevole e scuote la testa. "Mi dispiace, non posso. È contro le regole dell'hotel."

E adesso? "Potrei lasciargli un messaggio?"

"Certo, ma purtroppo non si può fare altro," aggiunge in tono severo, nel caso avessi intenzione di protestare.

"Va bene." Sospiro cercando una penna e un pezzo di carta nella borsa, ma ovviamente non riesco a trovarli. Sentendomi un'idiota, le chiedo: "Scusi, mi potrebbe dare un foglietto e una penna?"

"Certo."

Proprio mentre inizia a cercarli sotto il bancone, una voce profonda dice: "Non sarà necessario, Abigail. Ci penso io."

Il mio stomaco si contorce mentre mi giro e vedo il padre di Brody a pochi metri da me. È l'unica persona che speravo di evitare e la prima in cui mi sono imbattuta.

La fortuna è decisamente dalla mia parte.

"Certo, signor McKinnon," risponde Abigail. "Mi faccia sapere se le serve altro."

"Sarà fatto," dice lui continuando a guardarmi. "Natalie, che sorpresa."

Non è certamente una bella sorpresa, a giudicare dalla sua espressione impassibile.

Mi raddrizzo. Sono minuscola rispetto a lui. Gli ho permesso di intimidirmi una volta, e non succederà più.

"Sono qui per vedere Brody," dico con voce decisa.

Lui guarda Abigail, che sta aiutando un altro cliente. "Perché non ne parliamo altrove?"

Senza nemmeno aspettare la mia risposta, si allontana e non mi resta che seguirlo. Si siede su uno dei divani dell'atrio.

Sono costretta a scegliere una delle sedie. Mi siedo sul bordo, a disagio. "Signor McKinnon, so di non piacerle." Non so se quello che sto per dire farà la differenza, ma ci devo provare. Dopotutto, aveva preso la sua decisione prima ancora di incontrarmi. "Io amo suo figlio."

Lui si sporge in avanti, appoggia i gomiti sulle ginocchia e intreccia le mani davanti a sé. "Apprezzo che tu provi qualcosa per Brody, davvero, ma so cos'è meglio per lui. Ci sono passato anch'io. So cosa bisogna fare per avere successo: concentrarsi sullo studio e prepararsi per l'Hockey League."

Mi inumidisco le labbra. "Non sto cercando di ostacolarlo."

"Natalie, sei giovane." Mi parla come se fossi una bambina. "Ti innamorerai molte volte prima di trovare l'uomo giusto. Quanti anni hai? Ventuno? Ventidue?"

"Ventidue," sussurro.

Lui mi sorride in modo condiscendente scuotendo la testa. "Non sai cosa vuoi dalla vita e con chi vuoi stare." Fa una pausa per farmi metabolizzare quello che ha detto. "Lo stesso vale per mio figlio. Sei la prima ragazza con cui si è impegnato seriamente. Quanto credi che durerà? Due mesi? Quattro? Forse sei, se va tutto bene?"

Una voce profonda ci interrompe proprio mentre apro la bocca per rispondere. "Non so quando durerà, ma sta a me e Natalie scoprirlo. Non a te."

Mi alzo in piedi e mi giro, incrociando subito il suo sguardo. Mi si stringe il cuore. Non lo vedevo da un paio di giorni, ma sembrava un'eternità. Sono tentata di gettarmi tra le sue braccia, ma non mi muovo.

Non posso.

Non ancora.

Non prima di aver parlato con lui.

"Brody," sussurro. Ho il cuore in gola e non riesco a respirare. Mi guarda intensamente. "Che ci fai qui?" mi chiede dolcemente.

"Dovevo parlarti." Nelle mie parole ci sono così tante emozioni represse che è difficile nasconderle e non rivelargli subito i miei sentimenti chiedendogli perdono.

Lui alza un sopracciglio. "Non potevi aspettare il mio ritorno?"

Scuoto la testa. "No." Lo supplico cón lo sguardo di darmi la possibilità di spiegarmi, di sistemare le cose.

Brody si gira verso suo padre e solo ora noto il borsone che porta in spalla. "Posso arrangiarmi da solo per il resto del weekend." Il suo tono si fa freddo e duro. "Non avrò bisogno del tuo aiuto."

John impallidisce e scatta in piedi. "Brody..."

"Sono serio," sbotta Brody. "D'ora in poi me la vedrò da solo. Non ho bisogno che tu mi tenga la mano o decida cosa è meglio per me. Sono più che capace di farlo da solo."

John sembra voler ribattere qualcosa, ma poi annuisce. "Se è questo che vuoi."

"Lo è," conferma Brody.

"Allora cambierò il mio volo e tornerò a casa stanotte. Non cancellare l'appuntamento di domattina con Dana e fammi sapere se decidi qualcosa."

Brody alza le spalle e rilassa la mascella. "Grazie," dice in tono burbero.

John distoglie lo sguardo per un attimo, poi torna a osservare il figlio e dice con una voce carica di emozioni: "Stavo solo cercando di fare ciò che ritenevo giusto, tutto qui."

"Ho provato a dirti cosa fosse meglio per me e non hai voluto ascoltarmi. Non voglio più essere ignorato. Sono stanco di vederti prendere tutte le decisioni al posto mio mentre ignori quelle con cui non sei d'accordo."

A giudicare dalla sua espressione umiliata, sembra che John McKinnon non sia abituato a perdere il controllo della vita di suo figlio. Sarà difficile per lui fare un passo indietro e dare a Brody lo spazio di cui ha disperatamente bisogno.

John infila le mani nelle tasche dei pantaloni neri e alza le spalle. "Bene, mi faccio da parte."

Brody sospira. "Ti ringrazio."

"Vado di sopra a fare qualche telefonata, poi mi toglierò dai piedi."

"Ti contatterò quando tornerò a casa."

John annuisce. "Va bene."

Suo padre si allontana ignorandomi e si dirige verso gli ascensori di vetro. Una volta soli, Brody mi fissa. Il mio corpo trema per la tensione. Non ho idea di come andrà questa conversazione e la cosa mi spaventa a morte.

L'uomo che mi sta di fronte è tutto per me, e io l'ho allontanato invece di tenerlo stretto come avrei dovuto.

Indico le sedie e i divani. "Possiamo sederci e parlare?"

"Certo." Gli occhi color whisky di Brody restano fissi sui miei mentre mi si siede accanto. Inspiro profondamente. Non so da dove cominciare. Sono venuta fin qui per dirgli quello che provo e le parole mi si bloccano in gola. Mi viene da piangere, ma devo resistere. Brody si avvicina e mi prende in braccio, cogliendomi alla sprovvista. Lo guardo con gli occhi spalancati.

Sorride leggermente, mi abbraccia e mi stringe a sé. La sua voce profonda risuona in me, come ha sempre fatto. "Davies. Mi stai uccidendo. Dillo e metti fine alle nostre sofferenze."

Mi tranquillizzo immediatamente.

Che ci crediate o no, rido mentre le lacrime mi rigano le guance. Le asciugo con il dorso della mano. "Scusa, ma non so di cosa tu stia parlando."

Lui sorride e scuote la testa. Il mio cuore fa le capriole nel petto. Non ero sicura che mi avrebbe guardato di nuovo così. Temevo di averlo perso.

Prima ancora che apra la bocca per parlare, mi fa il solletico e rido così a crepapelle che la gente si gira a guardarci, ma non mi interessa. Mi importa solo dell'uomo che mi tiene tra le braccia.

"Parla, Davies, o resteremo tutta la notte qui e ti farò il solletico finché non te la farai addosso."

Lo prendo in parola, ma non è per quello che inizio a parlare. Gli dico quello che provo perché è la verità e deve saperla. Deve sapere quanto tengo a lui.

"Ti amo, Brody," dico senza fiato. "Ti amo tantissimo."

Il suo sguardo si intenerisce e non mi fa più il solletico. Gli avvolgo le braccia intorno al collo e lo attiro a me per baciarlo sulle labbra.

"Ti amo anch'io." Appoggia la fronte contro la mia continuando a guardarmi negli occhi. "Sei tutto per me, lo sai?"

"Sì." Come potrei non saperlo? Prima ancora di dirmelo quella sera a cena, me l'ha dimostrato ogni giorno, in tanti modi. Mi fa male sapere di averlo fatto soffrire. "Mi dispiace tanto di averti ferito," gli dico con sincerità. "Pensavo che lasciarti andare fosse la cosa migliore."

Un'ombra passa sui suoi occhi. "So cos'ha fatto mio padre. Mi dispiace che ti abbia messo in quella posizione."

Sospiro sollevata. Finalmente ci siamo detti tutto. "Avrei dovuto dirtelo immediatamente, ma temevo che avrebbe causato problemi tra voi. È la tua unica famiglia."

"Non ti preoccupare. Siamo a posto, deve soltanto imparare a farsi da parte. Tutto qui. Andrà tutto bene." La sua espressione si fa più severa. "Promettimi che non mi nasconderai più nulla. Qualunque cosa succeda, ne parleremo e l'affronteremo insieme. Questi due giorni senza di te..." Scuote la testa e fa una smorfia di dolore. "Mi hanno quasi ucciso. Non voglio più sentirmi così. Promettimelo."

"Te lo prometto, Brody." Abbasso lo sguardo. "Mi dispiace tanto."

"L'unica cosa che conta è che tu sia qui, tra le mie braccia, dove dovresti stare."

Sospiro e appoggio la testa al suo petto forte.

Ha assolutamente ragione.

È qui che dovrei stare. Con lui. Sempre.

"Bene. Ora che abbiamo chiarito questo punto, possiamo andare. Abbiamo alcune cose da fare." Mi sposta e si alza in piedi.

Corrugo la fronte. Di cosa sta parlando? "Abbiamo da fare?"

"Oh sì." Mi prende in braccio e cammina con passo deciso verso gli ascensori. "Devi farti perdonare gli ultimi due giorni."

Trattengo il sorriso e alzo un sopracciglio. "Oh, davvero?"

Ha uno sguardo eccitato che mi fa venire i brividi. Non so come faccia. Gli basta guardarmi per farmi bagnare.

"Sì, cominciando con quella cosa con la lingua che mi piace tanto."

Mi rannicchio contro il suo petto, soddisfatta. "Credevo che ti piacesse quando..." gli sussurro all'orecchio.

Lui geme. "Cavolo, piccola... sai che impazzisco anche per quello."

"Lo so." Lo guardo compiaciuta. "Immagino sia un bene per te che finalmente sia diventata più esperta."

Brody impreca sottovoce e io ridacchio mentre schiaccia il pulsante dell'ascensore più e più volte.

CAPITOLO QUARANTASETTE

BRODY

"Che ne pensi?" chiede Dana avvicinandosi alle finestre a tutta altezza che coprono la parete. "Non è meraviglioso?"

Do un'occhiata all'appartamento che ci sta mostrando. Ha tutto quello che cerco: soffitti alti, stanze spaziose e una cucina professionale. Non è ammobiliata e sembra un mare di legno duro e lucido. Prendo Natalie per mano e ci avviciniamo alle finestre che danno sul lago Michigan.

È una vista stupenda. Potrei abituarmici.

Natalie resta senza fiato guardando il panorama.

Ieri, mentre visitavamo degli appartamenti, Dana aveva flirtato spudoratamente con me. In diversi casi le sue dita si erano soffermate un po' troppo sul mio braccio e si era avvicinata più del dovuto, sfiorandomi col seno. Verso la fine del pomeriggio, mi aveva proposto di vederci per un drink e per discutere degli appartamenti. Certo, la cosa sarebbe potuta iniziare in modo abbastanza innocente al piano di sotto, nel bar dell'hotel, ma senza dubbio più tardi mi avrebbe proposto di spostare la conversazione nella mia suite.

Oggi, con Natalie al mio fianco, è totalmente professionale.

"E i servizi del Remington sono incredibili," continua Dana. "Due posti auto in un garage riscaldato, un portinaio in servizio ventiquattr'ore su ventiquattro e sette giorni su sette, servizi di lavanderia a secco, un servizio auto e la pulizia della casa a un prezzo davvero ragionevole." Guarda me e Natalie, cercando di capire se siamo interessati. "Questo edificio è uno dei più lussuosi e richiesti della città."

"È bellissimo," mormora Natalie continuando a fissare le colline innevate intorno a Milwaukee.

Io resto in silenzio e Dana si schiarisce la gola. "Vado di sotto a discutere con l'amministratore per avere il servizio di pulizia gratis per il primo anno. Perché non vi prendete qualche minuto per dare un'occhiata in giro e ci vediamo nell'atrio quando avete finito?"

Le sorrido educatamente. "Ottima idea. Grazie, Dana." Sono felice di poter parlare da soli. Voglio sentire cosa ne pensa Natalie.

Una volta che Dana se n'è andata e tra noi è calato il silenzio, abbraccio Natalie da dietro.

Mai più, mi dico.

Non permetterò mai più che qualcosa ci separi.

"Che ne pensi?" le mormoro all'orecchio. "Non è meraviglioso?"

"Lo adoro," dice girandosi per guardarmi negli occhi. Credevo che sarebbe stata contenta di aiutarmi a cercare un appartamento, ma è rimasta mogia per tutto il pomeriggio. "Ma quello che penso io non conta. Basta che piaccia a te." Anche se distoglie lo sguardo, riesco a vedere la sua espressione triste. "Dopotutto vivrai tu qui."

La attiro più vicino a me e sussurro: "Beh, speravo che potessimo viverci insieme."

Spalanca gli occhi continuando a fissarmi. "Cosa?!" esclama sorpresa.

Ieri Natalie mi ha detto che mi amava.

L'amo anch'io.

Non gliel'ho detto quando me ne sono reso conto, ma era da molto che l'amavo, e i miei sentimenti crescevano ogni giorno più intensi. Dopo tutto quello che abbiamo passato, non ho intenzione di lasciarmela scappare di nuovo. Non so cosa mi riserverà il futuro, ma di una cosa sono sicuro: voglio Natalie al mio fianco, succeda quel che succeda.

Lei non risponde e continua a fissarmi. Il mio cuore si ferma.

Cavolo… Forse ho esagerato. Forse avrei dovuto far finta di niente e non bruciare le tappe.

Sono nervosissimo. "Senti, so che non stiamo insieme da molto e forse sto esagerando, ma voglio un futuro con te, Natalie. Quando mi trasferirò qui in primavera, voglio che tu sia al mio fianco."

"Sei sicuro?" Cerca i miei occhi come se la risposta fosse scritta lì.

Le sfioro la guancia. "Piccola, non sono mai stato così sicuro di qualcosa. Sei tutto per me."

Lei si gira e avvolge le braccia intorno al mio collo, premendo i seni contro il mio petto. "Lo voglio anch'io."

Sorrido. Sono l'uomo più fortunato del mondo. "Ti ho sempre amato, Davies. Anche quando mi odiavi, io ti amavo."

"Non ti ho mai odiato," mormora sorridendo.

Aggrotto le sopracciglia. Non è vero. "Sì, invece, e lo sappiamo entrambi."

"Bene, allora forse sì." La sua espressione si fa seria. "Ma è stato prima di conoscere l'uomo che sei veramente, quello di cui mi sono innamorata. Sei molto più di quanto pensassi e adesso… adesso non riesco a immaginare di vivere senza te."

"Non ce n'è bisogno," le prometto solennemente. Non riesco a resistere. Inclino la testa e sfioro le sue labbra. Lei apre la bocca, avida come sempre.

Quanto l'adoro!

Mi allontano leggermente da lei e le chiedo: "Ti andrebbe di inaugurare questo appartamento prima di fare un'offerta?"

Lei scoppia a ridere come se stessi scherzando. "Brody…"

"Dico sul serio, Davies." La trascino nella camera da letto principale che, se non ricordo male, ha un tappeto soffice di cui possiamo approfittare. "Facciamo nostro questo posto."

EPILOGO

BRODY

*D*ue anni dopo...
La porta si apre ed entra mia moglie.

Già.

Mia moglie.

Siamo sposati da due mesi. Ho fatto in fretta. Non appena la mia prima stagione con i Milwaukee Mavericks è finita, siamo diventati marito e moglie e siamo andati in viaggio di nozze per due settimane a Bora Bora. Il posto era isolato, e ne abbiamo approfittato per fare i nudisti.

Accidenti, mi manca vedere mia moglie che sguazza nell'oceano indossando solo un cappellino. Cascasse il mondo, torneremo lì per due settimane ogni anno.

Poiché ho intenzione di diventare il marito dell'anno, la cena è già pronta e aspetto Natalie sulla terrazza. Mi sono limitato a preparare l'insalata e degli spaghetti. Durante la bassa stagione mi piace sperimentare nuove ricette, anche se so di non essere uno chef stellato. Tuttavia, a giudicare dal numero delle volte in cui lo facciamo, devo dire che i miei sforzi culinari sono molto apprezzati. E dato che imparo in fretta, potete stare certi che continuerò a prepararle la cena soprattutto quando torna stanca dal lavoro.

Certo, mi piacerebbe se non lavorasse e potessimo stare di più insieme, possibilmente a letto, ma è quello che Natalie desidera. Voglio soltanto che mia moglie sia felice. Ci sosteniamo a vicenda, ed è per questo che la nostra relazione funziona. Sarà sempre così.

"Ehi, piccola," dico quando mi raggiunge nel soggiorno. "La cena e un calice di vino ti aspettano sul terrazzo."

Natalie mi sorride riconoscente e si toglie i tacchi prima di sciogliere i capelli, che si riversano sulle spalle.

Sono già eccitato, ma c'è di più, qualcosa che non pensavo di provare quando l'ho vista per la prima volta in classe.

Come ho fatto ad essere così fortunato?

Non ne ho idea, ma non me la lascerò mai scappare.

"Ti ho detto quanto ti amo ultimamente?" mi chiede.

"No." Indico le labbra. "Baciami, tesoro."

Lei sorride e si avvicina, avvolgendomi le braccia intorno al collo e avvicinando il mio viso al suo. "Ti amo," sussurra dolcemente prima di baciarmi.

Io apro immediatamente la bocca e la sua lingua si intreccia con la mia. Mi viene subito un'erezione. La cena adesso è l'ultimo dei miei pensieri. Voglio prendere Natalie in braccio e portarla a letto. Gli spaghetti dovrebbero essere pronti tra un'ora o poco più. Se non lo saranno, ordineremo cibo da asporto.

Non sarebbe la prima volta.

"Ti amo anch'io," mormoro.

Non riesco più ad aspettare e inizio a sbottonarle la camicia. È sexy da morire con la camicetta bianca e setosa, la gonna a tubino stretta che le arriva appena sopra le ginocchia.

Vestita così è meravigliosa.

Oramai è diventata la nostra consuetudine serale, e so benissimo cosa troverò sotto la camicia e la gonna: calze nere autoreggenti e biancheria intima sexy. Non vedo l'ora di vedere quale ha scelto stamattina.

Vedere Natalie al centro del nostro salotto, illuminata dalla luce del tardo pomeriggio, con addosso solo il reggiseno, le mutandine e le calze, basta per eccitarmi.

Non sono mai sazio. La mia dipendenza è sempre più forte.

E, per fortuna, vale lo stesso per lei.

La nostra storia è iniziata nella finzione, ma è diventata la relazione più importante della mia vita.

Le sfilo la camicetta mentre faccio scendere la gonna lungo i suoi fianchi stretti finché non rimane completamente nuda.

Questa donna è come un sogno erotico in carne ed ossa. Ed è mia. Sarà *sempre* mia.

Mi inginocchio guardandola con desiderio. "Piccola, sei meravigliosa."

Natalie sorride e mi accarezza le guance coperte da una leggera barba. Mi aspetto che dica qualcosa del tipo, *portami a letto o prendimi qui.*

Ma non lo fa.

Dice: "Oggi ho parlato con Amber."

"Ah sì?" Sarà meglio che chiuda qui la conversazione, o la mia eccitazione sparirà in men che non si dica.

"È di nuovo incinta," dice continuando ad accarezzarmi il viso.

Gemo. Troppo tardi. "Davvero?" borbotto, sperando di salvare il salvabile. "Dobbiamo proprio parlarne adesso?" Vorrei tanto averla. Ho sgobbato tutto il giorno ai fornelli per prepararle la cena... Va bene, non tutto il giorno, ma merito una ricompensa per i miei sforzi.

Lei fa fatica a trattenere le risate. "Pensavo che volessi sapere che avrai un altro fratellino o una sorellina."

Scuoto la testa, cercando di non pensare a come la mia matrigna abbia fatto a rimanere incinta. Per poco non mi vengono i brividi. "Abbiamo questioni più urgenti di cui occuparci al momento, se capisci cosa intendo." E sono sicuro lo comprenda. "Penso che avresti potuto aspettare un'oretta per darmi la bella notizia," brontolo. Mi sporgo in avanti e la bacio attraverso le mutandine di pizzo.

Le sue dita si insinuano tra i miei capelli. Adoro quando lo fa. "Beh, ho pensato che volessi sapere che lei e tuo padre non saranno gli unici ad avere un bambino tra sette mesi."

Aspetta... cosa?

Mi fermo e guardo i suoi occhi lucidi.

"Sono incinta," sussurra sorridendo.

"Cosa? Com'è possibile?" le chiedo senza pensarci.

Natalie alza un sopracciglio. "Devo proprio spiegartelo, Brody? Potrei farlo, ma pensavo che..." Alza le spalle.

"No," ridacchio. Che saputella. L'adoro anche per questo. Sono pazzo di lei. "Non stavamo usando delle precauzioni?"

Lei scuote la testa e si mordicchia il labbro inferiore. Sembra insicura. "Durante la luna di miele ho dimenticato di prendere la pillola un paio di volte." Abbassa la voce, e il suo tono si fa serio. "Sei arrabbiato? Del resto avevamo deciso di aspettare qualche anno prima di mettere su famiglia."

Ancora in ginocchio, avvolgo le braccia intorno ai suoi fianchi e la attiro a me fino a posare la testa sulla sua pancia. Come ho fatto a non accorgermene prima? Natalie ha sempre avuto il ventre piatto. Ora è leggermente rotondo. La vedo nuda tutte le sere e non ci ho proprio fatto caso.

"Stai scherzando? Sono al settimo cielo!" È vero.

La guardo negli occhi per farle capire che sono sincero.

"Davvero?" sussurra con un'aria ancora incerta. Odio averle tolto anche solo un momento di gioia.

"Certo. Ti amo. Mi piace l'idea di aver creato questo bambino durante la luna di miele. Lo rende ancora più speciale."

Le bacio la pancia e mi alzo in piedi. Con un movimento rapido, prendo in braccio Natalie e la porto in camera. Lei mi sorride e nei suoi occhi brilla così tanto amore che mi sento l'uomo più fortunato del mondo.

Sì, ordineremo sicuramente cibo da asporto tra un paio d'ore.

O tre.

Ora, se volete scusarci, piccoli ficcanaso, vado a fare l'amore con la mia splendida moglie. E forse, giusto per scherzare, lascerò che mi spieghi come si fanno i bambini. Il solo pensiero mi fa eccitare.

✳ ✳ ✳

Grazie per aver letto 'Ti odio… perché ti amo!" Spero che vi siate divertiti a leggere la storia di Natalie e Brody tanto quanto mi sono divertita a scriverla!

TUTTO È INIZIATO con una bucket list e un romanzo rosa…

Conosco Ryder McAdams da una vita. Siamo vicini di casa, e le nostre famiglie sono molto unite. È anche il migliore amico e compagno di squadra di mio fratello minore, Maverick.

Tuttavia, io e Ryder non siamo mai stati amici, anzi, ho sempre pensato di non piacergli. E lui fa di tutto per ignorarmi.

Sapete qual è la cosa peggiore?

Ogni volta che i nostri sguardi si incrociano, l'energia che si sprigiona attraversa ogni singola cellula del mio corpo. Purtroppo, chiunque dica che non possiamo decidere da chi essere attratti ha decisamente ragione.

E io faccio del mio meglio per reprimere questo sentimento.

Siamo alla Western da ormai tre anni, e ci parliamo solo quando siamo costretti a farlo. Lui è troppo impegnato tra feste e il suo gruppetto di fan, mentre io passo il tempo a studiare per far avverare il mio sogno ed entrare nella facoltà di medicina.

Tutto è cambiato quando una notte Ryder mi ha riaccompagnata a casa ubriaca e ha trovato la bucket list che avevo scritto durante l'ultimo anno di liceo.

Sapete quante cose ho fatto da allora?

Nessuna.

Per qualche strano motivo, Ryder ha deciso che mi aiuterà a completarla prima della laurea. E mi andrebbe bene, se la lista non includesse delle cose decisamente sexy…

Come avere il mio primo orgasmo.

Ti odierò per sempre

ANCHE DI JENNIFER SUCEVIC

Serie Western Wildcats Hockey

Ti odierò per sempre

Non ti amerò mai

Non sarai mai mia

L'AUTRICE

Jennifer Sucevic è un'autrice bestseller di USA Today che ha già pubblicato 24 romanzi per adulti. Le sue opere sono state tradotte in tedesco, olandese, italiano, portoghese, ebraico e francese. Ha una laurea triennale in storia e una laurea magistrale in psicologia dell'educazione presso l'University of Wisconsin-Milwaukee. Jen ha iniziato a lavorare come consulente scolastica prima di trasferirsi con la sua famiglia e di dedicarsi alla sua passione per la scrittura. Quando non è impegnata a scrivere o a sognare protagonisti da urlo di cui innamorarsi, potete trovarla in sella a una bici o sulla spiaggia. Vive nel Michigan con la sua famiglia.
Se desiderate ricevere regolarmente degli aggiornamenti sulle nuove uscite,
iscrivetevi alla sua newsletter qui-
Jennifer Sucevic Newsletter

Oppure contattate Jen via email sul suo sito o tramite Facebook.
sucevicjennifer@gmail.com
https://www.facebook.com/jennifer.sucevic

Volete unirvi al suo gruppo di lettura
Cliccate qui
J Sucevic's Book Boyfriends | Facebook

Link dei profili social -

https://www.tiktok.com/@jennifersucevicauthor
www.jennifersucevic.com
https://www.instagram.com/jennifersucevicauthor
https://www.facebook.com/jennifer.sucevic
Amazon.com: Jennifer Sucevic: Books, Biography, Blog, Audiobooks,
Kindle
Jennifer Sucevic Books - BookBub